EUROPA ERLESEN | HERAUSGEGEBEN VON LOJZE WIESER

EUROPA ERLESEN
KÄRNTEN

Herausgegeben
von
Lojze Wieser

Die Jugend ist die Zeit,
Weisheit zu lernen.

Das Alter ist die Zeit,
sie auszuüben.

Alles Gute für den neuen
Lebensabschnitt.

Wieser Verlag

Wieser Verlag
A-9020 Klagenfurt/Celovec, Ebentaler Straße 34b
Telefon: +43(0)46337036 Fax: +43(0)46337635
e-mail: office@wieser-verlag.com
Homepage: http://www.wieser-verlag.com

•

Der Verlag dankt den Inhabern der Rechte für die Genehmigung zum Abdruck der Texte. Für einige Texte waren die Inhaber der Rechte leider nicht zu ermitteln; Rechteinhaber dieser Texte werden gebeten, sich an den Verlag zu wenden.

Die Titel wurden zum Teil vom Herausgeber gewählt.

Lektorat: Barbara Maier, Gerhard Maierhofer
Gestaltung: Studio Bisart
ISBN 3 85129 254 5

Ante scriptum

Als wir uns nunmehr vor einem Jahr zu dem Wagnis, eine Serie unter dem Titel EUROPA ERLESEN zu starten, entschlossen hatten, haben wir nicht einmal im Traum an die begeistert zustimmende Unterstützung durch die Leser und Leserinnen, Buchhändler und Buchhändlerinnen sowie seitens der Medien zu denken gewagt.

Wenn Samo Kobenter mir im Wiener STANDARD ein »altmodisches Vorhaben« nachsagt, »weil es dem naiven Glauben an die Erzählbarkeit der Welt treu bleibt, daß dieser Kontinent, seit alters in Kriegen geschunden und geschändet, seine Würde im literarischen Text bewahrt, seinen Sinn in die Kunst hinübergerettet hat«, so kann ich gut damit leben, wenn altmodisch sein zuhören und hinsehen bedeutet, sammeln, achten, entdecken – und die Lust, Neues zu finden, nicht gleich beim leisesten Lüfterl über Bord geworfen wird.

Tobias Gohlis von der Hamburger ZEIT nennt unsere Europaerschließung »Entdeckungsreisen in literarische Landschaften, die scheinbar dem 19. Jahrhundert angehören und doch gegenwärtig sind in Gefühl und Geist ihrer Liebhaber«. Und nicht nur dies – ich weiß, daß mir Gohlis da zustimmt.

Es freut uns, daß die handlichen, edel gebundenen, mit Lesebändchen und Goldprägung ausgestatteten Büchlein angenommen werden und binnen kurzem so viele Freunde gefunden haben. Die Auszeichnung »Kleinodien« ehrt uns nicht weniger als jene durch Universitätsprofessor Günther Hödl, wenn er bemerkt:

»Aus diesen Büchern wächst das Land.« Es freut uns besonders, daß sie einer Buchserie zuteil wird, die mit rein literarischen Bildern auskommt und wo erstmals erreicht wurde, daß Autoren aus Ost und West nebeneinander stehen, ohne Pejorativ, einfach nur als Literaten, die uns allen etwas zu sagen haben, was es in dieser Art bisher noch nicht gegeben hat. Die FRANKFURTER ALLGEMEINE ZEITUNG bringt es wie folgt auf den Nenner: »Der Verlag hat sich zum Ziel gesetzt, Europa auch und ganz besonders an seinen Rändern zu erlesen, politische Grenzen spielen in diesem Konzept keine Rolle, denn es geht nicht um das Europa der EU, sondern um den gesamten Kontinent – von Island bis zu den Karpaten.«

Wir haben begonnen, einen Gobelin der Kulturen zu knüpfen, und die Reaktionen beweisen es in eindrucksvoller Weise: Es ist uns gelungen, ein wenig das Tuch zu lüpfen, unter dem sich ein ungeahnter Reichtum an Sprachen und Kulturen versteckt. Wir haben dem Geist jene Nahrung gegeben, der die Grenzen im Kopf zu überwinden imstande ist; denn erst mit der Überwindung der Begrenztheit kann es ein grenzenloses Europa geben, wird Ängsten der Boden entzogen, werden Demagogen arbeitslos.

Umso erfreulicher, daß auch schon vereinzelt Politiker die in den Büchern liegende Chance ergreifen und sie weiterschenken; es tun dies Pfarrer, Freundinnen bringen einander noch fehlende Exemplare mit, ein frisch pensionierter Chefredakteur bekommt eine Auswahl von einer Kollegin und entschließt sich, in seiner Hausbibliothek eine Subbibliothek zu begründen, nachdem er weitere Bände aus unserer Serie vom ehemaligen Landeshauptmann der Steiermark erhalten hat. Es gibt Reisegruppen, die mit den Büchern in der Tasche die Gegenden erkunden und dem Verlag sodann von ihrem Praxistest berichten. Die Liste ließe sich fortsetzen.

In diesem Herbst nun geht die dritte Tranche – erweitert um die Themenbände WEIHNACHTEN und IN ANDERER AUGEN – hinaus zu den Lesern, und ich möchte, Ihnen allen für die freundliche Aufnahme des Projektes dankend, um Weiterverbreitung werben: Greifen Sie munter nach den kleinen literarischen Flachmännern – der Geist des Buches soll Ihnen Ihre Abenteuer im Kopf beflügeln! Wollen Sie Freunden und Freundinnen Gutes tun, verweigern Sie Ihnen nicht den Genuß dieser Droge! Tauchen Sie ein und lassen Sie sich tragen von den Wortwellen des Radios EUROPA ERLESEN!

Lojze Wieser
August 1998

Inhalt

H. C. ARTMANN

(* 1921)

letzte schwalbe

letzte schwalbe
dunkle kleine
herzentsprungene
bring du meine grüße hinab
in das gilbe bergland
bring sie kärnten
wo noch die rote beere
im späten herbstlicht steht

wolken
wie schwarze bündel geschnürt
sind es
die mit dem schnee verbündet
kalte wunder an mir und den bäumen tun
mein sinnen wäre dem deinen gleich
trüge auch ich flügel
statt meine schuhe
ja
und die schnelle deiner augen
ein gefieder
dein korngroßes mutiges herz
und die freundschaft des windes
oder leichte des löwenzahns
in der du dich forthebst

letzte schwalbe
nachzüglerin
liebste aller spätbotinnen
ich bitte dich
nimm du meine traurigen grüße
in die wärme deines schnabels
bring sie durch regen und nebel
und tau durch den beißenden neumond
bis hin an den strauch
mit den roten beeren

PAOLO SANTONINO

(1485)

Die Frauen waren schöner als die Männer

In allen Orten, wo wir gewesen sind und von denen vorher die Rede war, fanden wir die Frauen schöner als die Männer. Es haben aber fast alle Leute beiderlei Geschlechts Kröpfe, die nach meiner Ansicht vom kalten bzw. frischen Wasser entstehen.

Von der Pfarre S. Daniel im Gailtale abwärts bis Villach leben unter den Deutschen Slawen und beide Völker sind zweisprachig.

Zu verwundern ist es, wie sie Zeit für Festmähler und Trinkgelage haben, sodaß sie Tag und Nacht nicht aufhören. Man hat den Eindruck, daß je mehr und je verschiedenere Gänge aufgetragen werden, sie ihren Appetit immer wieder erneuern. Ein Zuschauer mag nicht ohne Übertreibung sagen: diese Leute haben allmächtige Mägen.

Sie haben allenthalben Überfluß an Gänsen und davon kommt es, daß auch die kleinsten Keuschler erlesene Federbetten besitzen.

Nach dem Schnitte wird, was sie ernten, auf Holzstangen gehängt, die an freiem und sonnigem Platze gesetzt werden.

Die Kleidung fast aller besteht aus grobem Tuche. Sie tragen auch Mützen aus Pelzwerk.

Die Edelfrauen tragen in dieser Jahreszeit Mäntel aus Fuchspelz. Diese sind unschön in der Form, doch teuer und sehr nützlich gegen Kälte und Schlechtwetter.

Die Geistlichen haben meistenteils Wirtschafterinnen, junge und schöne, denen auch Mägde beigegeben sind. Die Zivilbevölkerung nimmt daran keinerlei Anstoß, denn fast überall werden von ihr die Geistlichen verehrt, geachtet und hochgeschätzt.

Nirgends ist bei den vielen Weihen von Kirchen und Altären, welche der ehw. Bischof vollzogen hat, getanzt worden, sondern alle wohnten lediglich in einziger Andacht dem Gottesdienste bei. Nirgends kam es zum Raufen oder zu Streitigkeiten, nirgends gab es auch nur den geringsten Skandal. Es mögen sich daher die Friauler Bauern schämen, die an Zucht und Frömmigkeit von den Barbarenleuten übertroffen werden.

Allenthalben leiden die Leute in den Orten sowohl als in den Burgen und am flachen Lande durch den äußersten Mangel an Haarschneidern, da sich fast nirgends ein guter und meist auch kein schlechter Haarschneider findet, der eine öffentliche Barbierstube betriebe. Die Leute erweisen sich jedoch gegenseitig abwechselnd diesen Dienst, so gut sie es können und verstehen. Die Handreichung solcher ist niemals ohne Schmerz, Blut und Tränen, und es könnte auch gar nicht anders sein, da sie im Handwerke des Barbiers völlig unerzogen und ungeübt sind. Sie haben Rasiermesser ohne Schärfe, schartig und nicht gewetzt, solche, die selbst für Büffel schmerzhaft wären. Wer es gesehen und erprobt hat, gibt auch Zeugnis ab und glaubet mir, mein Zeugnis ist wahr: ich habe nämlich öfter dieses Martyrium durchgestanden und trage auch so manche Narbe an mir.

FRANCE PREŠEREN

(1800–1849)

Die gemeinen Korošice sind hübsch, aber unreinlich

Klagenfurt, 5. Februar 1832

Čudni dihúr!
Grosser Maulmacher.
Von meiner Reise von Laibach nach Klagenfurt dürfte kaum Kotzebues Reisender von Stolpe nach Danzig was erzählen können; ich habe durchaus nichts gefunden, was man jemandem schreiben könnte, der

selbst diesen Weg schon öfters gemacht hat, Klagenfurt kennst Du so gut als ich. Die Leute sind in ihrer Art kordial, wenn man alles lobt, was gelobt zu werden verdient, und es auch nicht verdient. Vorzüglich machen sie sich gern auf Kosten Laibachs gross. Die Laibacher haben bei weitem mehr kosmopolitischen Sinn als die Klagenfurter. Nur sind jene in mancher Beziehung zu tolerant. Sie lassen jeden hingelaufenen Schreier schreien und den Ton angeben. Es ist natürlich, dass Leute, die keinen eigenen Wert haben, sich durch Herabsetzung der Eingeborenen geltend zu machen suchen. Hierin sind die Karner gescheiter, sie wissen einem solchen Bahač* wo nicht mit der Zunge, doch mit der Faust das Maul zu stopfen. Ich bin bis nun wenig herumgekommen, und kann Dir über Klagenfurt nicht viel sagen. Die Laibacherinnen scheinen mir im Allgemeinen hübscher zu sein, als die zivilen Klagenfurterinnen; jedoch hat eine der letzten einen Eindruck auf mich gemacht, von dem jemand nichts erfahren dürfte. Die gemeinen Korošice sind im Durchschnitte hübsch, aber sehr unreinlich.

* Angeber

PETER VON RADICS

(1836–1912)

Wien schwärmt für Kärnten

Wien schwärmt für Kärnten! und das mit vollem Fug und Recht. Oder gibt es bald einen reizenderen Sommer-Sejour, als an den glitzernden Gestaden des *Wörther, Ossiacher* und *Millstädter Sees*, wo der vom Winter und seinen Mühen erschlaffte Körper neue Kraft sich holt in den Armen der wohligen Seefluthen; gibt es bald lieblichere Badeaufenthalte, als im Villacher Bade, in Preblau oder St. Leonhard? Gewiss nicht.

Dass das schöne »blaugrüne« Alpenland Kärnten mit diesen seinen landschaftlichen und balneologischen Schatzkammern wieder zu Ehren und zu Ruf kam in der »badenden Welt«, das verdankt es neben andern nicht zu unterschätzenden Zufälligkeiten der *eminenten Heimatliebe seiner Söhne*, die in *hervorragenden Stellungen in der Residenz* sich ein warmes Herz für die Heimaterde bewahrt haben, es verdankt dies aber auch der durch die *Kronprinz Rudolfsbahn* wieder erschlossenen Verbindung mit dem Weltverkehre.

Denn in jenen früheren Zeiten, da die grosse Handelsstrasse aus Deutschland nach Italien durch Kärnten führte und der »lustige Ort« Villach nur *eine* grosse Factorei der grossen Geschäftshäuser von Augsburg und Nürnberg und anderseits von Venedig bildete, war Kärnten mit seinen *Bädern* und *Schlös-*

sern das Rendezvous-Plätzchen für Einheimische und Fremde.

Man muss sich die Verhältnisse des 16. und 17. Jahrhunderts genau vergegenwärtigen, um sich von dem Leben und Treiben, das in dieser Epoche in Kärnten geherrscht, einen rechten Begriff zu machen. Das Land »wimmelte« von Edelsitzen, die ersten Cavaliere des Reiches, die *Khevenhüller*, die *Trautmansdorff*, die *Lamberg*, die *Herberstein*, die *Ditrichstein u. s. w., u. s. w.* brachten den grössten Theil der Sommerszeit auf ihren Schlössern im Kärntnerlande zu; die Bischöfe von Gurk und Lavant, die Aebte von St. Paul, Ossiach, Viktring, die Pröbste von St. Andrä, Teinach u. s. w. hielten gleich den Cavalieren reiche Hofhaltungen, der Bürgerstand der zahlreichen Städte und Städtchen war durch den regen Handelsverkehr wohlhabend, ja reich, Alles lebte und ließ leben.

Betrachten wir uns, nach den alten Aufzeichnungen in Archiven der Schlösser und Klöster es zusammenfassend, das Bild des Badelebens von 1680, also gerade vor zweihundert Jahren.

Blicken wir zuerst auf den *Wörther See*.

Da ragt mitten »auf der Insul« der »Palast Maria Loretto«. »Diese Insul« – schreibt der zeitgenössische Topograph Freiherr von Valvasor – »ist erhoben und der See geht um und um. Von Clagenfurth gehet ein grosser und tiefer Canal, *darauf mit grossen Schiffen gefahren* wird, biss in den See. Bey dem See ist ein *schöner Eingang von einer hohen Mauer* und zwei runden und zwei schönen viereckigten Thürmen, dazwischen ein hohes Thor, dadurch man mit Schiffen fahret, darneben ist eine hölzerne Brucken, daruber man reiten und fahren kann gantz in die Insul, darauf ein überaus schöner Palast auf die italienische Art gebaut. Auswendig hat er schöne Galerien, Höfe, Stiegen und viele Thürme, auch zierliche und grosse Gärten. In Summa es kann nichts lustigeres geben als diesen Ort, so von den Herrn Ursinen von *Rosenberg* erbauet worden.« Und auch heute noch, obzwar gar viel von der hier geschilderten Pracht und Herrlichkeit von Maria Loretto verfallen und vergangen ist, bildet dieser reizende Punkt eine Hauptanziehungskraft für die Besucher des Wörther Sees.

Und *Pörtschach*? Um jene Zeit den *Jesuiten* gehörig, war es der einzige Ort in Kärnten, wo *Bier* gebraut wurde; die klugen Väter der Gesellschaft Jesu wussten daselbst ein Musterbräuhaus zu etabliren, und von weit und breit kamen Wagen angefahren, um das seltene Nass, das einen so »köstlichen Geschmack« hatte, heimzuführen; ja selbst ganze Gesellschaften, meist Jägergenossen, sprachen in dem Bräuhause zu Leonstein (Pörtschach) ein, um sich an dem braunen Gebräu der »Jesuiter« zu erquicken. Ja selbst von gemeinschaftlichen Bädern lesen wir schon in einem Briefe des Viktringer Abtes von 1624, dass eine Gesellschaft von adeligen Herren und Prälaten ein solches in den Fluthen des Wörther Sees in den Badehütten der Jesuiten genommen.

So existirten auch Badehütten am Millstädter und Ossiacher See, welche beide damals noch von den geistlichen Bewohnern der Häuser von Millstadt und Ossiach occupirt waren.

Im eigentlichen Sinne des Wortes *Bäder* waren aber *Töplitz* (Toplice = slovenisch Warmbad) *bei Vil-*

lach (das heutige Warmbad Villach), dann die Sauerbrunnen von *Preblau* und *St. Leonhard*; auch in *Velden* am Wörther See war Ende des 17. Jahrhunderts bereits ein *Bad*.

Preblaus Säuerling war besonders gegen Katarrh und in Harnbeschwerden empfohlen; der »gesunde Sauerbrunn« von *St. Leonhard*, der »lieblich zu trinken«, ward gar weit bis auf Bamberg (da der Bischof von Bamberg Herr dieser Gegend war) verführt. (...)

Das *vorzüglichste Badeleben* herrschte um 1680 aber in der *Toplitz bei Villach*.

Die Schilderung, die wir über die Oertlichkeit erhalten, lautet in der drastischen Sprache des 17. Jahrhunderts wie folgt:

»Das warme Bad Töplitz genannt ligt im obern Viertheil (von Kärnten) *zwischen Villach und Federaun, einen Spaziergang von Villach hinaus. Es ist in zwei Theil abgetheilt, mit Dächern bedeckt und ein gross Wirthshaus dabei, dahin fast täglich aus Villach Leut zu baden mehr aus Fürwitz als Noth kommen.«*

Wir entnehmen dieser kurzen Darstellung (...), dass die warmen Quellen von Bad Villach vor zweihundert Jahren sich *vor* dem heutigen Curhause in Bassins gefasst befanden, welche Bassins von holzgegitterten gartenpavillon-ähnlichen Bauten überdeckt waren, doch nach einer Seite hin offen, so dass die Vorbeigehenden gemüthlich den Badenden zusehen und sich mit ihnen »divertiren« konnten.

Und noch eine interessante Angabe liegt in obigen wenigen Zeilen, die Bemerkung, dass das Bad *täglich* von den *Bewohnern von Villach* besucht wurde, die »mehr aus Fürwitz als aus Noth« hieher baden kamen, oder mit andern Worten, dass es ein *Unterhaltungsbad* par excellence war.

Dazu stimmen auch anderwärtige Berichte.

Abt *Albert von St. Paul* (1677–1727), der gelehrte Verfaser einer Geschichte Kärntens, ein den Wissenschaften und Künsten, wie nicht minder dem luxuriösen Leben der Leopoldinischen Zeit geneigter Prälat, er fährt mit seinem Viererzug prächtiger Rappen hieher in's Bad, und trotz dem »grossen Wirtshaus«, das hier schon besteht, bringt er von dem reichen Wildstande seines Stiftes Hirsche, Rehe und vor Allem Rebhühner mit herauf und herrlichen Stiftswein, den vielberühmten *Lembacher* aus der Gegend um Marburg. Dieser »Lembacher« mundet seinem Freunde und Curgenossen, dem Propste von Teinach, Carl Ludwig *Klier*, so sehr, dass er später einmal, eingedenk dieses Trunkes und da er eben ein Capital in St. Paul angelegt hat, von dem die Interessen der Abt ihm in Wein sendet, an diesen schreibt, »er werde noch mehr Capital bei ihm anlegen, damit er ihm noch mehr Wein werde senden müssen«, dann möge er (der Propst) sich gar auch das Trinken angewöhnen, »dass ich noch mehr Wein brauche und allzeit (wie er im Scherze beisetzt) das Interesse versauffen würde«.

Da ging's im Villacher Bade hoch her mit dem Weine des freigebigen und selbst sehr nüchternen Prälaten (der wegen eines Herzleidens nicht viel trinken durfte; aber warm baden doch?), denn fast der gesammte Adel des Landes war auf einige Wochen im Sommer hier versammelt. Auch gespielt wurde und ziemlich hoch; ein Graf Schrattenbach, Hans Walter, verlor an einem Abende an die 1000 Ducaten (Goldgulden). Das Bad Villach gehörte damals dem Bisthum Bamberg und wurde durch einen Pfleger versehen, der auch zugleich als Badedirector von Villach (oder Töplitz) fungirte.

Auf seiner Reise nach Venedig, die der schon genannte Abt Albert von St. Paul 1687 unternahm, berührte er gleichfalls Bad Villach und diesmal nahm er in der von dieser Fahrt geführten Aufzeichnung (in lateinischer Sprache) Anlass, seine Beobachtung über die Therme zu notiren.

Er schreibt: occurrunt primo thermae calidae, in quibus illud primitus notavi, quod aqua ex iis per canalem excurrens Trauum usque (distat autem longiuscule) euaporet et fumiget. Et quod ramo ibidem se retineant et hoc iam tempore auditae fuerint coaxare.*

In Venedig badete – nebenbei bemerkt – der dem Badewesen sehr günstig gestimmt gewesene Prälat im Meere am Lido.

Doch kehren wir zu den kärntischen Bädern des 17. Jahrhunderts zurück.

Sie waren nicht blos von Einheimischen gern besucht, wie das Villacher, sondern auch Fremde kamen schon in's Land. So benutzten die fremden Kaufleute, die Villach in jenen Tagen passirten, während der Rast, die sie gewöhnlich in dem gemüthlichen Villach hielten, ihre Musse zu einem Excurse nach der Töplitz, und auch Cavaliere aus anderen Ländern

* Zuerst fließen warme Heilquellen entgegen, in denen ich zum ersten Mal bemerkte, daß das Wasser, das auf ihnen durch ein Rinnsal bis zur Drau hinausfließt (sie ist jedoch ziemlich weit entfernt), dampft und raucht. Und daß sie sich dort in der Verzweigung aufhalten und man bereits in dieser Zeit hörte, daß sie sich vereinigen.

Oesterreichs fanden sich hier zum Vergnügen und zum Curgebrauche ein.

Man wird aus dem Wenigen hier aus vorliegendem Archivmateriale Genommenen ersehen, dass schon vor 200 Jahren im leibreizenden Kärntnerlande ein reges Sommer- und Badeleben geherrscht habe; wussten ja doch unsere Altvordern ebensogut zu leben als wir, wenn ihnen gleich manche Details an Comfort noch vorenthalten waren, die wir Enkel heute Dank der feineren Industrie, Dank den Erfindungen unseres Jahrhunderts zu geniessen in der angenehmen Lage sind. Beim Anblicke also der prächtigen, zum Theil luxuriös ausgestatteten Villen an den Ufern des Wörther Sees, beim Ausblicke aus den »Braks« der Kronprinz Rudolfsbahn auf die lachenden Ufer dieses und des Ossiacher Sees, bei einer Spritzfahrt auf Villacher Velocipèdes nach dem Warmbad Villach und bei fürstlicher Einquartirung in den eleganten Zimmern von Preblau ein freundliches Gedenken jenen Sommerfrischlern und Curgästen von 1680, die sich ihren Sejour und ihr Badeleben so gut einrichteten, als eben die Verhältnisse ihrer Zeit ihnen gegönnt, die aber gewiss mit gleich frohem, freudigem Herzen sich ergötzten und erquickten an den immer gleich hohen Reizen des unvergleichlich schönen Alpenlandes Kärnten!

ANONYM

(1800)

Die Erstbesteigung des Großglockners 1799

Unter den für die Physik der Erde wichtigern Begebenheiten des zu Ende laufenden 18ten Jahrhunderts verdient auch das Unternehmen, die Kuppe des wegen seiner ausnehmenden Höhe und seltenen Form weit umher berühmten Berges Groß-Glokner zu ersteigen, seinen Platz.

Es waren bisher nicht nur von Naturforschern aus verschiedenen Ländern mehrere, jedesmal fruchtlose, Versuche gemacht worden. Selbst die Bewohner der Hochgebirge Kärntens und Salzburgs vermochten es bis jez noch nicht, ihren sonst des Kletterns gewohnten Fuß auf die Spitze dieser mächtigen Felspiramide zu sezen. Muth und Kräfte waren immer schon erschöpft, als man kaum noch die Hälfte dieses furchtbaren Berges hinangeklimmt war; daher hielt man auch seine Besteigung zu allen Zeiten für schlechterdings unmöglich.

Das Jahr 1799 löste auch diesen Knoten. Fast zu derselben Zeit, als die für unbezwingbar gehaltene Feste Mantua von den Oesterreichern wieder erobert ward, erkletterte man auch den noch nie bezwungenen Groß-Glokner, und befestigte auf der Spitze desselben zum bleibenden Denkmale ein eisernes Creuz.

Das Unternehmen war mit schweren Vorbereitungen, mit grosser Anstrengung, und vielen Kosten verbunden. Vielleicht wäre es für immer unterblieben, hätte nicht des Fürstbischofes von Gurk (aus dem fürstlichen Hause von Salm-Reisserscheid) unternehmender Geist die Bahn gebrochen. Schon lange hatte dieses Felsen-Wunder die Aufmerksamkeit des Fürsten, eines innigen Verehrers der Natur, und ihrer grossen Werke rege gemacht. Die Güter dieses Fürsten, seine Gewerke, seine Residenz zu Clagenfurt enthalten eine Fülle von Denkmalen, die für seine Kenntnisse, und für sein Wohlbehagen an Seltenheiten der Natur und der Kunst entscheiden. Immer ward bei dem Anlasse der bischöflichen Visitationsreisen in jene Gebirsgegenden auch eine Wanderung auf diesen Berg gemacht, obschon er rings umher mit weitläufigen Eisfeldern und Gletschern, die übersezt werden mußten, umgeben ist.

Die Behauptung der Gebirgsbewohner, daß die völlige Besteigung des Berges unmöglich sey, schien sich jedesmal zu bestättigen. Doch nichts lähmte den Feuereifer des Fürsten. Die Grösse der Schwierigkeiten war ihm jedesmal ein neuer Sporn zu Unternehmungen, und allzeit kam er mit neuen Planen zurük, die endlich mit dem erwünschtesten Erfolge gekrönt wurden.

Bevor wir der Vorbereitungs-Anstalten erwähnen, wollen wir von der Lage des Berges, und seiner Figur vorläufige Kenntniß geben.

Der Großglokner liegt an dem äussersten Ende des Möllthales, und begränzt zugleich Kärnten, Tirol und Salzburg. Wenn man ihn auf jener Seite, wo es allein möglich ist, ihn zu besteigen, gerade vor sich hat, so nimmt man eine Kette von Felsengebirgen gewahr, welche die Provinz Kärnten auf die natürlichste Art zu umfassen scheinen.

Am Schlusse dieser Felsenkette, dort, wo der Winkel am spizigsten ist, erhebt sie sich zu einer Erstaunen erregenden Höhe. Hier steht der berufene Berg, dem Anscheine nach frey, ohne Verbindung mit der langen Reihe minder erhabener Felsengebirge. Aber nur sein gewaltsames Emporsteigen erregt diese Täuschung; denn er schließt sich mit seiner Basis an diese an, und die niedrigern Berge bilden gleichsam sein Fußgestell.

Der Name Glokner, oder Großglokner ward ihm sehr passend gegeben. Wirklich hat er die Gestalt einer Gloke, nur läuft er ungleich spiziger zu. Auf seiner Kuppe ist er gespalten. Zwar wird man diese Kluft in der Entfernung nicht gewahr; in der Nähe aber entdekt man zwei Spizen, wovon die höhere südwärts liegt. (...)

Unsere ersten Blike flogen auf den Glokner hin, den wir auch aus einem Fenster der Hütte sehen konnten. Aber dieser war jezt ganz in Wolken gehüllt. Unser angelegenstes Geschäft war daher, Feuer zu machen. Wer nur konnte, wechselte Kleidung; doch die Wenigsten hatten trokene Kleidung bei sich. Zum Unglüke war durch ein Versehen auch des Strohes zu wenig, und selbst dieses wenige naß. Das Holz zum Feuern mußte aus dem Schnee hervorgezogen werden, und es rauchte mehr, als es hizte. Unser Zustand war daher sehr bitter. Keine andere Wahl, als entweder in dem durchnäßten Gewand auszuruhen, oder bei dem Feuerherde durch den von Sturmwind in Wirbel getriebenen Rauch sich Ströme von Thränen aus den Augen pressen zu lassen. Es war in der That ein rührender Anblik, den ehrwürdigen 72jährigen Greis Baron v. Wulfen in seiner gewöhnlichen Toga, von welcher das Wasser abträufte, auf einem Hutvoll Hobelspäne, die noch vom Hüttenbaue zurükgeblieben waren, ausruhen zu sehn. Hätte sich dieser fromme Weise nicht von Jugend auf abgehärtet, er würde diesen Zustand nicht ertragen haben. Es gieng, Gott Lob! dem ungeachtet noch alles so ziemlich gut. Keiner erkrankte. Der Koch des Fürsten, der goldne Koch, Joseph Karg, ihn müssen wir nennen – ihm gebührt diese öffentliche Huldigung der Dankbarkeit; – denn er weinte für uns in seiner rauchenden Küche, und bewirthete uns unter Strömen von Zähren so köstlich, als speiseten wir in des Fürsten Pallaste zu Clagenfurt. Karg bereitete schnell ein trefliches Abendmal, das uns auch auf dem harten Boden, auf welchem wir uns neben dem Fäßchen hinlagerten, herrlich schmekte. Auch in der Folge unsers Aufenthalts, aß man da so köstlich, als man vielleicht noch nie auf einer Alpenhütte gespeist haben mag. Mit unsern Vorräthen aller Art vom Brode bis zur Ananas befanden wir uns so gut, daß wir uns nicht zwischen den Gletschern des Möllthals, sondern in die üppigen Gefilde Calabriens versezt zu seyn schienen.

Obschon wir sehr ermüdet waren, so wurde dennoch der Rest des Abends bis Mitternacht am Feuerherde unter Gesängen und Scherzen zugebracht. Wir thaten dieses mit Vorsaz; denn da uns für die erste Nacht nichts anders bevorstand, als auf dem harten Boden zu schlafen, so beschlossen wir einmüthig, so lange auszuharren, als wir die Augen offen halten könnten. Wir hatten daran wirklich sehr gut gethan.

Denn gerade um Mitternacht entwölkte der Glokner sein ehrwürdiges Haupt, und ließ uns seine völlige Herrlichkeit bei hellem Mondlichte das erstemal auf unserm Wege dahin beschauen.

Auf diejenigen, die ihn jezt das erstemal sahen, machte dieser Anblik einen sonderbaren, für unsern damaligen Zustand, wo der Körper so sehr der Ruhe bedurfte, gar nicht erwünschten Eindruk. Seine unerwartete Höhe wirkte mächtig auf sie. Keiner aus der Gesellschaft hatte jemals etwas gesehen, das er mit diesem Bilde vergleichen konnte. Im Mondlicht rükte uns die gewaltsame Felsenmasse so nahe, daß man sie mit einem Schritte erreichen, und ohne viele Mühe ersteigen zu können schien. Diese Täuschung erfüllte die Phantasie vieler aus der Caravane einzig mit Bildern vom Glokner, welche die ganze Nacht hindurch ihr lebhaftes Spiel trieben. Beim Erwachen bekannten sie, sie wären wie die Engel auf Jacobs Leiter unaufhörlich auf- und niedergestiegen, und fühlten sich davon sogar ziemlich ermüdet.

RAINER MARIA RILKE

(1875–1926)

Reiten, reiten, reiten, durch den Tag

»... den 24. November 1663 wurde Otto von Rilke / auf Langenau / Gränitz und Ziegra / zu Linda mit seines in Ungarn gefallenen Bruders Christoph hinterlassenem Antheile am Gute Linda beliehen; doch mußte er einen Revers ausstellen / nach welchem die Lehensreichung null und nichtig sein sollte / im Falle sein Bruder Christoph (der nach beigebrachtem Totenschein als Cornet in der Compagnie des Freiherrn von Pirovano des kaiserl. oesterr. Heysterschen Regiments zu Roß ... verstorben war) zurückkehrt ...«

Reiten, reiten, reiten, durch den Tag, durch die Nacht, durch den Tag.

Reiten, reiten, reiten.

Und der Mut ist so müde geworden und die Sehnsucht so groß. Es gibt keine Berge mehr, kaum einen Baum. Nichts wagt aufzustehen. Fremde Hütten hokken durstig an versumpften Brunnen. Nirgends ein Turm. Und immer das gleiche Bild. Man hat zwei Augen zuviel. Nur in der Nacht manchmal glaubt man den Weg zu kennen. Vielleicht kehren wir nächtens immer wieder das Stück zurück, das wir in der fremden Sonne mühsam gewonnen haben? Es kann sein. Die Sonne ist schwer, wie bei uns tief im Sommer. Aber wir haben im Sommer Abschied genommen. Die Kleider der Frauen leuchteten lang aus dem

Grün. Und nun reiten wir lang. Es muß also Herbst sein. Wenigstens dort, wo traurige Frauen von uns wissen.

Der von Langenau rückt im Sattel und sagt: »Herr Marquis ...«

Sein Nachbar, der kleine feine Franzose, hat erst drei Tage lang gesprochen und gelacht. Jetzt weiß er nichts mehr. Er ist wie ein Kind, das schlafen möchte. Staub bleibt auf seinem feinen weißen Spitzenkragen liegen; er merkt es nicht. Er wird langsam welk in seinem samtenen Sattel.

Aber der von Langenau lächelt und sagt: »Ihr habt seltsame Augen, Herr Marquis. Gewiß seht Ihr Eurer Mutter ähnlich –«

Da blüht der Kleine noch einmal auf und stäubt seinen Kragen ab und ist wie neu.

Jemand erzählt von seiner Mutter. Ein Deutscher offenbar. Laut und langsam setzt er seine Worte. Wie ein Mädchen, das Blumen bindet, nachdenklich Blume um Blume probt und noch nicht weiß, was aus dem Ganzen wird –: so fügt er seine Worte. Zu Lust? Zu Leide? Alle lauschen. Sogar das Spucken hört auf. Denn es sind lauter Herren, die wissen, was sich gehört. Und wer das Deutsche nicht kann in dem Haufen, der versteht es auf einmal, fühlt einzelne Worte: »Abends« ... »Klein war ...«

Da sind sie alle einander nah, diese Herren, die aus Frankreich kommen und aus Burgund, aus den Niederlanden, aus Kärntens Tälern, von den böhmischen

Burgen und vom Kaiser Leopold. Denn was der Eine erzählt, das haben auch sie erfahren und gerade so. Als ob es nur *eine* Mutter gäbe …

So reitet man in den Abend hinein, in irgend einen Abend. Man schweigt wieder, aber man hat die lichten Worte mit. Da hebt der Marquis den Helm ab. Seine dunklen Haare sind weich, und wie er das Haupt senkt, dehnen sie sich frauenhaft auf seinem Nacken. Jetzt erkennt auch der von Langenau: Fern ragt etwas in den Glanz hinein, etwas Schlankes, Dunkles. Eine einsame Säule, halb verfallen. Und wie sie lange vorüber sind, später, fällt ihm ein, daß das eine Madonna war.

FLORJAN LIPUŠ

(* 1937)

Auf der Suche nach dem Zeichen

Die Dörfler brechen ins Dorf auf; nun ist es soweit, alles ist bereit, jetzt geht alles seinen Weg. Soll der Baum am Pfad knacken für wen er will, ein Mädchen mit Gazellenaugen oder einen lahmen Greis, ein bißchen Zeit bleibt! Die Fichte für die Sargplanken verharrt noch im Wald. Doch soll er sich nichts vormachen, schnell schlagen die Dinge um. Hier bleibt sie noch sicher diese Nacht, doch schon anderntags holt man sie ab. Zur Zeit, als man sie sucht, bleibt sie fernhin gut sichtbar, doch von nahe unauffindbar, denn das Erkennungszeichen wird bald vom Gebirg verborgen, bald durch dichtes Geäst vor den Sucheraugen versteckt, so wird die Baumsuche auf eine unbefristete Zeit erstreckt; denn die Sucher werden sich vom Ort wieder entfernen, die Fährte verlieren, dann ins Dorf zurückkehren, an den Anfang, auf den Gegenhang, wo die Höfe stehen und man die Stelle genau überblicken kann, den Berg von neuem bestürmen, ihn eingehend begehen, sich dem Fund wieder annähern und ihn am Ziel wieder verfehlen, dabei noch weiter ins Dorf zurückkehren, an den Anfang, und noch weiter auf den Gegenhang, wo die Höfe stehen und sich der Standort eines jeden Baumes einzeln haarklein bestimmen läßt, den von dort aus, aus der Ferne, gut sichtbaren Baum noch präziser aufs Korn nehmen, den Weg zu ihm noch besser planen, sich ihm noch weiter nähern und ihn am Ziel noch mehr verfehlen, dabei blindgläubig ins Dorf zurückkehren, an den Anfang, den Gegenhang in Angriff nehmen, wo die Höfe stehen und von wo aus sich jeder einzelne Baum deutlich von jedem Baum abhebt, das von dort, aus der Ferne gut sichtbare Panier am Wipfel noch verbissener aufs Korn nehmen, neuerlich den Weg planen, sich ungestüm dem Wipfel nähern, ihn verbissen umzingeln, und am Ziel, verblendet, ihn wieder aus dem Blick verlieren, sie nehmen den Weg von neuem und wieder neuem in Angriff, vielleicht monate-, vielleicht jahrelang, wer weiß, vielleicht bis ins Unabsehbare, jeweils bis zum Winter, wo die Suche ganz eingestellt werden muß, wegen der ausgiebigen Schneefälle, der Graupelschauer und der Lawinengefahr, und weil auch der einzige noch lebende Zeuge des einstmaligen Knacksens sich nach so langer Zeit nicht mehr an die Stelle wird erinnern können, werden sie zwar noch blindlings ins Dorf zurückkehren, zum Ausgangspunkt und auf den Gegenhang, wo die Höfe stehen, doch die von dort bereits schlechter sichtbare Fichte schon weniger aufs Korn nehmen, den Weg zu ihr noch weniger planen, am Ende den Weg überhaupt nicht mehr planen, sich überhaupt nicht mehr von der Stelle rühren, wo sie schon unzählige Male die Fährte verloren haben, sie werden nicht mehr ins Dorf zurückkehren und auf den Gegenhang, wo die Höfe stehen und von wo aus das Erkennungszeichen kaum mehr auszumachen sein wird, sie werden das Panier dort nicht mehr aufs Korn nehmen, nicht mehr den Berg bestürmen, ihn nicht mehr eingehend abgehen, sich ihm nicht mehr annähern, weil dort oben gar nichts mehr zu finden ist: Niederschläge, Wind und Jahreszeiten haben es zerschlissen, die Krähen zerfetzt, und was an Fasern nicht verrottet ist in diesen Jahren, haben die Vögel fortgetragen, in ihre Nester verbaut und sich weich darauf gebettet, so daß die gesamte Suchzeit zur gewonnenen Zeit wird, die morgen anbricht, wenn das Dorf aufbricht, um den Baum zu plentern, und enden wird in Unabsehbarkeit. Wem gehört die gewonnene Zeit?

SIEGFRIED VON MANGOLD

(* 1939)

Ich tanze um den Zeitenbaum

Ich tanze um den Zeitenbaum / und flechte einen Stundentraum / aus Wind und aus / Vergessen / ich bin auf einem Ast gesessen / der tat die Blätter um mich winden / da konnte mich der Tod nicht finden / da kam ein schönes Mägdelein / das trug im Herzen schon ein Schwein / das ging am Zeitenbaum vorbei / und sang ein schönes Lied dabei:

Übern Brüstemeinflieder
streif ich kein Mieder
denn die Blüten die roten
die zeig ich den Toten
wenn ich friedhofvorbei
juheißa juhei
mit dem Liebsten spaziere.

Da sprang ich aus dem Zeitenbaum / und legte ihr den Stundentraum / in ihre langen Haare / und legte ihren Schoß ins Gras / bald waren ihre Kleider naß / und liebte sie von vorn und hinten / da konnte mich der Tod leicht finden

URBAN JARNIK

(1784–1844)

Mrtovski rej / **Totentanz**

Luna sveti se,
Unterm bleichen Mond
potok prši,
sprüht der Weidenbach,
strah na pašo gre,
wo die Angst jetzt wohnt
smrt se zbudi.
und der Tod erwacht.

Mrtvi rajajo,
Hört der Toten Weis',
grobe pustó,
aus dem Grab herauf
v krog se sučejo,
drehn sie sich im Kreis
vkup se držó.
eng gedrängt zu Hauf.

Če pa zarja svoj
Wenn des Morgenrots
kaže škrlat,
Scharlachband sich zeigt,
tak te smrtni roj
zieht der Schwarm des Tods
v grobe gre spat.
heim zur Grabesnacht.

FLORJAN LIPUŠ

(* 1937)

Zur Stunde harrt das Dorf noch seines Toten

Zur Stunde harrt das Dorf noch seines Toten; so ein Dorf ist ärmer dran als ein Kirchtag ohne Getändel und Tand. So ein Dorf verliert seinen Ruf, trocknet und verdorrt, gerinnt zu Klößen und Klumpen, verdichtet sich zu Aschenlicht; ein solches Dorf verliert sein Gesicht, ist nur noch Torf und Schorf, ein solches gesichtsloses Dorf wird von Dörfern mit Gesicht mit Leichtigkeit überholt und überrundet, es fällt zurück, und der Rückstand wächst, die Dörfer mit Arsch und Gesicht lassen es ein für allemal hinter sich. Ein Todesfall zur rechten Zeit versetzt das Dorf in Heiterkeit. Ein Dorf, das zu lange ohne Toten bleibt, findet nie wieder Anschluß; noch kommenden Geschlechtern kreidet man es im voraus an.

Am Anfang standen die Aussichten nicht schlecht: Das Dorf pulste nach Maßgabe eines Durchschnittsdorfes, vermählte und vermehrte sich in angemessener Zahl, zarte Bande wurden genugsam gestiftet und zur Genüge wieder vergiftet; Zwist gedieh und vermeidliche Nachrede, Unfälle, Händel, weltliche Mätzchen, zum Teufel! und fromme Faxen im Übermaß. Dann verwirrte und verzwirnte sich der Dorffaden mit einemmal: Als müßte etwas Mächtigeres an die Reihe kommen, häuften sich die Happen, und die Ereignisse, die das Dorf aus der Bahn geworfen hätten, ließen auf sich warten, das Dorfgeklapper blieb ohne Nachschubwasser; die zotigen Zungen hingen den Dörflern aus den Mäulern, weil sie sich allezeit mit Aufgewärmtem zu begnügen hatten. Von Tag zu Tag schritt der Verfall fort, schrumpfte und schrumpelte das Dorf, harrte bei Altbackenem gelangweilt auf ordentlichen Nachschlag.

JOSEF HOPFGARTNER

(1913–1981)

Krähenschrift

Hungerschrift, in graugefrorne
Armeleutemilch des Winterhimmels
kreischend eingeschrieben.

Ohne Ordnung fließt die Tusche
von den Wäldern zu den Flüssen,
aufgefächert von der Gier.

Unabwendbar, Pest und Kriege
in der Gleichmut ihrer Schwärze,
randet sie die Chronikblätter.

Fährt sie nieder aus den Lüften,
setzt sie roten Schlußpunkt
hinter fortgeschleppten Schritt.

Ballen sich im Grau die Zeichen,
hat der Falke sich verirrt,
und sein Flug wird ausgelöscht.

Krähenschrift am Nebelhimmel,
einzige Schrift, die allen lesbar.
Dunkles Herdenalphabet!

HEINRICH WIDMANN

(1923)

Der Dobratschabsturz 1348

Wer mit der Gailtalbahn über die Schütt von Arnoldstein nach Nötsch fährt, möge es nicht unterlassen, seinen Blick auf die wilde Umgebung zu richten. Unmengen von größeren und kleineren Felstrümmern liegen umher, wie von Riesenhand ausgestreut. Und zwischen den Blöcken, den tiefdunklen Tannen, wo der Schnee nicht haften blieb, leuchten in wunderbarem Kontraste die weißen Blüten der Nießwurz, der Christblume, die hier zu tausenden ihre zarten Köpfchen in die milde Dezembersonne erheben. An den Felstrümmern haben sich Moose und Flechten angesiedelt und dem Kalkstein eine dunkle Farbe gegeben. Und triumphierend wie das Leben über den Tod, ragt dort und da aus dem toten Gestein ein Fichtenbaum, dessen Wurzeln tief ins Innere fassen, und trotzt hier Stürmen und Wettern. Dahinter steigen fast senkrecht die mächtigen Steilwände des Dobratsch empor, der in majestätischer Erhabenheit auf den Trümmerhaufen zu seinen Füßen herunterblickt. – – –

Vor vielen tausend Jahren sah die Villacher Alpe an ihren Hängen den Gletscher vorüberziehen! Die ungeheure, lange, lange Zeit wirkende Kraft des Eisstromes hat auch das Gestein des Berges selbst angegriffen und fortgeschafft. Als dann die Gletscher zurücktraten, hatte der Berg übersteile Wände, die beim ersten Erdbeben abstürzen mußten. *Dieser ältere Bergsturz muß also nach Schluß der Eiszeit erfolgt sein.* Sein Ablagerungsgebiet reicht im Süden bis zur Reichsstraße zwischen Gailitz und Pöckau, im Osten bis zur Bahnstraße von Neuhaus und zur Straße bis Federaun. Im Westen läßt sich die Grenze nicht genau angeben, da dort der Boden versumpft ist. Die Ablagerungen werden auf über 500 Millionen m^3 geschätzt.

Die Schütt dieses prähistorischen (d. h. vorgeschichtlichen) Bergsturzes ist heute waldbedeckt, die Absturzwände des Dobratsch sind an ihrer vorgeschrittenen Verwitterung erkennbar.

In geschichtlicher Zeit hat eine weitere gewaltige Erschütterung einen *zweiten Bergsturz* verursacht. Am 25. Jänner 1348 nachmittags 4 Uhr wurde unser Land von einem so heftigen Erdbeben heimgesucht, wie es seither nur aus den Jahren 1690 und 1755, in welch letzterem auch Lissabon zerstört wurde, gemeldet wird.

Schon hatten sich in den Höhen des Berges tiefe Risse gezeigt, ein See soll verschwunden sein und mancher Kundige wurde ängstlich. Da stürzte am genannten Tage ein Teil der Südwand in die Tiefe und weithin flogen die Trümmer des geborstenen Berges. Sie liegen heute an manchen Stellen auf den Ablagerungen des alten Bergsturzes wie eine Decke, finden sich aber nur oberhalb der Ortschaft Oberschütt (Roggau) unter dem Wabenziegel und der roten Wand. Waren auch die Ablagerungen dieses historischen Sturzes viel geringer als die des alten – man schätzt sie auf 30 Millionen Kubikmeter –, so haben sie doch bedeutenden Schaden angerichtet. Unter ihrem Schutte liegen Wälder begraben und Wohnstätten der Menschen.

Nach einer Urkunde aus dem Jahre 1391 hat der Patriarch von Aquileja das Kloster Arnoldstein für die durch das Erdbeben zugrunde gegangenen 17 Dörfer und 9 Kirchen dadurch entschädigt, daß er ihm die Pfarre Hermagor zuwies. Es werden wohl nicht alle Dörfer und Kirchen vom Bergsturz überdeckt, manche werden durch das Erdbeben verschüttet worden sein, aber es ist anzunehmen, daß noch viel mehr Siedlungen damals durch die Erschütterung zerstört worden sind. Denn in der Urkunde werden eben nur die Dörfer erwähnt, die dem Kloster gehörten. Auch die Namen sind aus alten Schriften bekannt.

Die gewaltigen Schuttmassen haben den Lauf der Gail gehemmt, sie gestaut und Anlaß zur Bildung eines Sees gegeben, der auch wieder 10 Dörfer überflutet haben soll. Später hat sich der Fluß dann wohl wieder seinen Weg gebahnt, aber die Versumpfung des unteren Gailtales ist durch diesen Bergsturz zu erklären.

Das Erdbeben von 1348 forderte viele Opfer in Kärnten. Schwer wurde die *Stadt Villach* getroffen. Dort sind die meisten Häuser eingestürzt; nur einige hölzerne Gebäude sollen erhalten geblieben sein, weil sie keine Grundmauern hatten. Zu all dem Unglücke brach dann noch Feuer aus und die ganze Stadt brannte nieder. Es wird auch gemeldet, daß die Hauptkirche eingestürzt sei und die eben beim Gottesdienst versammelten Gläubigen unter ihren Trümmern begraben habe.

Auch andere Orte haben schwer gelitten, besonders *Tarvis*. Manche Burgen sind damals Ruinen geworden und wurden nicht wieder hergestellt. Der südliche *Teil der Görlitzen* löste sich und stürzte ab in den Ossiacher See und auch der steile *Felsen bei Tiffen* verdankt diesem Erdbeben seine Entstehung.

Viele Jahrzehnte dauerte es, bis sich das Land von den Schrecken des Unglückes erholt hatte. Die Jakobskirche in Villach konnte gar erst in hundert Jahren wieder vollendet werden.

SIMON MARTIN MAYER

(1788–1872)

Bischofs Reise in den Tod

Kaiser Heinrich's II. große Vorliebe für das Hochstift Bamberg bewog diesen frommen Landesfürsten, dem genannten Stifte, im Jahre 1006, mehrere Städte,

Märkte, und kleinere Ortschften in Kärnten, zugleich mit der landesherrlichen Gewalt und Hoheit über diesselben, zu verleihen. Durch dieses wahrhaft kaiserliche Geschenk erhielt unser Vaterland gleichsam eine neue Gestalt. Es wurde von nun an in alle Händel und Kriege des Hochstiftes verwickelt, dadurch manchen, sonst vermeidlichen Drangsalen und Verwüstungen preisgegeben, und Kärnten's Geschichte mit der des Hochstiftes Bamberg so verkettet, daß ohne eine genauere Kenntnis dieser es unmöglich wird, eine befriedigende Geschichte unseres Vaterlandes vom eilften bis zum achtzehnten Jahrhunderte zu liefern. Jede Einwirkung, die von Bamberg aus in Kärnten veranlaßt wurde, ist daher immer von historischer Wichtigkeit für unsere Heimath, und so dürfte die unten beschriebene Huldigungsreise eines Bischofs von Bamberg durch Kärnten nicht uninteressant, und ein Beleg der, dem Stifte oft streitig gemachten, Ausübung seiner landesherrlichen Rechte seyn. Nebstbei liefert sie die Aufzählung der gesammten bambergischen Besitzungen in Kärnten. (...)

Jedem neuerwählten Bischofe mußte von seinen Unterthanen der Eid der Treue (Huldigungs-Eid) abgelegt werden; doch die meisten schickten Stellvertreter in die unterthänigen Ortschaften, besonders nach Kärnten, in deren Hände dieselben den Huldigungs-Eid ablegen mußten. Nur zuweilen geschah es, daß die Bischöfe selbst in unser Ländchen kamen, und sich persönlich huldigen ließen. Diesen Entzweck hatte die Reise des Bischofs, Johann Georg, als er, obschon erst nach mehreren Jahren seit dem Antritte seiner

Regierung, nach Kärnten kam, und am 25. August 1632 in Wolfsberg eintraf.

Auf den 27. war die feierliche Huldigung der dortigen bambergischen Besitzungen im Schlosse Wolfsberg bestimmt. Vormittags 10 Uhr nahm sie ihren Anfang. Der Bischof, unter einem Thronhimmel sitzend, empfieng dieselbe von den Rathsherren, der Geistlichkeit und der Bürgerschaft zu Wolfsberg; dann von den Unterthanen der Herrschaften Wolfsberg und Waldenstein, zum Theile von Griffen; dann von dem Pfarrer zu St. Michael und dem Pfarrsadministrator zu St. Margarethen.

Am 29. reiste derselbe in Begleitung des damaligen bambergischen Vizedoms, von Seckendorf, des Kanzlers, mehrerer Adelichen und Offiziere nach dem Mittagsmahle nach Griffen, wo er Abends 4 Uhr beim Thore des Marktes von der festlich gekleideten Bürgerschaft empfangen, und bis in das Cisterzienser-Stift Griffen, außerhalb des Marktes gegen Klagenfurt gelegen, begleitet wurde, wo er übernachtete.

Am folgenden Morgen, nachdem der Bischof der heiligen Messe beigewohnt hatte, schwuren die zum Markte und Kloster Griffen gehörigen Unterthanen unter freiem Himmel im äußeren Klosterhofe den Eid der Treue. Dem damaligen Prälaten, Peter, der durch heftige Gichtanfälle an Händen und Füssen lahm war, und in einem Sessel getragen werden mußte, war es erlaubt, sammt dem Pfleger von Weißeneck, Jakob Schorgast, dem Pflegsverwalter zu Wasserhofen, Michael Hunegg, und dem Schaffer des Klosters, Georg Nußbaum, den Huldigungs-Eid, und zwar dem Ersteren auf das Evangeliumsbuch, in einem Zimmer abzulegen. Den Beschluß machte eine herrliche Tafel in dem neuen Kloster-Saale.

Am 31. setzte der Bischof Morgens nach eingenommener Frühsuppe seine Reise nach Klagenfurt fort.

Eine Stunde vor der Hauptstadt des Landes erwarteten die Herren Stände, an ihrer Spitze der Burggraf, Gottfried Freiherr von Schrattenbach, in Wägen und zu Pferde, in Galla den geistlichen Fürsten. Seine Ankunft verkündete das Geschmetter der Trompeten und das Wirbeln der Heerpauken. Der Herr Burggraf gieng demselben, nachdem beide ihre Wägen verlassen hatten, entgegen, und sie begrüßten einander mit einem deutschen Handschlage. Ihm folgten die andern Herren Stände und Adelichen, ihre Bewillkommung darbietend.

Nach diesen gegenseitigen Ehrenbezeugungen gieng dann der feierliche Zug zur Stadt. Der in den Gebirgen widerhallende Donner der Kanonen und Doppelhacken begrüßte den hohen Reisenden von den Bastionen. Seinen Einzug verherrlichten die Bürger der Stadt, die vom Völkermarkter-Thore an bis in die Wohnung des Fürstbischofs von Gurk am neuen Platze, wo derselbe abstieg, in ihren militärischen Uniformen und mit ihren hochflatternden Fähnlein zu beiden Seiten Spalier machten. – Eine Ehrenwache hielt vor dem Thore mit Trompeten und Heerpaucken, die allzeit ertönten, wenn der Gefeierte ein- oder ausfuhr, auch während den glänzenden Tafeln.

Am folgenden Tage, Mittwochs den 1. September, verfügte sich der Bischof unter Vorantretuung und Aufwartung mehrerer Cavaliers in die Kirche der P. P. Jesuiten, wo er die Messe und Predigt anhörte.

Nach der Mittagstafel gab Herr Wolf Andre Jöbstl zu Ehren des hohen Anwesenden ein Kranzelschießen im landschaftlichen Garten. Der Preis bestand in einem schönen lebenden Ochsen, die dem Bestgeber, einem guten Schützen, selbst verblieb.

Am Morgen des 2. Septembers wohnte der Fürst einer Messe bei den Barfüssermönchen (Kapuzinern?) bei, und nach eingenommener Mittagssuppe fuhr er zur Huldigung nach Feldkirchen. Auf dem Wege dahin brachte ihm Herr Georg Gotthard von Wendelbaiern bei seinem Schlößchen Freienthurn, eine Stunde von Klagenfurt rechts auf einem Berge gelegen, nach alter deutscher Sitte einen mit Wein gefüllten Becher dar, indessen dreißig Freudenschüße von dem Bergschlößchen in den Bergklüften das vielfache Echo erweckten. Ein großer Theil des Adels vermehrte bis Feldkirchen, theils auch bis Villach, die Reisegesellschaft des Bischofes.

Am 3. September fand die Huldigung zu Feldkirchen Statt.

Am 6. geschah ein Gleiches zu Villach. Zugleich verlieh der Bischof dem confirmirten Prälaten von Arnoldstein, Daniel Heißling, die Temporalien. – Die Wenden schwuren in ihrer Sprache; die Männer mit aufgehobenen drei Fingern, die Frauen mit Auflegung der rechten Hand auf die Brust; die Knappen aber, nach bergmännischem Gebrauche, mit aufgehobener rechter Faust. Unter den Huldigenden befanden sich: Bartlmä Benedickt, bambergischer Rath und Amtmann zu Villach, der Bergrichter zu Bleiburg, Friedrich Schwarz, und alle Privat-Gewerken mit ihren Verwesern und Knappen.

Zu Arnoldstein wurde die Huldigung am 7. September vorgenommen; unter den Treue schwörenden Unterthanen des Klosters Arnoldstein, den Tochterkirchen und der Herrschaft Straßfried, war der Prälat, und Mathias von Sichter, Pfleger zu Straßfried, Mäglern, Federaun und Künburg.

Am 10. fiel diese Feierlichkeit zu Malborget vor. Von da reiste er wieder nach Wolfsberg zurück, wo er auch am 16. anlangte, und bis zum 28. verweilte. Indessen trat an die Stelle des vorigen Vizedoms nun Rudolph von Stadion.

Zu St. Leonhard im Oberlavantthale erfolgte endlich am 1. Oktober die Huldigung, und zwar von den Bürgern und Unterthanen derselben Stadt und des Marktes Reichenfels, dem Bergrichter von Kliening, und der ganzen Gewerk- und Knappschaft. (...)

Nachdem Vormittag die Huldigung vollendet war, trat der Bischof Nachmittags die Reise nach Wien an, das er auch am 6. Oktober Abends 6 Uhr glücklich erreichte, wo er sich dann bis zum 19. November aufhielt. Nachdem er seine Geschäfte dort nach Wunsch beendet, und bei den kaiserlichen Majestäten so wie bei den Prinzen mehrere Audienzen gehabt hatte, kehrte er wieder nach Wolfsberg zurück (da ihm der damalige Bauernaufstand im Lande Ob der Ens den Weg nach Bamberg versperrte), traf dort am 26. November ein, und brachte den ganzen Winter in diesem fruchtbarsten Theile Kärntens zu.

Am Ende des Winters (9. März 1633) bestimmte ihn eine nothwendige Unterredung mit dem Domprobsten von Bamberg, nach Linz zu reisen; allein unter Weges überfiel ihn plötzlich eine tödtliche Krankheit, in Folge deren er auch am 19. März zu Spital am Pyrn verschied. Am 5. April wurde er feierlich zur Erde bestattet, und in das Grab des Stifters dieses Klosters, Bischofs Friedrich von Aufseß, vor dem Choraltare gelegt.

VALENTIN POLANŠEK

(1928–1985)

Slišal sem jok / **Ich hörte das Weinen**

Slišal sem jok
Ich hörte das Weinen
padajočih dreves
der fallenden Bäume
v koroških gozdovih, v naši samoti –
in den Kärntner Wäldern,
in unserer Einsamkeit –
osamljen borovec je zadrgetal,
eine vereinzelte Föhre erzitterte,
ko je zazrl modrino nebes,
als sie das Himmelsblau sah,
in je začel hirati na sončni planoti.
und begann auf der Sonnenebene
zu siechen.
Potem je molčal gozd
Dann schwieg der Wald,
in jaz sem bil v njem tih,
und ich war still in ihm,
pa je umolknil še drozd,
und auch die Drossel verstummte,

kot bi razumel moj vzdih:
als verstünde sie meinen Seufzer:
S samotnim drevesom
Durch den einsamen Baum
zapuščena poseka
wird der verlassene Kahlschlag
je podoba človeka,
zum Sinnbild des Menschen,
ki z drhtečim telesom
der mit zitterndem Körper
je svoje sosede pospremil h grobu
seine Nachbarn zum Grab geleitet hat
in zdaj sam ... ob robu
und nun selbst ... am Rand
kot borovec drhteče
wie die Föhre zitternd
gleda v nebo!
zum Himmel blickt!

HUMBERT FINK

(1933–1992)

Eine seltsame, schwarzgekleidete Prozession

An einem Samstagnachmittag im April vor zwei Jahren zog über die löchrige Straße, welche St. Martin mit Völkendorf verbindet, eine seltsame, schwarzgekleidete Prozession. Alte Weiber mit dunklen Kopftüchern und bis zu den Schuhen reichenden, im Staub schleifenden Gewändern und steifbeinige Greise, die schnaufend an dickknotigen Stöcken hingen, stolperten schwerfällig unter der Frühlingssonne einher. Nur an der Spitze dieses lahmen Zugs schritt neben einer klumpfüßigen, etwa siebzigjährigen, spitznasigen Dame, deren gelber Stock gleichmäßig ihre ein wenig hüpfenden Schritte begleitete, ein hochgewachsener, gleichfalls schwarzgekleideter, junger Mann, der immer wieder ungeduldig rückwärts blickte, alle fünfzig Meter verächtlich den Kopf schüttelte, die Hände ineinander verschränkte und komisch verzweifelte Seufzer ausstieß.

»Mehr Haltung«, murmelte die klumpfüßige Dame an seiner Seite. »Sie sind diesen Leuten Dank und Respekt schuldig.«

»Ich wüßte nicht, weshalb«, entgegnete er unmutig.

»Immerhin haben sie am Begräbnis teilgenommen.«

»Und wenn schon! Es hat sie niemand dazu gezwungen.«

Sie sah ihn erstaunt an. Dann schmunzelte sie und sagte:

»Mein Begräbnis werde ich wohl mit mir allein abhalten müssen.«

»Ach, das ist was anderes«, sagte er. Und erneut seufzend fügte er hinzu: »Ich komme mir bald schon so alt und so lahm vor wie alle diese schwarzen Vögel da hinten ... Können wir denn nicht ein wenig schneller gehn?«

So gelangten sie im Verlauf einer langweiligen halben Stunde an eine Straßenkreuzung nahe bei Völkendorf, wo sich der stumme und traurige Zug auflöste. Der Reihe nach traten die Teilnehmer des Begräbnisses, das auf dem Friedhof in St. Martin vor sich gegangen war, an Bartholomäus Windischbühel heran und drückten ihm teilnahmsvoll und mit niedergeschlagenen Augen die Hand. Niemand sprach dabei ein Wort. Dann verschwanden sie in den seitab führenden Gassen und Straßen, lange weiße Staubfahnen hinter sich herziehend und das warme Gewicht der Sonne mit sich schleppend. Bartholomäus Windischbühel sah ihnen allen noch lange nach, und er mußte an verdrossene, gelbschnäblige Krähen denken und war selber verdrossen und müde und hungrig.

»Kommen Sie«, sagte die alte Dame, sie war als einzige bei ihm geblieben, »jetzt haben Sie's ja überstanden.«

Sie bogen in einen schmalen Weg ein, den in dieser Zeit noch kahle Bäume umstanden, und verfolgten ihn bis an eine breitästige Buche. Dort gabelte er sich in zwei Pfade. Sie beschritten den zur Linken, der, von niedergerissenem oder niedergetretenem Stacheldraht umzäunt, quer über ein großes, wüstes Feld führte bis an einen Block von dreistöckigen, braunen Häusern, den sogenannten Baufondhäusern. Vor diesen, durch eine breite Straße von ihnen getrennt, lag hineingeduckt in einen verwilderten Garten eine gelbe Villa. Ein morscher und löchriger Zaun führte um einen Teil des Anwesens. Auf einem asphaltierten Platz inmitten der Baufondhäuser aber hing von einem Mast schlaff und faul eine schwarze Fahne hernieder. Darauf gingen sie nun stumm zu.

Das also ist von alledem geblieben, dachte Windischbühel, als sie davorstanden und zur Fahne, die sich ans glatte Holz schmiegte, emporsahen. Dies zerfranste und fadenscheinige Stückchen Tuch, dachte er, und drüben in St. Martin ein kleiner Hügel und ein Kranz, der morgen schon verwelkt sein wird, ein Grabstein, ein schwarzes Gitter rundherum …

JANI OSWALD

(* 1957)

vmes / **Sätze streiken**

mrka črka crkava
Ein düsterer Buchstabe krepiert
zlagane zloge zalaga
hortet verlogene Silben
bosa beseda
ein barfüßiges Wort hat sich
in ihn verbohrt
se vanjo zajeda
die Milben, der Lindwurm
ves bes
was für ein Haß verätzte die Krätze
se ve da stavkajo
Sätze streiken
stavki
ich weiß

smrt ne samo smrdi
Nicht nur Fäulnis verbreitet der Tod
v življenje nas vrinili
uns ins Leben gestoßen
spredaj zadaj nič ni
vorne nichts anfangen zu wissen
seveda vmes
hinten elend zu enden
mi
bloß rot in der Mitte die Glut
meine Wut in meinen bloßen Händen
Sätze streiken
ich weiß

ROBERT MUSIL

(1880–1942)

Slowenisches Dorfbegräbnis

Mein Zimmer war sonderbar. Pompejanisch rot mit türkischen Vorhängen; die Möbel hatten Risse und Fugen, in denen sich der Staub wie kleine Geröllrinnen und -bänder hinzog. Es war feiner Staub, unwirkliche Verkleinerung von Geröll; aber er war so ungeheuer einfach da und in kein Geschehen mehr verflochten, daß er an die große Einsamkeit des Hochgebirges erinnerte, die nur vom Steigen und Sinken der Flut des Lichts und der Dunkelheit bespült wird. Von solchen Erlebnissen hatte ich damals viele.

Als ich das Haus zum erstenmal betrat, war es ganz vom Gestank toter Mäuse erfüllt. In das gemeinsame Vorzimmer, das mein Zimmer von dem der Lehrerinnen trennte, warfen diese alles, was sie nicht mehr liebten oder des Aufhebens nicht mehr für wert hielten: künstliche Blumen, Speisereste, Fruchtschalen und zerrissene schmutzige Wäsche, die das Reinigen nicht mehr lohnte. Sogar mein Diener beklagte sich, als ich ihn Ordnung schaffen hieß; und doch war die eine von ihnen schöner als ein Engel, und ihre ältere Schwester war zärtlicher als eine Mutter und malte ihr die Wangen täglich mit naiven Rosenfarben, damit ihr Antlitz auch noch so schön sei wie das der Bauernmuttergottes in der kleinen Kirche. Von den kleinen Schulmädchen, die oft zu uns kamen, wurden beide geliebt; und ich lernte das verstehen, als ich einmal erkrankt war und selbst ihrer beider Güte wie warme Kräuterkissen zu fühlen bekam. Als ich aber einmal ihr Zimmer unter Tags betrat, um etwas zu verlangen, denn sie waren die Vermieter, lagen sie beide im Bett, und als ich mich zurückziehen wollte, sprangen sie hilfsbereit aus den Decken hervor und waren völlig bekleidet; sogar die schmutzigen Straßenschuhe hatten sie im Bett an den Füßen behalten.

Das also war die Wohnung, worin ich stand, als ich dem Begräbnis zusah; eine dicke Frau war gestorben, die schräg meinen Fenstern gegenüber auf der anderen Seite der breiten, hier etwas ausgebuchteten Reichsstraße gelebt hatte. Am Vormittag brachten die Schreinerjungen den Sarg; es war Winter, und sie brachten ihn auf einem kleinen Handschlitten, und weil es ein schöner Vormittag war, schlitterten sie mit ihren Nagelschuhen auf der Straße daher, und die große schwarze Schachtel hinter ihnen sprang von einer Seite zur anderen. Jeder, der es sah, hatte das Gefühl, was für hübsche Jungen das wären, und wartete neugierig ab, ob der Schlitten umwerfen werde oder nicht.

Nachmittags aber stand schon das letzte Geleite vor dem Haus: Zylinder und Pelzmützen, modische Hüte und winterliche Kopftücher dunkel gegen das lichte Schneegrau des Himmels. Und die Geistlichkeit kam, schwarz und rot, und gezackte weiße Hemdchen darüber, quer über den Schnee. Und ein junger, großer, zottiger, brauner Hund sprang ihr entgegen und bellte sie an wie einen Wagen. Und wenn man so sagen darf, hatte er damit keine ganz falsche Beobachtung ausgedrückt; denn wirklich war in diesem Augenblick nicht sowohl Heiliges, noch selbst Menschliches, in den Nahenden, als vielmehr nur die schwierige Bewegung der mechanischen Seite ihrer Existenz auf dem glatten Straßenbelag.

Dann aber wurde es überirdisch. Ein ruhiger Baß stimmte ein wunderholdes, trauriges Lied an, in dem ich nur die fremden Worte für Süße Maria verstand, ein hellbraun wie Kastanie schimmernder Bariton fiel ein, und noch eine Stimme, und ein Tenor schwang sich über alle hinweg, während zu gleicher Zeit aus dem Haus ohne Ende Frauen mit schwarzen Tüchern quollen, die Kerzen vor dem Winterhimmel blaßgolden brannten und die Geräte blitzten. Da hätte man weinen mögen, aus keinem anderen Grund, als weil man bereits ein Mensch über Dreißig war.

Vielleicht auch ein wenig deshalb, weil sich hinter der Trauergesellschaft die Buben pufften. Oder weil der aufrechte junge Herr, dem der Hund gehörte, über aller Köpfe hinweg so regungslos nach den heiligen Handreichungen sah, daß man nicht wußte, warum. Einfach so ängstlich voll von Tatsachen, die nicht recht feststanden, war alles wie ein Porzellanschrank. Und wirklich konnte ich kaum noch an mich halten, wußte aber auch nicht, wohin ich mich wenden sollte, als ich, wohl durch Zufall, inmitten der Menge gewahr wurde, daß der hochergriffene junge Mann eine Hand am Rücken hielt und sein großer brauner Hund mit ihr zu spielen begann. Scherzend biß er an ihr herum und suchte sie mit seiner warmen Zunge aufzuwecken. Mit Spannung wartete ich nun ab, was sich daraus entwickeln werde. Und endlich, nach geraumer Zeit, während die ganze Gestalt des jungen Mannes in unbestimmter Erhebung erstarrt blieb, machte sich die Hand hinter dem Rücken los und selbständig und begann mit dem Maul des Hundes zu spielen, ohne daß es ihr Herr wußte.

Das rückte mir die Seele wieder ins Lot, ohne daß es ein ausreichender Grund war. Sie geriet damals, in jener Umgebung, worin ich mich auszuharren zwang, leicht auch dann in Unordnung oder Ordnung, wenn kaum eine Ursache dazu vorhanden war. Angenehm-unangenehm durchströmte mich die Erwartung des Händedrucks, den mir nach dem Begräbnis meine Hausgenossinnen anbieten werden, zusammen mit einem Gläschen von ihrem verdächtigen Hausschnaps und einigen ordentlichen Worten, denen nicht zu widersprechen ist: – vielleicht, daß das Unglück die Menschen einander näherbringe, oder so ähnlich.

TILL BUSCH

(* 1980)

za vsakim vogalom / **hinter jedem eck**

za vsakim vogalom
hinter jedem eck
samo smrt
der tod
ali ljubezen
oder die liebe
vmes pa
dazwischen
pesem
ein lied

HANI WEISS

(1917–1943)

Eine folgenschwere Verwechslung

Im Hriberhaus herrschte tiefe Trauer. Alle Nachbarn hatten sich in der großen Stube versammelt, um ein paar Vaterunser für den Seelenfrieden der Hausfrau zu beten. Alle waren gekommen, sah es so aus. Nach dem Beten fragte dann doch einer:

»Um Gottes willen, wo ist denn Gorjanec?«

Alle sahen sich an. Gorjanec war nicht da. Im nächsten Augenblick trat jemand ins Vorhaus und stand schon in der offenen Tür – Gorjanec.

»Na, wo warst du denn?«

»Meiner Seel! Meine Geiß habe ich gesucht. Sie hat sich verlaufen, oder jemand hat sie gestohlen.«

»Jessasna!«

Einige schüttelten ihre Köpfe. Die Anaž Mojca aber wußte sogleich, was zu tun war.

»Am besten du erstattest Anzeige beim Herrn Pfarrer. Je früher, desto besser. Morgen kann er's verkünden. Vielleicht siehst du deine Geiß doch noch wieder.«

Alle nickten, und Mojca fuhr fort:

»Unser Pepček kann in den Pfarrhof laufen. In zwei Stunden ist er wieder da. Bei der Gelegenheit kann er auch sagen, daß die Frau Hribar verschieden ist.«

»Kruzifix«, sagte Gorjanec, »das ist keine schlechte Idee. Zwar geh ich am Nachmittag selber ins Dorf, aber wer weiß, ob ich den Herrn Pfarrer zu Hause antreffe.«

»Pepček – Pepček!«

Mojca rief ihn herbei. Er stand in der Ecke und hörte ruhig zu, was man ihm sagte.

»Pepček«, trug Mojca ihm auf, »geh zum Herrn Pfarrer, grüß erst, du weißt wie, dann sag: Die Frau Hribar ist gestorben, und dem Gorjanec hat man die Geiß gestohlen. Wenn er so gut wäre und das verkünden könnte. Verstanden? Weißt du, was du sagen mußt?«

Pepček nickte und war schon im Vorhaus.

Der Pfarrer saß an seinem Sekretär, eine großformatige Zeitung vor sich ausgebreitet. Plötzlich ging die Tür auf, und der Pfarrer erschrak. Ihm war, als beträte das Zimmer ein geheimnisvoller Geist.

»Pepček«, sagte der Pfarrer gutmütig, »bevor du eintrittst, mußt du anklopfen. Hast du verstanden?«

Pepčeks Knie zitterten. Das Blut schoß in seine Wangen.

»Macht nichts, Pepček. Na, was ist denn, sag schon! Hat dich deine Mutti geschickt?«

Pepček nickte und antwortete dann stammelnd: »Dem Hribar wurde ... wurde ... wurde ... die Geiß gestohlen ... und ... dem Gorjanec ist die Frau gestorben. Wenn Sie das verkünden könnten!«

»Wirklich?«

»Mmm, wirklich.«

»Die Frau Gorjanec ist gestorben! Bist brav. Das mit dem Begräbnis regeln wir morgen. Am Sonntag. Schon in Ordnung.«

Pepček schlüpfte grußlos durch die Tür, und der Pfarrer wiederholte immer noch:

»Die Frau Gorjanec ist gestorben, und ich habe sie nicht einmal gekannt! Ich kümmere mich zu wenig um meine Pfarrkinder!«

Am Nachmittag spazierte der Pfarrer durch seinen an der Straße gelegenen Garten. Er betete das Brevier und warf dann und wann einen Blick auf die Passanten. Schau, auf der Straße kam Gorjanec daher, mit trägem Schritt. Dem Pfarrer fiel er sofort ins Auge. Er trat auf die Straße und wartete, daß er vorüberkam.

»Guten Tag, Herr Pfarrer.«

»Gott zum Gruße, Herr Gorjanec«, erwiderte der Pfarrer mit sanfter Stimme. »Mein Beileid, Gorjanec. Wo Sie doch so ein schlimmes Unglück getroffen hat.«

»Ach«, versetzte Gorjanec freundlich, »wenn's nur nichts Schlimmeres ist.«

»War sie denn schon in den Jahren?«

»Alt war sie!«

»Und was wird jetzt aus den Kindern?«

»Hm, die Kinder ... Wegen der Milch, meinen Sie ... Na ja, Milch hatte sie schon noch, das stimmt. Wenn sie auch nur noch aus Haut und Knochen bestand, ein Euter hatte sie wie eine Junge.«

Dem Pfarrer fiel das Brevier aus der Hand, und der Mund blieb ihm offen stehen.

»Habt ihr euch denn nicht gut verstanden, daß du so von ihr redest? Oder war sie zickig?«

»Zickig? ... Gar nicht! Lammfromm! Mein Ältester, Jurček, melkte sie morgens und abends.«

Der Pfarrer trat einen Schritt zurück.

»Ihnen tut es leid, Herr Pfarrer ... Mich kann es nicht treffen. Ich hab schon eine Junge. Und was für eine! Sie könnten sich an ihr nicht satt sehen!«

Dem Pfarrer blieb die Luft im Hals stecken. Gorjanec aber glaubte, der geistliche Herr hege ein besonderes Interesse für seine Wirtschaft. Deshalb fuhr er fort:

»Als ich noch die Alte hatte, sperrte ich beide, die Alte und die Junge, zusammen in den Stall. Kruzifix, um Mitternacht höre ich einen Lärm. Ich stehe auf und gehe nachsehen. Wie ich in den Stall trete, sehe ich, daß sie die ganze Nacht gerauft haben. Die Alte war schlimmer als die Junge. Na, ich packe sofort die Alte und schleppe sie hinaus ... Dann sperre ich sie in den Schweinestall. Und dann war Ruhe, die ganze Nacht. Na ja, daß ich nur die Junge habe. Der würde ich nachweinen! ... Ihr Fehler ist nur, daß sie gerne hinausgrast. Aber ich glaube, das tun alle Jungen ... Manchmal wird sie so übermütig, daß es eine Freude ist! Wenn ich sie hinauslasse, verschwindet sie sofort hinter einem Busch. Dann hilft kein Rufen. Nützt alles nichts. Ich muß sie suchen. Und bringe sie nicht nach Hause, bevor ich nicht ein bißchen mit ihr gespielt habe.«

»Gorjanec, Gorjanec«, fiel ihm der Pfarrer ins Wort, »das ist arg! Komm morgen nach der Messe zu mir! So kann das nicht weitergehen!«

»Na ja, dann komm ich eben. Dann reden wir weiter von der Wirtschaft. Auf Wiedersehen!«

Gorjanec ging mit trägem Schritt auf der Straße weiter. Der Pfarrer sah ihm lange nach. In seine Augen trat eine Träne.

»Wer hätte das gedacht«, überlegte er, »daß es mit Gorjanec so weit kommen würde. Seine Frau ist tot, und redet er so von ihr. Als sie noch lebte, hatte er schon eine andere, jüngere bei sich. Die Welt ist, ich sag's ja, heute schon völlig verdorben. Beide in den Stall gesperrt. Was für Manieren! Und seine Angetraute in den Schweinestall, natürlich sind die Fetzen geflogen! Der verdirbt mir noch die ganze Pfarre!«

Lange sann der Pfarrer nach. Bei jedem Gedanken an Gorjanec entfuhr ihm ein Seufzer.

HANS SCHNEIDER

(1899–1965)

So schreib auch ich in dieses Buch

So schreib auch ich in dieses Buch, in das sie alle schreiben.
Das Buch ist alt; die Seiten in dem Buch, die sind vergilbt und schmal;
und was da steht, ist wenig und wird immer wenig bleiben.
Da stehen Kuh und Schwein und Kalb und dort steht eine Zahl;
und bei dem Geld, da steht etwas von Messen und von teuren Leichen.
Ich schreib so, wie es ist. – Und da steht unsres Hauses Zeichen.

Ein Balken längs, ein Balken quer und zweier Räder Naben:
Das, was im Kreis sich ewig dreht, das, was da ist und was vergeht;
es steht von Taufen etwas da und etwas vom Begraben.
Ich schreib es nieder, so wie es von selber wird und geht.
Da steht der tote Sohn und nebenan etwas von einer Scheune;
in einer Zeile Stern und Kreuz und Holz und was von Bräune.

Stehn alle da, die da geboren wurden und die starben.
Stehn groß die vielen fremden Mägde da und Schaf
und Roß und Knecht;
und klein, die aus dem eignen Blut, die irgendwo
verdarben.
Ich weiß, zuweilen ist der Mensch mehr hart, denn er
gerecht;
doch bin nicht ich der, der da schreibt; so schreibt die
Zeit und so das Leben;
wer aus dem Acker nimmt, der muß dem Acker
wieder geben. –

Denn groß und klein, das ist wie leicht und schwer
auf einer Waage.
Der sie in seinen Händen hält, der wiegt uns Distelzeug
und Dorn
im gleichen Maß wie andres zu. Drum wird aus Müh
und Plage
uns erst der Weizen reif und aus der Not das Brot und
Korn.
Die harte Schrift ist nicht von mir; sie wurde hart vom
harten Schauen
und weil wir Haus und Stall in Ewigkeit aus Stein
erbauen. –

So schreib auch ich in dieses Buch, in das sie alle
schreiben.
Das Buch ist alt; die Seiten in dem Buch, die sind
vergilbt und schmal.
Die Zeit geht schnell, bald fällt mein Abend müde in
die Scheiben,
nichts bleibt mir übrig, denn ein Berg und irgendwo
ein Tal;

drum steh zu guter Letzt ich selber da, mit Jahr und
Tag und Namen.
Und dunkel rühren die mich an, die lang schon tot
sind. – Amen.

ANONYM

Ta hiša je moja / **Dies Haus ist mein**

Ta hiša je moja
Dies Haus ist mein
pa vendar moja ni.
und doch nicht mein.

Tisti, ki za meno pride,
Der nach mir kommt,
jo tudi zapusti.
verläßt es auch.

Ta tretjega bobo odnesli
Den dritten dann
iz hiše te.
trägt man hinaus.

Prijatelj, odgovori:
Freund, sag:
Čigava hiša je!
Wem gehört dieses Haus?

FLORJAN LIPUŠ

(* 1937)

Wahre Qualen für einen echten Bestatter

Das sind wahre Qualen für einen echten Bestatter, doch was soll's, er muß es schlucken, in die Tasche stecken, verstellen muß er sich, obwohl es ihn reizte, dem Hundesohn eine reinzuhauen. Ohne Tote kommt heute selbst der Laie nicht weiter und der Fachmann noch viel weniger; je mehr Tote einer in Särge bettet, um so größer ist sein Ansehen, und je weniger einer zu betten versteht, desto geringer ist sein Ruhm. Ein guter Bestatter hat sein Quantum gediegener Tragödien hinter sich; sein Kundenkreis wächst, wenn er sich auf sein Geschäft versteht und mit Erfolg nicht nur die körperlichen Anstrengungen übersteht, als da sind das Ausheben und Zuschütten der Gruben sowie widrige Witterung, sondern auch Sperenzchen und Hemmnisse wie Undank, wenn alle Welt ihr Mütchen an ihm kühlt und ihn von oben herab scheel ansieht.

Ein echter Bestatter nimmt ungezählte Wege, Unbill und Verdruß in Kauf, ein findiger Bestatter geht, wenn's not tut, auf den Zehenspitzen, auf den Händen, vermittelt, nimmt Einfluß und tut sein möglichstes, damit die Toten sich wohl fühlen und ihren lieben Frieden vor den lieben Lebenden genießen. Anpassungsfähigkeit, Findigkeit und Hellsicht zeichnen seinen Stand, machen seine Größe aus. Viele bewahrt er vor der Schande, in ungeweihter Erde ruhen zu müssen. Viele wollte man dort verscharren, am Friedhofsrand, gesondert, an einem Ort, der kein Gottesacker ist, sondern eine Wiese, eine Geißenweide vielleicht, im Hang, in jenem Teil, der noch nicht Kirchhof ist und es erst sein wird, nachdem der Fürstbischof den First gebürstet, seine Kreuze darüber geschlagen und den Grund umgewidmet haben wird; an einem Ort, der als Totenacker für Notzeiten vorgesehen ist, und in Zeiten der Not herrscht keine Zeitnot, in dieser Schreckenszeit wird eine schreckliche Ruhestättennot herrschen. Jetzt ist dort noch Ödland, eine Geißenweide, Kühe würden bei solchem Futter nicht mehr milchen, die Ziegen aber können nicht genug kriegen und sind versessen auf dieses Fressen; oben auf der Höhe ist ein Stück Ebene, dort stehen ein Bienenhaus und eine Bank; unter dem Kasch wollte man sie verscharren, und wären da nicht die Bestatter gewesen, wäre es glatt vonstatten gegangen. Die Gräberstatt hatte man dem Verblichenen vor der Nase zugeknallt, und das einem solchen Verblichenen, daß sämtliche hier Begrabenen der Reihe nach sich um seinetwillen in ihren Gräbern von ihm abzuwenden begonnen und noch alle Friedhöfler auf die Beine gestellt hätten, die ihr aufrechtes Leben keusch verbracht hatten, der ganzen Pfarre als Vorbild galten, und jetzt würden sie es nicht hinnehmen, daß solche Kerle in einer Reihe mit ihnen liegen und ihren ausgeschlafenen Frieden trüben würden, deshalb hatten sie den Friedhof vor ihresgleichen verriegelt und versiegelt!

SEBASTIAN WEBERITSCH

(1870–1946)

Der Abdecker und der Totengräber

Am Heimwege mußte ich immer beim Bergmoser vorüber. Der war der Abdecker oder Schinder und hatte ein nach unserem Begriff verrufenes Gewerbe. Die vielen Hunde, die ohne Marken herumliefen, mußte er einfangen, auch die wütenden, bei uns »windigen« Hunde genannt, waren sein eigen. Wie weinte und heulte oft manches Weib durch die Straßen: »Der Bergmoser hat mir heute meinen lieben Hund, das treue Vieh, fortgenommen. Jetzt hat er's gewiß schon abgestochen, und der Teufel wird ihn dafür schon in der Hölle braten.« Dem Bergmoser wichen die Leute aus; er hielt sich etwas schief und hatte einen durchdringenden Blick. Die Thresl meinte, er sei mit dem Teufel »per du«. Aber auch die Mägde am Spinnrad erzählten schauerliche Geschichten von ihm: in seinem Acker sei ein großer Schatz vergraben, den der Satan aus der Tiefe des St. Georgner Sees gehoben und bei ihm aufbewahrt habe. Von Zeit zu Zeit käme er nachschauen, ob er noch dort sei, weil er dem Bergmoser nicht traue, und sieben Raben hielten die Wache. Wenn der Teufel zu Walpurgi Hochzeit halte und mit feurigem Schweif über den Ulrichsberg und die Burg Karnburg fliege, wo er seine Jungen habe, kehre er immer bei ihm ein, um zu sehen, ob das Geld nicht verschwunden sei. Einmal sei er so tief in das Schatzloch gekrochen, daß nur sein Schweif noch herausgeschaut; da aber noch alles vorhanden war, habe er dem Schinder ein Handgeld für Jahre gegeben. Der Bergmoser aber, durch das Mißtrauen des Teufels geärgert, habe ihm bei dieser Musterung den Schwanz abgeschnitten und auf die Tür neben einem Kruzifix aufgenagelt, um ein Faustpfand zu haben; sobald dem Teufel der Schwanz wieder nachgewachsen sei, müsse der Bergmoser sterben. Die Mutter erzählte, daß viele Leute zum Schinder gingen, um frisches Hundsschmalz zu kriegen, das er bei Vollmond verarbeite; auch Hirschunschlitt, weißer Hundskot und Pulver aus Geierkrallen würden als wirksames Mittel bei verschiedenen Krankheiten vom Schinder begehrt. Der Vater war über diesen Aberglauben empört; der Bergmoser tue nur seine Pflicht, und die Gemeinde müsse einen Platz haben, wo Abfallstoffe und Tiere vergraben würden; ich aber glaubte vielmehr der Mutter. Als ich den Schinder einmal beim Großvater traf, war ich verwundert, daß er mit ihm verkehre wie mit jedem anderen Menschen, und als ich sah, daß er ihm sogar die Hand gegeben, hatte ich die größten Bedenken und erzählte ihm alles. Der Großvater lachte, bald aber nahm er eine ernste Miene an und sagte, die Dummheit sei wohl ein trauriges Vieh; gegen ein so albernes Geschwätz jedoch helfe kein Reden, da nütze nur eigenes Sehen und die Vernunft, und es gebe gar keinen Teufel! Er nahm mich am Arm und führte mich zum Bergmoser hin, und ich mußte ihm auch die Hand geben, was nur widerwillig geschah; sofort sollte ich versprechen, hinauszukommen und mir selbst alles anzusehen. Der Bergmoser nahm mich gleich mit, ich folgte zögernd, verspürte aber keine innere Lust. Der Schinder war ein ganz einfacher Mensch und unterhielt sich mit mir bis zu seiner Behausung in anregender Art. Er führte mich in den Stall und zeigte mir zwölf junge Ferkel, die erst zehn Tage alt waren, ein Stierkalb, das die Mutter gerade säugte, und eine große, schwarze Katze, welche mir allerdings einige Bedenken erregte; da sie aber ganz zahm war und sich von mir angreifen ließ, einen hohen Buckel machte und um meine Füße herumschnurrte, solange ich sie streichelte, schwanden auch diese. Aber hinter dem Hause stieg Rauch aus dem Boden, obwohl kein Feuer brannte, und da der Bergmoser sah, wie ich immer scheu dorthin blickte, führte er mich hin; es war eine Grube, in der Kalk gelöscht wurde; ich fragte nach den sieben Raben, er sagte lachend, es seien viel mehr, die gerne auf den großen Misthaufen kämen, besonders im Winter, da es für sie dort immer etwas Gutes gebe; ich besichtigte auch diesen und fand nichts Verdächtiges: er war sogar kleiner als der in unserem Hofe. An der Stalltür hing ein eingetrockneter Ochsenschwanz und oberhalb desselben die drei Buchstaben C. M. B.: Caspar, Melchior und Balthasar, wie zu Hause, aber kein Kruzifix, und über der Haustür drei angenagelte Geier wie auf manchem Bauernstadel. Nirgends konnte ich etwas entdecken, was an den Teufel gemahnte. Einige Hunde waren an Ketten. Nun hatte ich das ganze Grausen verloren, kam öfters, konnte aber nie etwas Unnatürliches finden, und keine Einrede späterer

Zeit konnte in mir das Selbstgeschaute erlöschen. Ja, nach längerem Verkehr wurde ich mit dem Abdecker geradezu befreundet, und meine Neugierde wagte Fragen zu stellen, ohne Sorge, ihn damit zu verletzen. Er beantwortete sie immer mit Heiterkeit und ohne Überraschung, woraus ich entnahm, daß ihm die Meinung der Leute über seinen unheimlichen Beruf gar wohl bekannt sei. Niemals hörte ich von ihm ein abfälliges Wort über die Vorurteile, die über ihn schwebten, er beklagte sich nur über die lästigen Weiber, die kranke und unbesteuerte Hunde von ihm zurückverlangten. Auf meine Frage, wie er mit dem Teufel stehe, lachte er laut und bedauerte, ihn nicht zu kennen, aber er hätte große Sehnsucht, mit ihm bekannt zu werden, denn es heiße, der Teufel bringe Geld; bis jetzt aber kenne er nur die Teufel im Steueramt, die ihm zuwider seien, denn sie kosteten ihn viel.

Wenn der Schinder am Oberen Platze ging und die Leute ihm auswichen, lief ich ihm fortan zu und hatte einen inneren Stolz, zu zeigen, daß ich mich vor nichts fürchte. Meiner Mutter war diese Freundschaft nicht recht, der Vater dagegen versicherte, daß der Bergmoser ein ehrenwerter Mann sei. Sie aber sagte: »Hütet euch vor den Gezeichneten, denn er hinkte sehr stark. Viel unheimlicher war und blieb mir immer der Friedhof, an dem ich vorbei mußte, wenn ich zum Bergmoser ging. Dort lernte ich den Totengräber Blaser kennen, einen ganz braven und natürlichen Menschen; auch dieser hatte nichts von dem Grauen seines Berufes an sich. Er war mit dem Bergmoser befreundet, war sein Nachbar, aber räumlich ziemlich getrennt. Mit dem Totengräber wollte auch niemand zu tun haben, außer in dem Falle der schrecklichsten Not. Vielleicht hat diese Leidgenossenschaft die beiden Männer befreundet. Blaser habe ich beim Schinder kennengelernt, und auf meinem Heimwege begleitete er mich bis zum Friedhof, wo er zu Hause war. Um mit ihm ein Gespräch anzufangen, das für ihn einigermaßen ansprechend wäre, erzählte ich ihm, daß ich schon öfters recht tiefe Löcher gegraben hätte, da mir im Bürgerspital ein hexenhaft altes Weib, genannt die schwarze Marie, im Vertrauen erzählt habe, daß in unserem Garten aus der Franzosenzeit ein großer Schatz vergraben sei. Auch die Thresl wisse davon, daß ihn dort Juden versenkt und die Hälfte dem Teufel versprochen hätten, und wer ihn berühre, müsse tot umsinken. Ich gestand dem Blaser, daß mir jedes Loch, wenn es eine große Tiefe erreicht habe, wieder einfalle und ich mich wundere, wie er die Erde senkrecht einstechen könne, ohne daß ihm das geschehe wie mir beim Schatzgraben, und ob es wahr sei, daß jedes Grab, wie der Vater mir sagte, sechs Schuh tief sein müsse. Der Totengräber war sichtlich erfreut, über sein Gewerbe so teilnahmsvoll reden zu hören. Ich mußte mit ihm gehen, und er zeigte mir zwei Gräber, von denen das eine ganz senkrecht eingestochen war, weil der Boden dort lehmig war, während das andere mit Brettern seitwärts gestützt werden mußte, damit die seitliche Erde nicht hineinkollere, auch sei die Jahreszeit mitbestimmend; so gab er mir sehr lehrreiche Aufschlüsse. Auf meine Frage, ob er viel Geister sehe, die gegen Mitternacht über den Gräbern tanzen, erwiderte er heiter, um diese Zeit schlafe er, sie mögen tanzen, wie sie wollen, und ich sollte recht bald wieder erscheinen, dann werde er mich mithelfen lassen; aber dazu ist es nie gekommen. Zu Hause erzählte ich den Mägden, was ich getrieben, und die schauderten; die Mutter befahl mir, wenigstens die Hände ordentlich zu waschen. In der Folgezeit war ich oft am Friedhof und ging nicht eher weg, als bis Blaser aus der Grube stieg und sagte, sie sei tief genug. Mit der Zeit hatte ich das Grausen und den Ekel so weit fortbekommen, daß es mir gelang, selbst herumgeschmissene Knochen in die Hand zu nehmen, selbst Totenschädel, an denen noch Haare klebten, und es freute mich, Dinge zu vollbringen, die ich früher für unmöglich hielt. Es gibt nichts Grausiges in der Natur, wenn es anregend wirkt und den Beschauer zwingt, tiefer einzudringen; so hatte ich auch als Mediziner die Zergliederung der Leichen sehr bald ohne Gruseln überstanden.

SIEGFRIED LIENHARD

(1948)

Der grüne Sommer ist noch dein

Du mußt nicht traurig sein, mein Freund,
daß sich die schönen Tage neigen.
Noch oftmals wird der Mond wie heut,
der volle, in den Himmel steigen.

Der grüne Sommer ist noch dein.
Nicht ist es Zeit zu scheiden.
Noch oft begleitet dich am Weg
das Grillenlied der Weiden.

Noch oftmals wird der Duft des Heus
und bunter Blumen dich begrüßen.
Und denk daran: Noch viele Zeit
wird aus den Uhren fließen.

Du mußt nicht traurig sein, mein Freund,
daß sich die schönen Tage neigen.
Noch oftmals wird der Mond wie heut,
der volle, in den Himmel steigen.

JOHANN NEPOMUK THAURER VON GALLERSLEBEN

(1799–1840)

Der Ostermorgen im Lavantthale

Sie fordern von mir, mein theurer Freund, eine Schilderung des Ostermorgens in dem lieblichen Lavantthale, das ich gegenwärtig bewohne, und ich gestehe Ihnen, daß ich da eine Aufgabe von Ihnen erhalten habe, die ich wohl nie halb genügend, wenigstens nicht so, wie ich es selbst recht herzlich wünschte, werde lösen können. Diese herrliche Szene sollte wohl nie beschrieben, sollte nur gesehen werden (…).

Schon sind mehr als 6 Jahre verflossen, seit mir das Anschauen dieser religiösen Festlichkeit zum Letzenmale ward, aber nie, und sollte mir dieser Anblick auch nie wieder vergönnet seyn, wird fürderhin die Erinnerung an sie in mir verlöschen.

Zwar wird das Andenken einer Begebenheit, die der Bekenner des Christenthumes unter die vorzüglichsten Epochen seiner Religionsgeschichte zählt, an mehreren Orten auf eine ähnliche Weise gefeyert, aber wenige Gegenden der blühenden Länder des oesterreichischen Kaiserthums eignen sich so vorzüglich zur Begehung dieser Feyer, als das Alpenthal an den beyden Ufern der Lavant. Diese reizende Fläche, ringsum von amphitheatralisch sich hebenden Bergen umschlossen, ist der Schauplatz, von welchem diese Festlichkeit einzig in so hoher Schönheit gesehen werden kann; für das erhebende Anschauen dieses hehren Schauspieles scheint schon die Natur diesen Circus gebaut zu haben. Diese Höhen, die, in immer blässere Farbe gekleidet, zu jenen Alpengipfeln hinansteigen, dünken dem staunenden Auge die Stufen zu dem Throne des Herrschers, der über ihnen die blauen Hallen seines Tempels wölbte, an die sein Finger mit heller Flammenschrift die Worte schreib: *Ich bin.*

Schon der Vorabend verfließt beynahe einzig unter den erforderlichen Zubereitungen. Kaum hat sich in der nächsten Pfarrkirche die Auferstehungsfeyer geendet, auch wohl noch früher, bald nach der vollbrachten Wanderung zum Grabe des Erlösers, eilt der Landmann, Reiser und unbrauchbares Holzwerk zu Haufen zu thürmen, die rüstigen Jünglinge laden die

Pöller, mit frohen Blicken sehen die Greise der fröhlichen Arbeit zu, und jubelnd springen die Kleinen dazwischen. Die Städter hingegen besprechen sich auf dem Heimwege aus der Kirche über den Ort und die Stunde der heutigen nächtlichen Zusammenkunft. (...)

Wie an einem unbewölkten Abende bey einbrechender Dämmerung die Sternbilder nach und nach an der Himmelsdecke erglühen, so sehen Sie hier, wie auf allen Punkten dieses Alpencircus größere, bald wieder kleinere Feuer aufflammen. Sie glauben diese Flammen knistern zu hören, und mächtig donnern die Pöller von den Höhen herab durch die Stille der Nacht hin. Ein neues Leben hat begonnen, ein zweyter gestirnter Himmel sich gebildet, ein Flammenmeer umgürtet die weite Thalfläche, und scheint mit den vorwaltenden Schatten der Mitternacht zu kämpfen. Erwacht ist das Echo, und rollt mit brausender Stimme an den Alpen dahin, nur von dem ferneher schallenden Jubel der Menschenstimmen unterbrochen.

Zwey Stunden lang haben wir nun schon, nimmer gesättiget vom Anschauen dieses himmlischen Schauspieles, dem Donner des immer aufs neue wieder erglühenden Geschützes gehorcht, da tönt es drey Uhr von der Höhe herab, und majestätisch verkündet die Aveglocke von dem Thurme der Stadtpfarrkirche den anbrechenden Morgen. Schon die ersten Klänge dieser Nachbarin des Donners scheinen ernstes Schweigen zu gebiethen; das Gekrache der Pöller verhallt, und eine tiefe Stille legt sich auf die weiten Fluren. Nieder auf seine Knie stürzt der Landmann im Schimmer der Flamme, und die Freude, die ihn durchbebt, der Dank seines Herzens ergießt sich im stillen, einfachen, herzlichen Gebethe. Nicht wahr, lieber Freund, wenn der Anfang und die Fortsetzung dieser ländlichen Feyer höchst angenehme Empfindungen rege machte, so ist es dieser Augenblick, der exstatisch auf Sie wirkt, und Ihrem Entzücken eine andachtsvolle Weihe beymischt. Gestehen Sie aber auch, daß diese erhabene Szene einzig in ihrer Art ist. Sie glauben sich in einem kolossalen Tempel versetzt, rings um Sie her flammen an seinen Altären die tausend Riesenkerzen auf, deren Knistern Sie zu vernehmen meinen; über Ihnen glänzt die Flammeninschrift an der Kuppel dieses großen Domes; ein Geist der Stille waltet über der verschatteten Natur, nur die ehernen Klänge der Glocke tönen, durch die weichende Nacht hin, während die Lerche dazwischen der nahenden Morgenröthe entgegenjubelt, deren Ankunft uns dort, von jenem Mayerhofe her, der wachsame Haushahn mit gellenden Krähen verkündet. Fast unwillkürlich haben auch wir die Hüte gezogen, und die andachtsvollen Regungen eines beklommenen, und doch so freudig aufpochenden Herzens huldigen dem hohen Triumphe des Auferstandenen.

Jetzt verstummt die Zunge des Schicksals*, und laut schallendes Jauchzen begleitet die letzten Schwingungen ihres Schalles. Die düster brennenden Feuer flammen wieder hell empor, der Donner des Geschützes weckt aufs neue das entschlummerte Echo, das

* Schillers Lied von der Glocke

mit gewaltiger Stimme nun wieder von den einander gegenüberstehenden Alpen sich anruft. Aber sein Rufen hat auch Auroren geweckt; schon verkündet ein mächtiges Grauen am Gipfel der Koralpe ihre Ankunft, und bald heben sich aus der grauen Fluth die rosenfarbenen Wolken dieser Vorbothin des nahenden Eos. Wie die tausend Sterne im weiten Himmelsraume, so verschwinden nun auch nach und nach die Flammen um uns her, in längeren Pausen folgen schon die Pöllerschüsse auf einander, und wir eilen nach Hause, uns des entbehrten Schlafes zu erfreuen, und mit Hilfe des Traumgottes noch einmal all die lieblichen Bilder in uns hervorzurufen.

SEBASTIAN WEBERITSCH

(1870–1946)

Karsamstag in Sankt Veit

Eine wahre Feststimmung gab es am Karsamstag; es wurde nicht mehr gearbeitet, sondern nur die Böden gerieben, gekehrt und gescheuert. Die Mägde, reinlich gekleidet, hatten nun frei.

Um ein Uhr ertönte die große Glocke der Stadtpfarre allein, es war der Beginn der Auferstehung; zuerst wurde sie in der Kirche am Kalvarienberg gefeiert, mit ungezählten Böllerschüssen, dann in der Klosterkirche neben unserem Hause. In diesem Zwischenraum wurden drei große Körbe gefüllt. In der

Mitte ein ganz großer »Reindling«, ein besonderes Gebäck, von dem weiter unten ausführlicher erzählt werden soll; neben den Reindling kam gebratener Schinken vom Kalb und geselchte Schweinsschinken, Kalbs-, Rinds- und viele Schweinszungen, darauf große Krenwurzeln und rot bemalte Eier in Massen. Reine weiße Tücher wurden darübergebreitet, und die Mägde luden auf ihren Kopf die köstliche Last und trugen sie in die Kirche; das war das »Gweichte«, richtig das »Geweihte«. Vom Gründonnerstag an war jeder Fleischgenuß strenge verpönt; nach der Auferstehung am Kalvarienberg wurde der erste Schinken angeschnitten und nach der letzten in der Stadtpfarrkirche im Fleisch gewühlt. Nur die Entbehrung bringt wahren Genuß, ich habe nichts Besseres jemals genossen als diese himmlische Kost. Es war ein heiliger Duft über diesen Sachen, und unter der Auferstehung des Fleisches verstand ich *diesen* Genuß. Wenn der alte Gott seine Lieben mit Manna erfreute, so war es höchstens ein Abglanz von diesen Osterbroten.

Aber noch eine andere Freude stand mir bevor. Meine Taufpatin, die gute Frau Kraßnig, eine ehrwürdige, wohlbegüterte Frau, schickte mir an jedem Karsamstag ein eigenartiges Ostergeschenk; es war eine festgebackene Torte, genannt Prügelstrutzen, äußerst süß und wohlschmeckend, ein dicker, hohler Kegel von dreiviertel Meter Höhe. Die Innenwand gelb, die äußere rot, mit einem weißen und roten Zuckergeflecht überzogen, und drei bis vier glänzende Gulden steckten in diesem wohlschmeckenden Körper. Die Taufpatin, auch »Gotl« genannt, war von einer rührenden Selbstlosigkeit, denn sie bekam mich nur am Neujahrstag auf fünf Minuten zu sehen. Die Mutter verlangte, daß ich ihr persönlich zum neuen Jahre gratuliere, was dann auch wie ein lästiger Zwang recht widerwillig geschah. Die alte Frau mit dem jungen Gesicht und schneeweißen Haaren hielt mich auch nie länger zurück, und ich schäme mich jetzt, dieser grundguten Frau für die jährlichen namhaften Spenden so wenig geboten zu haben.

FLORJAN LIPUŠ

(* 1937)

Die Bauersfrau erinnert sich der Ostern

Die Bauersfrau erinnert sich der vorigen Ostern. Die Hausfrauen versammelten sich mit ihren Körben beim Kreuz, drängten in den Vordergrund, wo die dicksten Tropfen vom Weihwedel abfallen und wo aus dem Rauchfaß die dichtesten, mit Göttlichem durchtränkten Wolken strömen. Der Herr Pfarrer nahm das anwesende Frauenvolk freundlich unter seine Fittiche, überflog die Reihen und scharwenzelte um sie und ihre Körbe, um mit geschultem Blick unauffällig die Fehlenden in der Gemeinde ausfindig zu machen. Vor die Frauen trat er von Herzen gern, bei ihnen löste sich seine Zunge von allein, bei den Männern gingen ihm die Wörter ziemlich hantig von der Hand.

Daran waren die Männer selber schuld, denn was sahen sie auch düster, ohne jede Regung, ein jeder in seine Richtung, und nichts wies darauf hin, daß sie auch glaubten, was sie hörten, und schon gar nicht, daß jemand durchweicht worden wäre, als es von der Traufe auf ihn tröpfelte. Der Herr Pfarrer hatte sich schon seit je auf die Frauenseelsorge spezialisieren wollen; Frauenseelen, diese lichtdurchfluteten fliegenden Untertassen, würde er mit Freuden ins Himmelreich wippen, und nicht diese dämmerlichen Männerzotten, dieses männliche Den-Mäusen-Pfeifen, doch ging diese seine Spezialisierung schief, aufgrund von Eifersucht und Neid in die Binsen, und man ließ ihn die besseren Stücke vom Braten nicht und nicht abschneiden.

Manchmal zwischendurch aber und so auch diesmal war der Herr Pfarrer wieder Feuer und Flamme mit seinen heiligen Handlungen, und die Frauen beeilten sich, die Körbe loszubinden und unter den weißen Deckchen hervor vorbei an den obenauf befestigten Blüten aus den Körben die Düfte von Schinken, gefüllten Saumägen, Würsten und Würstchen zu entlassen; zu Ostern können Gerstengraupen sich im Magen nicht behaupten! Sie neigten und enthüllten ihre Körbe, wälzten die Stücke aus dem Papier, damit der Segen möglichst ausgiebig Kren, Reinling und Eier bereift, um vom Ort nicht nur Spülicht und Kehricht, nichts als Abfall mitzunehmen, sondern möglichst viel erstklassige Ware abzubekommen, während der Herr Pfarrer, Gebete in die Beete murmelnd, für sie die Zauberwurzel kleinreibt, zwischendurch für alle ein wenig Luja ausstößt und es mit dem

Wedel zu einer Wolke zerstäubt, damit es von oben herab auf die Eßwaren niedersinkt. Mehrfach knallten baß da, am Gipfel des Höhepunkts, ein paar Böller hintereinander, und der Herr Pfarrer wurde in die Knallrichtung geworfen, ärger als ein Gestochener von einem Hornissenstich in die Schmerzexplosion, sein Borstenbündel verstummte samt der Hand in dieser Richtung, der Wedelschwung kam im Nu zum Stillstand, so daß es auf der Stelle aus dem Roßhaar tropfte und triefte und sich zu seinen Füßen eine Pfütze bildete; aus dem Rauchfaß fuhr ein Fauchen, saurer Rauch, und löste sich in Kreisen in nichts auf.

Der Herr Pfarrer machte auf den Hacken kehrt, raffte Sack, Pack und seine Siebensachen, bürdete sie dem auf, der ihn von vorn und hint bediente, und segnete die Speisen nicht mehr zu Ende und kam nicht einmal mehr mit seinem Zauberspruch zum Punkt, sondern tat ihn hälftig entzwei gerissen ab, ließ ihn in der Luft verpuffen, und selbst das bißchen Segen, das er bisher über die fleischlichen Köstlichkeiten versprengt und unter den Weibern hin und her geschwenkt, über den Körben weihgewedelt und ins Blaue hinein gespendet hatte, zog er schleunigst in den Borstenfeger zurück, durchkreuzte alle Kreuzzeichen und widerrief sie, erklärte alles Armschwenken für ungültig, zermurmelte alles Gemurmel, weifte das Klimperklamper wieder auf den Knäuel, alles Drehen bis dahin, all das die Augen-gen-Himmel-Verdrehen bislang verkehrte er in ein Starren in des Teufels Grund, in Richtung Hölle, all das vom Himmel herabbeschworene Benetze, das sich umgehend über den schmackhaften Speisen zu wölken begann, pellte er wie Haut; von Schinken, Wurst und Würstchen zog er diese Pelle ab, von Ostereiern, Osterkuchen zupfte er den Anflug und plumpte ihn zurück an den Himmel, zapfte dafür in den Teufelstiefen den Schwefelgestank an, der der Atzung ihre Saftigkeit und ihr Aroma nahm und ihr dafür den Geruch nach Erdöl aufpfropfte, auch die Haselnüsse zerrieb er zu gammligem Gries, Zimt und Zibeben zu Miefbeeren. Die süße, krosse, nun geschwärzte und bittere Kruste erstickte die Krume.

Er wünschte den Pfarrkindern kein frohes Fest, trug auch keine Glückwünsche für die Ihren, die Hausleute, auf, noch wünschte er den Kranken und Siechen Frohsinn und Wohlsein, allzusehr hatte der Böllerknall seinen heiligen Zorn geschürt. Geflissentlich hätten sie die Böller vorzeitig gezündet, das Pulver mit Speik gemischt und den Osterfrieden des ganzen Dorfs getrübt, doch er habe es ihnen nun heimgezahlt und ihre Speisen ungesegnet gelassen! Heuer würden sie sich am Ostersegen nicht überfressen. Die Bäuerinnen banden sich wieder ihre Körbe auf, und als sie sie in ihren Händen wogen, war in der Tat kein Segen drin. Mit leeren Händen mußten sie durch die Finger schauen und sie in heidnisch würzlosem Zustand wieder nach Hause tragen, und Ostern brachten sie in diesem Jahr nicht gut über die Runden: Die Maid hätte sich beim Verzehr der Osterspeisen um ein Haar zu Tod gefressen, die Schosse schnellten in die Höhe, mehrere Höfe kamen unter den Hammer, der Hagel trieb auf den Feldern sein Unwesen, der Blitz wütete auf den Dächern, und alle ins Feuer geworfenen und durch den Schornstein geschickten Palmbuschenruten, der Buchs und all die Blumen konnten keine Abhilfe schaffen oder die wildgewordene Elektrizität dort oben beschwichtigen; die Bauern traten auf Mistgabeln und vergifteten sich ihr Blut.

Doch mit der Zeit erwarben die Gewieften Mutterwitz: Sie lüpften die Deckchen nur so viel, daß der Segen in die Körbe schlüpfen und deren fleischigen und speckigen, mehligen und eiigen Inhalt streifen konnte, woraufhin sie die Tücher wieder schnell unter den Rand stopften, damit das himmlische Spülicht nicht mehr verdunsten und der Herr Pfarrer im heiligen Zorn die Osterhäute nicht abschälen konnte, falls sich ihm denn doch noch ein vorzeitiger Böller offenbarte. Von da an ließen die Frauen ihre Körbe niemals mehr über die Zeit offenstehen, und auch das Zauberstabschwingen ging von nun in größerer Eile vonstatten, der Herr Pfarrer sputete sich sehr mit seinem Geschäft, denn es schien ihm schlimm für die Fachschaft und den Anstand und für die Kollekte, für die Frühlingsopferwelle, denn bei einmaligen Festlichkeiten lassen die Leute am meisten springen. Die zweite größere, die Sommerwelle schwappt erst mit den Urlaubern ins Dorf. Die Urlauber unterscheiden sich von den Einheimischen auf angenehme Weise dadurch, daß sie weder die Luft in den Bergen noch das Naß in den Gewässern und keine Gelegenheit zu Geldspenden, wenn die Lokalität einem Kirchlein, einer Kapelle oder einem Bildstock auch nur von ferne ähnelt, ungenutzt lassen. Für den täglichen Bedarf wurde bei der rückwärtigen Tür an der Betonsäule eine eiserne Sammelbüchse angebracht.

GERT JONKE

(* 1946)

Lendkanal

Der Kanal
Die Böschung
Das Gras auf der Böschung
Die Spiegelung der Böschung im Kanal
Und die Spiegelung des Grases auf der Böschung
im Kanal

Die 3-fache Bewegung des Grases:
1.) Die Bewegung des Grases im Wind
2.) Die Spiegelung dieser Bewegung des Grases
im Wasser
und 3.) Die Bewegung der Spiegelung dieser
Bewegung des Grases auf den Wellen
hinterm vorübergleitenden Motorboot

Der Mann hinterm Lenkrad schaut aus wie ein
berühmter Kapitän
Er nimmt sich den Mützenteller vom Kopf
Und winkt zurück

HEINZ POTOTSCHNIG

(1923–1995)

Zuletzt

Hinter Nebelgesichtern
schneidet der Tod
die Sonne entzwei.
Aus den Rändern
tropft Gelb
auf die Haut.
Im Ring der Iris
liegt der schwarze Schrei
der Pupille.
Rundes Staunen deckt
das gestrige Lid.
Das Leben weht
wie Schaum vom Wasserfall
dahin.

ADOLF RITTER VON TSCHABUSCHNIGG

(1809–1877)

Im Nebel

Fern im Nebel webts und flimmert
Tief verhüllt und doch bekannt,
Zinnen dämmern, Warte schimmert,
Ahnung hat sie schon genannt.
Still, o still! Und vom Herzen
Scheuche nichts die Nebel ab;
Alte Lieb und alte Schmerzen
Überblüht im Lenz ein Grab.
Heimlich rückt die Sonne weiter,
Nebel hemmt nicht ihren Lauf,
Und so deckt sie endlich heiter
Landschaft, Herz und Leben auf.

ANONYM

(1815)

Ein merkwürdiger Nebel zu Klagenfurt

Die Lage der Stadt Klagenfurt in der Nähe des großen Werther-Sees, und der sumpfigen Gegend zwischen diesem, der Stadt und Viktring bringt, zumal im Spätherbste und Winter-Anfang häufige Nebel mit sich, welche sich Vormittags gewöhnlich bis gegen 11 Uhr halten, und Abends schon oft um 5 Uhr wieder einstellen. Viele Tage hindurch bleibt die Stadt mit ihren Vorstädten auch wohl ganz vom Nebel bedeckt, während die ansteigenden Gegenden ringsherum der schönsten Herbst- und Winter-Sonne genießen, weil die Höhe der Nebelschichte, oder besser zu sagen, die Tiefe des über die Stadt ergossenen Nebelsees meistens nicht weiter, als etwa 10, bis 20 Klafter über die Häuser hinauf reicht.[1]

Diese gewöhnlichen Nebel, deren Einfluß auf die Gesundheit nicht besonders wichtig scheint, sind es jedoch nicht, wovon ich hier den Lesern dieses Blattes Nachricht geben will. Nur der Abend des 17. Dez. 1814 zeichnete sich hierin so aus, daß eine kleine Schilderung desselben hier nicht am unrechten Platze zu stehen scheint.[2]

Die Mittagsstunden des 17. Dezembers waren heiter, die Temperatur auf + 2 Grad *Reaumure*, der Barometer stand auf der höchsten in diesem Jahre beobachteten Höhe, nämlich auf 27 Zoll 2, 4 Linien Pariser, oder 27 Zoll 11, 4 Linien Wiener-Maß. Schon um 2 Uhr Nachmittag kehrte der Nebel zurück, und um 6 Uhr Abends, da das Thermometer 0 zeigte, hatte er sich zu einer Dichte, und Undurchdringlichkeit angeschichtet, von der man sich nicht wohl, ohne sie gesehen zu haben, einen Begrif machen kann.[3] Folgende Ereigniße können darüber den unwidersprechlichsten Beweis liefern.

Wiewohl die Gassen, und Plätze der Stadt auf die gewöhnliche Art beleuchtet waren[4], so war es doch von 6 bis gegen 8 Uhr unmöglich, irgend eine Laterne zu sehen, oder von ihrer Beleuchtung eine Wirkung zu entnehmen. Ein Mann, der sich sehr gut zu orientiren weiß, war einige Male auf dem neuen Platz hin und wieder gegangen, und verlor, ohne es zu bemerken, seine Richtung dergestalt, daß er – statt seiner Absicht gemäß nach der Wienergasse zu gehen, – in der Benebelung nach dem Orte, wo er sey, fragen mußte, und sich – vor der Kaserne am Vicktringer-Thore befand. Dagegen stand ein anderer kaum Klafter vor einer Laterne am neuen Platz, und war nicht im Stande den Eingang in das dort stehende Kaffeehaus zu treffen, von dem er nur wenige Schritte entfernt war. Noch schlimmer gieng es einem Kutscher, welcher seine Herrschaft in das Theater fahren sollte. Mit 2 Laternen nächst seinem Kutschersitze verfuhr er sich im Nebel so, daß er endlich vor dem Haupt-Thore des fürstl. Rosenberg'schen Palais still hielt, und nicht weiter wußte. Ein zweiter machte es nicht besser; nachdem er sorgfältig den richtigen Weg ins Theater durch Wetter und Nebel zu finden bemüht war, überquerte er (mit voller Uiberzeugung die gerade Linie zu halten) den neuen Platz, fuhr durch die Fürstengasse beym Sandwirth vorüber, und wendete sich nun, in der Meinung, zunächst am Theater zu stehen. Bey genauer Untersuchung der Oertlichkeit zeigte es sich, daß er vor dem Eingange der heil. Geistkirche angehalten hatte. Viele Beyspiele ähnlicher Art, die glücklicher Weise, soviel dem Erzähler bekannt ist, alle – selbst ein Paar Sprünge in den Stadt-Kanal nicht ausgenommen – gut abliefen, zeigen, daß dieser Nebel gewiß einer von jenen war, von welchen sich vorzugsweise so manches teutsche Sprüchwort, und mancher Ausdruck ableitet. Wer einen solchen Nebel sah, versteht es recht gut, was es heiße, *im Nebel herum zu fahren, im Nebel zu tappen, den Kopf oder Verstand benebelt* zu haben, und wir wünschen, daß dies eben so selten jemanden wiederfahre, als wir solche Nebel *cum eminentia* nur sehr selten zu beobachten das Verlangen haben.

Anmerkungen:

1) Wer sich z. B. auf dem Goritschitz-Hügel, oder auf dem Kreuzberge befindet, sieht über dem Nebel die obern Theile der Thürme frey der Sonne entgegen ragen; und könnte der Wächter auf dem Stadtpfarr-Thurme bey St. Egiden in der ersten, oder zweiten Laterne dieses Thurms wohnen: so kämme er das ganze Jahr hindurch wohl selten in die Berührung mit dem Nebel. Selbst in seiner ordentlichen, nur 25–26 Klft. über dem Boden erhabenen Wohnung hat er ein gutes Viertel mehr Sonnengenuß, als irgend einer von den unter ihm lebenden Stadtbewohnern.

2) Die Entstehung dieser Nebel ist eben nicht schwer zu erklären. Die oben berührte Nachbarschaft einer so grossen nassen Oberfläche, und die mit Holz bewachsenen höhern Umgebungen verursachen eine mächtige Ausdünstung und Verdampfung. Die Dämpfe können aber bekanntlich nur unter einem bestimmten Druck, und unter einer bestimmten Temperatur existiren, und müssen bei der Erkältung vorzüglich in der Herbst- und Frühlingszeit Morgens, und Abends sich in sichtbare Dämpfe gestalten, welche wir Nebel nennen, wenn sie die Erdoberfläche berühren. Das Aushauchen des Athems in der Winter-Kälte zeigt uns diese Erscheinung im kleinen. Dieser Nebel rinnt, den Gesetzen der Schwere folgend, in das tiefste Thal; und führen ihn nicht

Winde von dort weg, so muß er liegen bleiben, bis ihn die wärmeren Strahlen der Mittagssonne wider entweder in unsichtbaren Dampf verwandeln, oder doch spezifisch leichter machen, und in die Höhe heben. Nun liegt Klagenfurt in der Tiefe eines solchen Thals; die Winde schweigen da gewöhnlich vom Herbste bis zum Frühlinge, und die in dieser Jahreszeit zu schwache Sonne kann entweder gar nicht, oder kaum erst gegen die Mittagszeit ihren Einfluß behaupten. Aus gleichen Ursachen sehen wir in unseren Nachbarschaften die Ortschaften längs der Drau im unteren Rosenthale, als Kirschenteuer, Ferlach, u. s. w. oft von Nebel bedecket.

3) Der angezeigte, ungewöhnlich starke Druck der Athmosphäre wird, nächst dem Temperaturswechsel wahrscheinlich die vorzüglichste Ursache der ausserordentlichen Nebeldichtigkeit gewesen seyn. Während der vorhergehenden für diese Jahreszeit gelinden Witterung entwickelte die aufthauende Erde eine grosse Quantität Dämpfe, welche nicht nur allein durch die Erniedrigung der Temperatur, sondern vorzüglich auch durch die starke Vermehrung des athmosphärischen Druckes aus unsichtbaren Dämpfen in Nebel reduzirt werden mußten. Dieser Nebel setzte sich während der Nacht in schöner, zahlreicher Kristallisation, als Reiffrost so häufig an die Zweige der Bäume, daß man am folgenden Morgen hätte schwören mögen, es habe in der Nacht geschneiet.

4) Die Stadt Klagenfurt hatte bis nun keine ordentliche Beleuchtung, während kleinere Kreisstädte sie schon lange hatten. Wir verdanken diese polizeyliche Anordnung, welche erst mit erstem Dezember 1814 begann, der nachdrücklichen Thätigkeit des k. k. Kreisamts.

GUSTAV JANUŠ

(* 1939)

Megla pod oknom
Der Nebel unter dem Fenster

Megla pod oknom
Der Nebel unter dem Fenster
ni rana,
ist keine Wunde,
molčeči stavki dneva
die schweigenden Sätze des Tages
niso usoda.
sind kein Verhängnis.

Kot vedno bukovi listi
Wie immer fallen die Buchenblätter
padajo čez rob poldneva
hin über den Mittagsrand
in dosežejo nasprotni glas
und treffen auf die Gegenstimme
zemlje šele tedaj, ko
der Erde erst, wenn
jih redkobesedna jesen
der Herbst, der wortkarge,
zavije v svoj plašč.
sie ummantelt.

Hrbet ne boli,
Der Rücken schmerzt nicht,
je pač dežela,
ist doch ein Land,

kjer se obnova nadaljuje
wo sich Erneuerung fortsetzt
in srce spet začne biti.
und das Herz wieder anfängt zu schlagen.

»Čeprav zapustimo povsod sledove,
»Obwohl wir überall Spuren hinterlassen,
se izgubimo dnevno.«
verlieren wir uns täglich.«

Razpustitev še ni odrešenje,
Die Auflösung ist noch keine Erlösung,
temveč ostane zavita
sondern bleibt ummantelt
v beg iz ponovitve.
von der Flucht aus der Wiederholung.

H. C. ARTMANN

(* 1922)

gedichte, in eine klinge zu ritzen. kärnten 1960

schöner stern, mundweiser, guter,
könig der augenblicke, blanker nord,
klinge, die der andren ein du schenkst,
richtpol liebender lippen, lichtschwan.

schöner tau, herb steht darunter das gras,
schön rauschend die farne der küsse,

dankbarkeit, wehend wie fröhliches haar,
schöner hafen, hautnähe der gottheit.

schöne tulpe, sichbeugerin, biegsame,
sich herab, sich herniederbeugende,
dämmergenossin, duftende, weiche,
wildduldende, schöne, königin.

schöner vogel, entfliegender, münzenzahler,
zugvogel aus traum, flugmünze aus wachen,
rotwangig kommt aus versäumten, erträumten,
kommt zwischen zu tuendes der bittere morgen.

nebel und mond . .
die apfelzweige lasten schön
über dem land der herbstwiesen;
ein zelt ist mein wunsch,
gerade groß genug für zwei,
geschnitten aus der äußerlichkeit
unserer körper –
schaut je ein auge so weit?

innerhalb dieser festung warte ich auf sie,
bang fast, schwankend,
wie ein bussard zwischen regen und mord
mein mut;
wird sie kommen?
wird mein ruf sie erlocken?
wird die magnetnadel meines wünschens
unser zelt dichtnähen?
wie roter wein meine tage,
wie ein hauch naher ulmen . .

stundauf stundab das pochende gehen der adern,
leise, lose, gelöst,
schatten eines schnellfließenden baches . .
weiden oder wimpern – wozu noch unterschiede?

ich habe drei hirsche am waldrand gesehen,
langsam durchhuften sie
das zwergengedämmer von moos und farn . .
ich habe ihren dunklen schrei
mit meinem blut, mit meiner haut
und der sehnsucht meines wartenden mundes
vermischt:
kein zauber ist mir fremd
geblieben!

ich fliege vor dem regen,
wasser und lichtgemischt,
rotgekehlt, winzig,
ein vogel wie ein weizenkorn.
jeder tropfen könnte mich töten,
es erreicht mich keiner . .

an den stirnen der scheunen
suche ich die schädel
geschlachteter rinder und hirsche:
bei dem einen auge fliege ich hinein,
bei dem andren auge fliege ich heraus;
so spare ich stunden,
so gewinne ich tage,
so kann der regen nicht weiter . .

das gefieder in dem ich fliege
hat die farbe der zeitlose –
nur die kehle ist wie blut.

hinter mir ist der herbst,
täufer und töter der blumen,
der jagt mich . .

so bringe ich gegen meinen willen
wolke und schnee.
ich bin das gefiederte ypsilon
der endzeit.

PETER HANDKE IM GESPRÄCH
MIT JOŽE HORVAT

(* 1942 / * 1943)

Woraus genaugenommen die Kindheit besteht

Im Jahre 1983 haben Sie in einem Interview für den Slovenski vestnik *in Klagenfurt gesagt, Sie würden gerne etwas anderes als ein »Familienepos« schreiben. Ist das nun das Buch* Die Wiederholung, *das vor wenigen Monaten erschienen ist, in dem Sie von der slowenisch-deutsch-kärntner Familie Kobal sprechen?*

Ja, das ist jetzt dieses Buch, von dem ich damals gesprochen habe.

Die Hauptfigur der Wiederholung *ist der junge Filip Kobal, ein entfernter Nachfahre von Gregor Kobal, der neben Ivan Gradnik einer der Führer des Tolminer Bauernaufstandes war Warum haben Sie sich für diese historische Persönlichkeit entschieden, als Sie dieses Epos konzipierten bzw. schrieben?*

Das ist genaugenommen schwer zu sagen. Der Familienname meines Großvaters in Kärnten war Sivec. Bei meinen Reisen durch Slowenien habe ich diesen Namen nur auf Friedhöfen in Kobarid, Tolmin, Bovec gefunden und nirgends sonst. Als ich später einmal in Ljubljana war, habe ich von dem Tolminer Bauernaufstand erfahren, und zwar war ich auf einer historischen Ausstellung, wo ich den Namen Gregor Kobals verfolgen konnte, der irgendwo bei Tolmin daheim war. Damit begann für mich die fiktive Geschichte meiner Vorfahren Gestalt anzunehmen und in mir zu leben. Außerdem habe ich in den Jahren 1979/80 das Buch *Der Zögling Tjaž* von Florjan Lipuš übersetzt und auf der letzten Seite, als Tjaž begraben wird, genau dieses Wort Kobal gefunden. Seitdem hat mich dieses Wort nicht mehr verlassen.

In dem Buch Wunschloses Unglück *beschreiben Sie, wenn ich es richtig sehe, als Hauptfigur der Erzählung Ihre Mutter, die eine Kärntner Slowenin war. In der* Wiederholung *ist der Vater der Slowene, die Mutter eine Deutsche.*

Ja, die beiden Figuren habe ich hier umgekehrt ... Es schien mir wichtig zu beschreiben, woraus genaugenommen die Kindheit besteht, nämlich aus dem Ort. Man muß nämlich wissen, wo dieser Ort ist, wie er gebaut ist, was für Koordinaten er hat, welches

Licht auf ihn fällt, welche Sprache man in ihm spricht, woher in ihm der Wind weht, wo der Friedhof liegt ... Von all dem wollte ich abstrakt erzählen, das heißt in einer abstrakten Geschichte, einem Epos. Die Figur von Filips Vater in der *Wiederholung*, das heißt Gregor Kobal, ist das Bild meines Großvaters, ein verhältnismäßig genaues Bild dieses kärntner-slowenischen Kleinbauern. Schwierigkeiten hatte ich mit der Figur der Mutter, denn für sie hatte ich kein richtiges Vorbild. Mit Hilfe der Erinnerung an meine Mutter und andere weibliche Personen habe ich versucht, eine epische Frauenfigur zu schaffen. Aber das war schwer. In meinem Kopf ging alles durcheinander, denn ich war mir bewußt, daß meine Mutter eine Slowenin war und ich in diesem Buch aus ihr eine Deutsche machen mußte. Aber es geschah auch etwas Umgekehrtes – über diese Figur habe ich wieder meine Mutter gefunden ... Aber es war wirklich schwer.

JOSEF WINKLER

(* 1953)

Die klitschnassen Haare meiner Kindheit

Er legt ihr die Hand auf die Augen und drückt sie ins Gras nieder. Das Herz meiner Mutter ist ein roter Zopf, in dem die klitschnassen Haare meiner Kindheit, nach dem Auftauchen aus einem Wassertümpel inmitten der Auen, verflochten sind, dort, wo die

Hähne schreien und den kranken Herzschlag meiner Mutter über den Hof begleiten, die Kälber aus den Zitzen der Muttertiere ihre tödliche Krankheit saugen. Wenn ich heute nach meiner Ankunft im Dorf mein Elternhaus von weitem, vom Anger aus sehe, zwischen den Pferden, Milchkühen und Kälbern stehe, spüre ich das stimmgewaltige Schlagen ihres Herzens. Über die asphaltierte Straße hinauf trotte ich mit den nacheinander ausschreitenden Beinen des schwarzen Zugpferdes, mit jeder meiner Körperbewegung, dem anstrengenden Nicken meines spitzen Kopfes, der die Last meiner Mutter hinter sich herschleppt, ziehe ich ihre aus meinem Nabel tretenden Eingeweide, wie eine Ratte ihren Schwanz hinter sich her zieht. Die Strohhalme, die an den Innereien kleben, sind die Schleppen ihres Hochzeitskleides, das mit reifen Weizen-, Roggen- und Haferähren bestickt ist. Der von der Sommerhitze aufgeweichte Asphalt dampft unter meinen Füßen und der Geruch des Teers steigt mir in alle Sinnesorgane, während meine Mutter mitten im Schlaf die Hände ihrer Kinder hält, die in der Wiege ihrer Stirnhöhle im Schlaf nach warmen Erdäpfeln, nach warmer Kuh- und Muttermilch rufen. Halte ich heute länger einen Erdapfel in der Hand, keimen meine Finger und werfen mich zurück ins Kellerloch meiner Kindheit, wo an die schwere Eichentür kleine Kinderhändchen patschten und der Kindermund flehende Worte formte. Der kleine Mund hatte die Röte einer Rattenwunde, deren Körper brach auf einer Stufe des Stiegenaufganges lag. Mehrere Blutfäden sind der Wegweiser zu ihrem Tod. Damals in der Finsternis und Hoffnungslosigkeit des Kellers ritzte ich mir die Haut auf, um wenigstens das Erbblut meines Vaters zu sehen, und in der Wunde und in dem kreiseziehenden Blut sah ich seine Gesichtszüge: vier über die Stirn geschlagene Ackerfurchen, in denen der Pferdeschweiß eines blanken Pfluges hockt; in seinen Augen – Vater, paß auf deine blauen Augen auf, wenn du in den unbewölkten Himmel schaust –, in seinen Augen saß das Kugelgelenk der Vorderachse seines Traktors; die braungebrannten, spitzen Wangen, erinnere dich, überzogen mit einer kalten Erdäpfelhaut, verwiesen auf seinen Totenkopf; statt seiner Zähne im Mund: zweiunddreißig gemischte Roggen-, Weizen- und Haferkörner, und an seinem Doppelkinn saß das primäre Geschlechtsmerkmal meiner Mutter. Seine bleiche Brust, ein schneebedecktes Stoppelfeld mit den zwei roten Augen eines vor der Schlachtung zitternden Feldhasen. Sein Unterleib ... Mutter, Mutter, hörst du mich? ... In seinen Gliedmaßen stak die Kraft einer fallenden Fichte, die mit ihren zapfenbehangenen Ästen noch immer in meiner Hirnschale wippt. Seine Zehen, zwei, drei, fünf, zehn, erniedrigten mein Haupt, das vom Rosenkranz meiner Mutter eingefascht war. Jetzt, wo ich bei seinen Füßen angelangt bin, sehe ich, wie du, wieder auf seinen Kopf, wo abermals die eisernen Haltegriffe des Pfluges an seinen Ohren angebunden sind, und hü, hü, mit dem Schnalzen seiner Lederzunge auf dem Rükken, rodet er das trächtige Feld. Eines Tages wird mein Vater statt eines Hoftieres seinen Tod finden. Trotz allem werde ich ihn wie die anderen Menschen und Tiere, die ich zu lieben und zu hassen gezwungen war, beweinen. An seiner eisigen Stirn wird ein Pflug mit eleganten Schlittschuhschritten neuerlich die Wunden meiner Kindheit roden. Kein Blut wird aus der Furchenwunde kommen, Wasser wird es sein, Wasser, das der Stirn des erhitzten Kindes, das ich war, kühlen wird. Rücklings wie das schwarze Pferd mit niedergespreizten Füßen, draußen im Stroh des Stalls, wird er im Sarg liegen: mit den Füßen zur Tür, damit er, ohne daß sein Sarg umgedreht werden muß, das Haus wird verlassen können. Ich werde an der Türschwelle stehen, ein zwei Schritte vorgehen, jetzt bin ich in der Höhe seiner Füße … Unterschenkel … Oberschenkel … Hüften … Brustkorb, Hals und Kopf. Meine warmen Hände werde ich auf seine kalten, gefalteten Hände legen und mit meiner Wärme das Kind, das noch in seinen ausgetrockneten Blutbahnen kreist, erschrecken, wie man einen Menschen zu Tode erschrecken kann, und mit hoch erhobenem Kopf und Tränen in seinen Augen werde ich die Kammer verlassen. Ich werde wissen, daß er als Toter noch das Kind, das sich vor ihm bücken mußte, beweinen wird. In allen vier Kammerecken werden die Ratten, die er erschlug, als bezahlte Klageweiber, hoch aufgestellt, wie wiehernde Pferde, die auf eine Stute zugehen, die ihren speicheltropfenden Kopf in Inbrunst hin und her wirft, vor ihm stehen, die zwei Pfoten gefaltet, Bilder von heiliggesprochenen Tieren haltend, werden sie ihre schwarzen, zugespitzten Köpfe nach seinen geschlossenen Augen und seinem halboffenem Mund hindrehen. Und noch als Toter wird er die Sprache der Tiere lernen. Die neugeborenen Kätzchen, die meine Vaterhand ins Aquarium des Drauflusses hielt, werden als Geburtshelfer mit Juteschürzen auf die Ankunft dessen warten, der meinen Vater gezeugt hat, der dann mich gezeugt hat und der ich jetzt, an der Schreibmaschine sitzend, selber bin ... immer noch, über den dampfenden Asphalt gehend, tauchen die Rückstände der Erinnerungen meiner schlafenden Mutter auf; ihr strenger Atem, das pechschwarze Haar, spielerisch verzöpfe ich meine Finger darin. Ob noch ihr Fingerabdruck auf dem Einschalteknopf des Radios ist? In embryonaler Lage hocke ich im Bett und kreiße langsam in den Schlaf, wo ich ihr in einem sekundenlangen Traum begegnen werde. Wenn im Laufe meines Lebens mein Herz vier Milliarden Mal schlägt, haben alle Menschen dieser Welt einmal in mir aufgeatmet. Irgendwo unter diesen vielen Herzschlägen wird auch der kranke Herzschlag meiner Mutter zu finden sein, aber all diese Herzschläge werden jetzt von Horst übertönt. In seinem Brustkorb zittert sein Herz wie das Fell eines todkranken Hasen. Ein Schuß, und der Hase reißt noch einmal sein Maul auf, schließt die Augen, reißt sie wieder unter dem Andrang des Blutes auf, zittert wie der Herzschlag auf der Brust von Horst, wo mein Kopf liegt und meine Kinderhände noch einmal die Pfoten des sterbenden Hasen grüßen, Blut rinnt aus dem vergitterten Käfig, mit gestreckten Flügeln laufen Hähne daher und picken nach den fallenden Tropfen, ich greife nach Horsts Rücken und zähle die Knorpel seiner Wirbelsäule, die wie ein steifer, vom Morgentau und Nebel weiß gefärbter Mückenschwarm bis zu seinem Hals hochtanzt, fahre mit der Geschwindigkeit eines verunglükkenden Fahrzeugs wieder hinunter, wo die Morgenröte in seinem After schimmert, krümme meine Hand ein wenig und gelange zu seinen Hoden, die auf einem von Kinderaugen fixierten spitzen Stern in einer kilometerlangen schwarzen, in ein Band geschnittenen Nacht die ganze Erdkugel umspulen. Seine Lippen schwangen sich wie zwei Adlerflügel empor und klammerten sich an meiner Stirn und an meinen Haaren fest, wieder ist es das Bild des sterbenden Feldhasen, der für eine Sekunde das Maul aufreißend Blut in unseren Liebestod schüttet und seine Pfoten im Augenblick des Todes nach Horsts Herz streckt. Weich' aus, schnell, ich halte meine Hand vor deine Brust, schütze dich mit meinem Oberkörper, du siehst mir zu, wie ich mich vor Schmerzen wie eine Wünschelrute, die zittert, nach hinten krümme, kreuzhohl liege, meinen Bauch wölbe zum Grabhügel des Kindes, das ich war, statt der Worte des Schmerzes schreie ich dir noch Worte der Liebe entgegen, ich liebe dich so, wie mich der Vater im Augenblick seiner äußersten Wut gehaßt hat, noch spüre ich die letzten Zukkungen der Hasenpfote in meinen Rücken, ich sterbe gern, wenn ich dabei dein Leben retten darf, ich will nicht sterben, um das Leben des Kindes, das ich war, zu retten. Mein kindlicher Mund saugt an seiner Brust und haßt die verfälschte Liebe des Vaters. Die weißen, stählernen Fäden aus den Hüften Horsts balsamierten meine Mundhöhle ein und kehrten als Sonnenstrahl im Brennpunkt eines Vergrößerungsglases meiner Kindheit wieder, aus dem ein drohendes Auge auf meine bleichen Lippen schaut. Wieder tauchen die Fische eines Aquariums auf, in die sich meine Kinderseele verliebt hatte – lieber Fisch sein und vom Vater gegessen werden, als dieses Bauernkind sein und vom Vater gefüttert werden – dieser Fisch stößt mit seinem offenen Maul an die Innenseite der dicken Aquariumsglasscheibe, deine Arschbacken sind die Kiemen, die sich bei jedem Windstoß meines Atems bewegen und feucht werden wie herbstlich gefärbte Blätter im Morgennebel, wenn vorsichtig die Sonne durch die weißen, wallenden Fetzen sticht. Dein weißer Samen galoppiert mit den fliehenden Mähnen seiner Fäden in meinen Leib und verwandelt mich zu einem Teil von dir. Im Inneren des Leibes werden schnell und ohne zu zögern die Fohlen meiner Kindheit geboren. Der Bauer stand dabei und holte tief Atem, als er den Fuß eines Fohlens, der aus der Scheide der Stute trat, mit seinen befeuchteten Fingern bekreuzigte. Mein Glied überquert indessen das Feld deiner Brust; rot wie Hagebutten, die ein Kind pflückt und nach der Mutter rufend in die Höhe hält, so sehen deine Brustwarzen aus. Sie sind schöner als die Brustwarzen meiner Mutter. In den Grasstoppeln deiner Schamhaare sucht ein Kalb nach einem Vierklee. Leg dich jetzt rückwärts. Ich werde dich von oben betrachten, mein Kopf wird deine Sonne sein, ein Sonnenkopf, der auf deinem nackten Rücken scheinen soll. Du wirst die Stimme der Sonne hören, du wirst merken, wie die Sonne mit ihrer heißen gelben Zunge und einem kindlichen Fieberblick über deinen Rücken fährt und deine Nerven aufzucken läßt. Die kaulquappenähnlichen Samenköpfe drehen die Schlingen ihrer Fäden um den Hals und lassen noch einmal die vier Augen der beiden Erhängten aus ihrem Tod schauen, die Samenfäden stocken am wunden Punkt, wo der Nabel in der Mitte deines Leibes als Medaille eingraviert ist. Die Erde wird uns umbringen. Wir müssen vorsichtig sein, paß du auf mich auf, ich paß auf dich auf. Dort, in der Nabelgrube, liegt zwerghaft die Mutter und ertränkt sich in meinem Samen. Sie atmet heftig und schlägt wild um sich. An der Wasseroberfläche sieht man, wie zweimal fünf ausgestreckte Finger langsam unter dem Spiegel verschwinden. Durchlauf jetzt meine Lippen als sandiges Speichelkorn, ich nehme dich zwischen meine Zähne und zerbeiße deinen Tod. Dein Samenkorn reflektiert das schwache Glühbirnenlicht meiner Kindheit. Vom Stuhl erhebt sich jemand und stößt in der Erinnerung im Zeitlupentempo sein erhobenes Bein auf den Brustkorb, in dem der vererbte Herzschlag meiner Mutter als computergefütterte Präzisionsmaschine an meinem Tod arbeitet. Eingeknickt bin ich, als ich dich sah, heute, jetzt und gestern, eingeknickt in das halbe, zu einem blutenden Hahnenkopf zerschundene Leben des Kindes. Du hast deine Arme ausgebreitet, ich habe meine Arme ausgebreitet, es war Winter und zwei Schneeflocken umarmten einander, wuchsen zu einem kugelförmigen Eiskorn, das im Augenblick der langersehnten Liebe einen Schreck in der Kinderseele zurückließ. Spürst du noch den Sand in Venedig am Lido zwischen deinen Zehen aufsteigen und über die Nägel deiner Füße fallen? Über Muscheln und röchelnde Fische, über zerknüllte Plastikpuppen und ausgepumpte Fußbälle liefen wir zum äußersten Rand der Brücke. Blutete mein Fuß, war dein Samen die Salbe, die jeden Tod zunichte machte. Unsere Liebe ist stärker als unser Leben, stärker als unser Tod, der sich von Geburt an in unsere Herzen nistete und als hungriger Vogelschrei meine zwei und deine zwei Trommelfelle manchmal erzittern läßt. Der Tod war lächerlich und hatte die spitzbübischen Augen eines Kindes, das sich für einen Augenblick aus der Deckung aufrichtet und gleich wieder niederkauert ...

Der Tod, nur mehr eine Frage der Formulierungskunst? Habe ich ihn mir vom Leib geschrieben?

JOSEF HOPFGARTNER

(1913–1981)

Die Wiese

Eine Wiese fand ich,
die nicht im Geschrei zittert.
Das Abendrot färbt die Hundskamille,
und in der Nacht hat der Wind das Wort,
der leichte, der gutmütig schnaubt,
wenn ihm die Gräser die Nase kitzeln.
Der Boden ist unbeflucht und der
Tropfen Rehschweiß zählt nicht,
da ihn der Wind mit rauher Zunge
wegleckte und eilig weiterzog –
Ich will da kein Haus bauen,

auch die Geliebte soll mir nicht folgen;
denn auf meiner Wiese
ist das ganz Leise daheim,
und das Gebrumme des Hirschkäfers schon
walzt eine Straße durch Gräser.
Ich werde den Schuh von der Sohle tun
und meine Träume unendlich leise
unter dem Fächer der Gräser träumen,
bis mir das Leise großer Gesang ist.

ANTON TRAUNIG

(1948)

Das Jahr horcht schon nach seinen spätsten Stunden hin

Das Jahr horcht schon nach seinen spätsten Stunden hin. Die Welt ist stiller als ein Hauch. Was sich vom hohen Steingebirge sehen läßt, steckt schon im winterlichen Gewand. Herunten auf der Nieder hat zottendick der scharfe Reinfrost kristallne Wunder ans Gezweig genetzt. Die Krähen ziehen verloren hin und her, ohne einen Laut. Es scheint, ihr Geiz und Haß, die frieren auch.

Da bricht es aus dem Hochwald herauf. Ein dunkler Glockenton geht auf, hebt sich aus dem heimlichen Grund, weilt, ein Wanderer im Ungewissen, die winzige Zeit eines Gedankens über der Flur der grünen Wipfel und schreitet dann breit und satt hin übers Tal und jenseits drüberauf, seinem Wesen gehorchend, bis in alle Höhen und noch weiter und fällt noch drüberab in die verlassne Alm, ehe ihn die müde Stille sanft zerstreut.

Das wandernde Holz läutet selber seinen Erntetag aus und verkündet, es gehe nun in die Welt und zu den Menschen.

Lockt dich die Neugier? Bleibe lieber neugierig und ferne von der Holzriesen. Du mußt nicht dort stehen, die mutigen Posten auf der Riesen müssen dort sein und die Aufkehrer unten beim Knopf und die hoch droben am Abwurf. Die wissen es auch: Seit die Hände der Menschen am lebendigen Holz gerührt haben, sind die viele Zentner schweren Bloche halt mehr nach der menschlichen Weise geartet, sind tükkisch und grob und allbot darauf aus, dich zu überheimlichen. Sie lassen sich droben am Abwurf »eingräden« und zischen kaum hörbar auf dem steinhart gefrorenen Waldboden durchnieder, folgen handsam den weisenden Vürlegern in der Reiden und springen weitaus über den jähen Abbruch oder ein kleines Steinwändchen drüberab. Aber nicht immer. Was weiß eins denn, ob sich so ein steinschwerer, beinhart gefrorener Bengel nicht grad über ein armseligs Wurzstück ärgert und sich aufreckt, das hintere Ort voran obenüberdreht und eine Riesenkeule, wild und gewaltig, nach dem Menschen schlägt, der seine Reise bewachen soll.

Ho! So ein terrer Stock kann mehr Tänze als eins mit dem gescheitesten Hirn auskopfen mag. Schau, da hat es einen Bloch, er dürft gut und gern seinen halben Tausender wiegen, ganz und gar von der Erden weggehoben und wirbelt ihn wie ein Windrad ebenaus und wirft ihn abaus und hin in den Wald, wie wenn's ein keusches Spielzeug wär. Du siehst, hin und hin haben die Waldbäume Wunden; sind schwer »angepletzt« oder gar abgeschlagen wie ein marbs Hölzel und nicht wie ein fünfzigjährigs Holz.

Posten sein auf einer Holzriesen ist kein müßiges Rasten, ist immer und den ganzen Tag und jeden Tag ein aufmerksames Warten auf eine todschwere, flinke und wildstarke Arbeit, ein Warten oft und oft in arger Gefahr. Gefahr? Es wird dagegen wohl auch noch Hilf und Vorteil sein. Freilich wohl. Es ist nicht aufgeschrieben, daß ein Posten dreinspringen muß in die Riese, solange das Holz lauft.

Weithin hallt von Posten zu Posten weitergegeben der Ruf »Hobauf!« Die Aufkehrer oben auf dem »Abwurf« gräden keinen Stock mehr ein, sondern lassen hinter dem letzten laufenden Bloch den Ruf »Ohi« nachlaufen. Jeder Posten, zu dem der Ruf gelangt, weiß nun, er darf in die Riesen steigen und kann ohne Gefahr arbeiten. Vielleicht muß er einen träge gewordenen Stock mit seinem Zepin losbeißen oder einen Ausreißer einkehren. Solange er noch einen Stock auf der Riesen hat, darf er freilich den »Ohi« nicht weitergeben. Weil man sich eine Riesen nicht aussuchen kann, ist es wohl oft, daß das fahrende Holz durch eine Klausen, ein Steintor schliefen muß. An solchem Ort schießen die Stöck leicht auf einen Knopf zusammen. Ein Stock verklemmt sich, ein zweiter überquert sich, ein dritter, fünfter, sechster. Die vier Meter langen Bloche verknoten sich und sperren die ganze Riesen. Da muß halt der Holzknecht den Rechten finden, den Bloch, der den ganzen Knoten eigentlich hält. Und wenn er ihn ausgemacht hat, ist es noch allerhand Kunst, den Knopf aufzulösen und die Riese frei zu machen. Ein Knopf ist ein Luder, und manch einem braven Holzknecht ist dabei die letzte Schicht aufgeschrieben worden.

Ist die Riesen sauber und hat mit dem letzten Stock auch der Ruf »Ohi« die Aufkehr, das untere Ende der Riese erreicht, dann geht von hier der Ruf »Kargo« durch die Riesen durchauf und die Holzknechte auf dem Abwurf schicken wieder den ersten Stock auf die Reise. Sie geben ihm den Warnruf »Wardahö« mit.

Draußen auf der Frei hören die Menschen wieder das Holz läuten. Es ist Erntezeit im Hochwald. Auf und ab steigen die hallenden Rufe, geleiten das Blochholz durchab oder halten seine Reise an. Der »Hobauf« ist ein teurer Bruder, denn zumeist hat die Gruppe der Männer die Lieferung im Akkord. Es ist so öfter wohl als nicht, und darum verwagt es sich manch einer und gibt nicht »Hobauf«, springt in die Riesen und beißt mit seinem Zepin einen terren Stock frei, weil er meint, daß er mit dem »Hobauf« zuviel Schaden hätte. Hat öfter einen Reim gehabt, und einmal nicht. Der nächste Stock ist schon da und schlägt den Mann und wirft ihn gar aus der Welt.

Holz ist ein besonderer Werkstoff: der menschlichste von allen. Die ganze Bergbauernwelt steht ums Holz herum. Viel Weisheit und Mühe haben die bergerischen Leut seit jeher an die Dinge der Welt gewendet, viel Gescheites ausgedacht, aber es ist kein Ding und kein Werk, das weiser und menschlicher wäre, als das Umtun mit dem Holz. Es ist das Holz darum nicht minderer geworden in seinem Werte und seinem Adel, weil heutigentags so mancher, der die Gabe hätte, sich davon abkehrt.

Ein rechtes altes Bauernhaus im Gebirg ist außen und innen nichts mehr und nichts weniger als zugerichteter Wald, zerschnitzt und zerkloben, mit Verstand, und wieder zusammengebaut, auch mit Verstand.

Ein verlassenes Dorf verträumt seine Zeit. Die Menschen sind fort, in behaglichere Räume abgewandert. Das Haus ist leer, die Lauben und der Gang. Vom Stall her weht ein alter Geruch. Unnütz fließt das Sonnenlicht über die alten Wände. Der Wind streunt leer und müßig durch den Hof, und in den blinden Fenstern ist kein Bild. Ein Unnütz ist's geworden, das verlassene Dorf, weil es dem Strauche und dem Wald im Wege steht und sonst nichts tut. Und war doch auch einmal dasselbe wie der Hochwald, der ein geringes Örtel höher oben am Berg die Scharen seiner Wipfel hoch in den lichten Himmel hebt.

Der Bergwind steht auf, fährt über den Wald. Vielstimmig klingt's: der Wind im Hochwald schlägt in der Weltharfe tönende Saiten.

MILKA HARTMAN

(1902–1997)

Dekva / **Mogd**

Sm vozuva v karjoli
Hob ollewal ihm g'fiat den Mist
gnuej k'an vpražen vav.
bi a Ochs in da Karettn.
O, ma je tek ku voli
Oh, da Baua dea hot g'wißt,
unznucat paver znav.
bi ma obaschöpft die Fettn.

Naj voziju gnuej voli!
Solln ihn lei die Ochsn führn!
He, jaz ga venč ne bom –
Heast, i huast da wos und loch!
zatue jim doš ti soli,
De kriagn Lecksolz, wonns pariern,
moj trinkolt spiješ som.
mein Lohn vasaufst du bi a Loch.

Su vienahti pred nomi –
San d'Weihnochtn glei vuer da Tia –
ju bom pupihova ...!
i pfeif da wos, hau ob von dia ...!
Či drugam kor pa h momi,
Und ben i muaß – zua Muatta zaus,
da 'm v svojej voli dihova.
do hob i Ruah und schnauf mi aus.

DOLORES VIESÈR

(∗ 1904)

Is amal a Karntner gwesen

»Schabinger, a Gschicht, bitt gar schön a Gschicht!« betteln die Buben und zupfen an allen Fetzen des verschmierten Winterrocks des Alten. Der setzt die Hacke bei Fuß und sagt mit hoher Stimme: »Z'erscht die Arbeit, dann die Gschicht, liaber Bua, vergiß das nicht!« »Mir helfen dir auftristnen, gelt?«

Mit glühendem Eifer schichten sie das Holz im Vorraum der schwarzen Kuchl auf, und im Nu ist der Haufen um den Hackstock verschwunden. »Hiaz aber a Gschicht, Schabinger, kimm einer!«

Der Holzhacker schmunzelt ein wenig und murmelt in den weißen Spitzbart: »I derzähl enk gar nimmer gern, dös glabt's ja do nix!« »Frali glabn mer, – fang lei gschwind an!«

Halb gezogen, halb freiwillig, weil er's selber gern tut, stolpert der Alte über die Stufen in die schwarze Kuchl hinein und setzt sich neben den Feuerherd. Die unglaubigen Buben müssen freilich noch eine Weile betteln, dann aber macht er einen tiefen Schluck aus seinem »Fraggelen«, hält die knorrigen Finger gegen das Feuer und hebt zu erzählen an:

»Is amal a Karntner gwesen, der is auf die Wanderschaft gangen und is so weit gangen, daß er neamma hat hamgfunden. Und da is er halt in dera Welt hin und her gezogen und hat alle Leut gfragt, ob sie ihm nit kinnten sagen, wo Karnten is, aber neamden hat's gwißt. – Und wie er völli schon verzagt is, da is er mitten in an Wald zu an Häuslan kemman, do is a meeralts Manndle in der Sunn gsessen und der weiße Bart is ihm bis zu die Füß abi gwachsen.

Der Bursch hat ihn angredt und hat ihn gfragt, ob er nit wüßt, wo Karnten is. Da hat der Alte die Augen aufgmacht und hat ganz leise gsagt: ›Das waß i nit, aber geh eini in die Stuben, dorten sitzt mei Vater, der wird's wissen.‹ Der Bursch hat si verwundert, is einigangen und hat die Stubentür aufgmacht. Da is noch viel a älterer Mann beim Tisch gsessen, der hat a Buch aufgschlagen ghabt, und der Bart ist ihm dreimal um den Tisch umer gwachsen. Und wia der Bua wieder gfragt hat, hat er gmoant: ›Das waß i nit, aber hinterm Ofen sitzt mei Vater, der werd's wissen.‹ Und richti, hinterm Ofer is a ur-uralts Manndle gsessen, dem is der Bart dreimal um den Ofen umergwachsen und so leise hat's gredet, daß si der Bub ganz z'eahm hat aberbucken müssen.

Und gredet hat er also: ›O schau, da kimmt a Karntner! Griaß di Gott, Bua! Kimmst grad zur rechten Stund. – Karnten is weit fort, aber da hinterm Ofen liegt a Pergament, da is der Weg aufgezeichnet. Kannst nit fahlen.‹ Da hat der Bursch an Juchezer gmacht und hat's Pergament gnommen und Vergelt's Gott gsagt und hat wollen davonrennen.

Der Alte aber, der hat ihn hinterghalten und hat gsagt: ›Hiaz mueßt du mir a was Guets erweisen. Tuest mer halig versprechen, daß du alles tuest, was i dir sag? Es wird dein Glück sein.‹ Der Bursch hat's eam versprochen, und der Alte hat aus sein Rock a guldenes Pfeifle außergezogen: ›Siehgst, das nimmst mit, und wann du nach Karnten kimmst, nachher gehst ins Gailtal auffi zu der Roten Wand. Da machst drei Pfiff, und nachher werd außm Felsen etwas außerkemmen. Das werd ein Schlüssel im Maul halten. Brauchst di aber nit fürchten, es tut dir nix. Mueßt lei keck zuechi gehn und den Schlüssel außen Maul ziehen. Da werd das Viech zu aner wunderschönen Jungfrau werden und der Felsen za an Schloß. Die Jungfrau, di is mei Tochter, – is von an Zauberer verwunschen worn. Und was du erlöst hast, das ghört dein. I aber, i wer endli, endli sterben kinnen. –‹ Da hat der Bursch noch amal an Juchezer tan und hats Pfeifle gnommen und is davon.«

Die Buben machen große, gespannte Augen. Ha, eine verwunschene Prinzessin! Wann ma da hätt dabei sein können! »Weiter, Schabinger!« drängt der Damian.

»Ja, – da is der Bursch halt nach Karnten einikemmen und is a glei zu der Roten Wand gangen. Er hat si auf an Stan auffigestellt und hat an Pfiff tan. Da hat's im Felsen drin ongfangen rasseln und rumpeln und is alleweil nachner kemmen. Und wi er an zweiten Pfiff gmacht hat, da hat er wen riefen gheart: ›Hallo, hallo, das is mein Vater!‹ Und wia er zan drittenmal gepfiffen hat, da ist die Wand auseinandergrissen und a schauderbars Viech is dahergfahren, schiacher und wilder als wia a Lindwurm. – Und wia der Bua das siecht, packt ihn der Grausen an – er schmeißts Pfeifle weit weg und rennt davon. – Und hinter eam hat er was geheart, als wia wenn a Jungfrau recht bitterli tat wanen.

Es werd amal a Vogel über Karnten fliegen, der werd a Nussen in sein Schnabel tragen. Und wo er sie fallen laßt, dort werd a Bam wachsen. Und wann der Bam werd hundert Jahr alt sein, werden sie ihn umschlagen und aus sein Holz a Wiegen machen. Da drinn werd a Büable liegen, das werd a Geistlicher wern, und wann er sei erste Mess' liest, werd die Prinzessin erlöst sein und die drei Alten sterben dürfen.«

JOSEPH FREIHERR VON EICHENDORFF

(1788–1857)

Will Er etwa hier Poperenzen klauben

Aber das war nun schlimm! Ich hatte noch gar nicht daran gedacht, daß ich eigentlich den rechten Weg nicht wußte. Auch war rings umher kein Mensch zu sehen in der stillen Morgenstunde, den ich hätte fragen können, und nicht weit von mir theilte sich die Landstraße in viele neue Landstraßen, die gingen weit, weit über die höchsten Berge fort, als führten sie aus der Welt hinaus, so daß mir ordentlich schwindelte, wenn ich recht hinsah.

Endlich kam ein Bauer des Weges daher, der, glaub ich, nach der Kirche ging, da es heut eben Sonntag war, in einem altmodischen Ueberrocke mit großen silbernen Knöpfen und einem langen spanischen Rohr mit einem sehr massiven silbernen Stockknopf darauf, der schon von weiten in der Sonne funkelte.

Ich frug ihn sogleich mit vieler Höflichkeit: »Können Sie mir nicht sagen, wo der Weg nach Italien geht?« – Der Bauer blieb stehen, sah mich an, besann sich dann mit weit vorgeschobner Unterlippe, und sah mich wieder an. Ich sagte noch einmal: »nach Italien, wo die Pommeranzen wachsen.« – »Ach was gehn mich seine Pommeranzen an!« sagte der Bauer da, und schritt wacker wieder weiter. Ich hätte dem Manne mehr Konduite zugetraut, denn er sah recht stattlich aus.

Was war nun zu machen? Wieder umkehren und in mein Dorf zurückgehn? Da hätten die Leute mit den Fingern auf mich gewiesen, und die Jungen wären um mich herumgesprungen: Ey, tausend willkommen aus der Welt! wie sieht es denn aus in der Welt? hat er uns nicht Pfefferkuchen mitgebracht aus der Welt? – Der Portier mit der kurfürstlichen Nase, welcher überhaupt viele Kenntnisse von der Weltgeschichte hatte, sagte oft zu mir: »Werthgeschätzter Herr Einnehmer! Italien ist ein schönes Land, da sorgt der liebe Gott für alles, da kann man sich im Sonnenschein auf den Rücken legen, so wachsen einem die Rosinen ins Maul, und wenn einen die Tarantel beißt, so tanzt man mit ungemeiner Gelenkigkeit, wenn man auch sonst nicht tanzen gelernt hat.« – Nein, nach Italien, nach Italien! rief ich voller Vergnügen aus, und rannte, ohne an die verschiedenen Wege zu denken, auf der Straße fort, die mir eben vor die Füße kam.

Als ich eine Strecke so fort gewandert war, sah ich rechts von der Straße einen sehr schönen Baumgarten, wo die Morgensonne so lustig zwischen den Stämmen und Wipfeln hindurch schimmerte, daß es aussah, als wäre der Rasen mit goldenen Teppichen belegt. Da ich keinen Menschen erblickte, stieg ich über den niedrigen Gartenzaun und legte mich recht behaglich unter einem Apfelbaum ins Gras, denn von dem gestrigen Nachtlager auf dem Baume thaten mir noch alle Glieder weh. Da konnte man weit in's Land hinaussehen, und da es Sonntag war, so kamen bis aus der weitesten Ferne Glockenklänge über die stillen Felder herüber und geputzte Landleute zogen überall zwischen Wiesen und Büschen nach der Kirche. Ich war recht fröhlich im Herzen, die Vögel sangen über mir im Baume, ich dachte an meine Mühle und an den Garten der schönen gnädigen Frau, und wie das alles nun so weit weit lag – bis ich zuletzt einschlummerte. Da träumte mir, als käme die schöne Fraue aus der prächtigen Gegend unten zu mir gegangen oder eigentlich langsam geflogen zwischen den Glockenklängen, mit langen weißen Schleiern, die im Morgenrothe wehten. Dann war es wieder, als wären wir gar nicht in der Fremde, sondern bei meinem Dorfe an der Mühle in den tiefen Schatten. Aber da war alles still und leer, wie wenn die Leute Sonntag in der Kirche sind und nur der Orgelklang durch die Bäume herüber kommt, daß es mir recht im Herzen weh that. Die schöne Frau aber war sehr gut und freundlich, sie hielt mich an der Hand und ging mit mir, und sang in einem fort in dieser Einsamkeit das schöne Lied, das sie damals immer frühmorgens am offenen Fenster zur Guitarre gesungen hat, und ich sah dabei ihr Bild in dem stillen Weiher, noch viel tausendmal schöner, aber mit sonderbaren großen Augen, die mich so starr ansahen, daß ich mich beinah gefürchtet hätte. – Da fing auf einmal die Mühle, erst in einzelnen langsamen Schlägen, dann immer schneller und heftiger an zu gehen und zu brausen, der Weiher wurde dunkel und kräuselte sich, die schöne Fraue wurde ganz bleich und ihre Schleier wurden immer länger und länger und flatterten entsetzlich in langen Spitzen, wie Nebelstreifen, hoch am Himmel empor; das Sausen nahm immer mehr zu, oft war es, als bliese der Portier auf seinem Fagot dazwischen, bis ich endlich mit heftigem Herzklopfen aufwachte.

Es hatte sich wirklich ein Wind erhoben, der leise über mir durch den Apfelbaum ging; aber was so brauste und rumorte, war weder die Mühle noch der Portier, sondern derselbe Bauer, der mir vorhin den Weg nach Italien nicht zeigen wollte. Er hatte aber seinen Sonntagsstaat ausgezogen und stand in einem weißen Kamisol vor mir. »Na«, sagte er, da ich mir noch den Schlaf aus den Augen wischte, »will Er etwa hier Poperenzen klauben, daß er mir das schöne Gras so zertrampelt, anstatt in die Kirche zu gehen, Er Faullenzer!«

TILL BUSCH

(* 1980)

schweigen / 2

Zeilen der Stille
fallen lautlos
auf das harte Pflaster
zerbrechen
noch bevor sie gehört werden
zerbersten
in Teile
stumm

CVETKA LIPUŠ

(* 1966)

In vender so vse srede tvoje
Und doch gehört jeder Mittwoch dir

I

Na obrazu
Auf meinem Antlitz
se mi nanizuje
reiht sich
vsakdanjost.
Alltäglichkeit.

Tretje poletje
Der dritte Sommer
je zloženo v predalu.
liegt geordnet in der Lade.
Včasih iz špranj
Aus den Ritzen
ozari moje brezčasje.
strähnt sein Licht auf meine
Zeitlosigkeit.
Tedaj nem krik
Stummer Schrei
zajame telo
packt den Körper
in ga odpelje
und führt ihn
na karavelo spominov.
auf die Karavelle der Erinnerung.

II

Vsa teža samote
Alles Gewicht der Einsamkeit
se razsuje v glasbo.
zerstreut zu Musik.
Moje želje odhitijo
Meine Wünsche eilen
po tvoje včerajšnje besede
deinen gestrigen Worten nach

in jih položijo

und legen sie mir

v moje zubeljsko naročje.

in den lohen Schoß.

Oživljene zdrsijo

Zum Leben erwacht, gleiten sie

po žilah in preženejo

durch die Adern und treiben

strah s kože.

die Angst von der Haut.

Ostane tiho hrepenenje.

Zurück bleibt stilles Sehnen.

III

Na prodnatem tlu

Im Flußkies

ni nobenih korakov.

keinerlei Schritte.

Mrtvine v srcu

Das wilde Herzfleisch

prekriva zrak.

verdeckt von Luft.

Na stenah ni več

Im Spiegel der Wände

videti obraza.

kein Gesicht.

Nevidno

Unsichtbar

obdajam tvoje telo

umgebe ich deinen Körper,

in zate snubim

Ewigkeit werbend

večnost.

für dich.

PARACELSUS

(1493–1541)

Widmung an Kärnten
24. August des Jahres 1538

... das erzherzogtumb Kernten, nach dem lant meiner geburt das ander mein vaterlant, in welchem zweiunddreißig jar mein lieber vater gewont hat, gestorben und vergraben ...

PARACELSUS

(1493–1541)

Kärntens Künste

Es beweist sich auch, daß dies Land Kärnten mit Künsten die ersten in diesem deutschen Land gewesen seind, was da antroffen hat die Metallen, die Vitriolerz und dergleichen. Dann ältere Bergwerk mögen die Chroniken nit anzeigen, sonder seind erstlich in diesen Landen gelernt worden und dann in ander Länder getragen und dem nachfolgends in anderen Ländern auch Bergwerk gefunden worden und nach dem Kärntischen Brauch in das Werk gebracht. Sich befindt auch, daß in Germanien die ersten Künst in der Arznei am subtilsten da fürgenommen seind worden. Denn das beweisen die gar alten deutsche Büchlein, die vor Christi Geburt zusammengelesen sind worden. Und zu denselbigen Zeiten die Extraction *quintae essentiae* angefangen ist worden. Denn so man im Grund sehen will, was Bergwerk und Arznei betrifft, ist Kärnten das erste; als sich dann noch beweist, daß am Rheinstrom und anderen *nationibus* in solchen zierlichen Künsten wenig Wissen ist. Aber mit langer Zeit haben sich die Bergwerk abgeschnitten, etlich neu aufgangen. Hat sich auch begeben, daß nach Abgang der Herzogen von Kärnten das Land ausgeteilt ist worden. Ist etlich Teil der Steiermark zugeben, etlichs dem Friaul, etlichs der Kirchen, als dem Erzbischoftum Salzburg, etlichs dem Bistum Bamberg & c. Und wenn ein Reich in ihm selbs dermaßen zerteilt ist, so muß es *desolationes* gedulden.

FRIEDRICH SCHILLER

(1759–1805)

Wallenstein, Die Piccolomini

ILLO
Ihr sollt ihn heut noch sehn. Er führt aus Kärnten
Die Fürstin Friedland her und die Prinzessin,
Sie treffen diesen Vormittag noch ein.

JOHANN WOLFGANG VON GOETHE

(1749–1832)

Faust II, Plutusszene

PLUTUS.
Er ahnet nicht was uns von außen droht;
Laß ihn die Narrentheidung treiben,
Ihm wird kein Raum für seine Possen bleiben;
Gesetz ist mächtig, mächtiger ist die Noth.

GETÜMMEL und GESANG.
Das wilde Heer es kommt zumal
Von Bergeshöh' und Waldes Thal,
Unwiderstehlich schreitet's an:
Sie feiern ihren großen Pan.
Sie wissen doch was keiner weiß
Und drängen in den leeren Kreis.

PLUTUS.
Ich kenn' euch wohl und euren großen Pan!
Zusammen habt ihr kühnen Schritt gethan.
Ich weiß recht gut was nicht ein jeder weiß,
Und öffne schuldig diesen engen Kreis.
Mag sie ein gut Geschick begleiten!
Das wunderlichste kann geschehn;
Sie wissen nicht wohin sie schreiten,
Sie haben sich nicht vorgesehn.

WILDGESANG.
Geputztes Volk du, Flitterschau!
Sie kommen roh, sie kommen rauh,
In hohem Sprung in raschem Lauf,
Sie treten derb und tüchtig auf.

FAUNEN.
Die Faunenschaar
Im lustigen Tanz,
Den Eichenkranz
Im krausen Haar,
Ein feines zugespitztes Ohr
Dringt an dem Lockenkopf hervor,
Ein stumpfes Näschen, ein breit Gesicht,
Das schadet alles bei Frauen nicht.
Dem Faun, wenn er die Patsche reicht,
Versagt die Schönste den Tanz nicht leicht.

SATYR.
Der Satyr hüpft nun hinterdrein
Mit Ziegenfuß und dürrem Bein,
Ihm sollen sie mager und sehnig seyn.

Und gemsenartig auf Bergeshöhn
Belustigt er sich umherzusehn.
In Freiheitsluft erquickt alsdann
Verhöhnt er Kind und Weib und Mann,
Die tief, in Thales Dampf und Rauch,
Behaglich meinen sie lebten auch,
Da ihm doch, rein und ungestört,
Die Welt dort oben allein gehört.

MAX PIRKER

(1886–1931)

Die Kärntner Goldberge und Goethes Faust

Ist doch vielleicht durch die Schriften des Paracelsus, der vielfach die kärntischen Goldberge behandelt, die Plutusszene in Faust II angeregt und so das kärntische Bergland mit der größten deutschen Dichtung verknüpft (A. Bartscherer, Paracelsus, Paracelsisten und Goethes Faust). Mit diesem Goldreichtum hängen nicht nur die zahlreichen Schatzsagen, die sich, geboren aus einem Urtrieb der Menschennatur, in allen Ländern finden, sondern auch die besonderen Ausprägungen dieser Sagen zusammen, wie sie die bis ins Ausseer Becken verbreiteten Geschichten von den Venedigern oder »walischen Mandln« darstellen: Zeugnisse früher wirtschaftlicher Beziehungen zu Venedig und Udine, wobei denn freilich der Alpenbewohner meist schlecht wegkommt und sich die Gestalt des listigen welschen Händlers ungezwungen mit der des Teufels und Schwarzkünstlers verbindet, der eine große Rolle in der Alpensage spielt. Der Teufel wird verknüpft mit der ganzen Dämonik der Hochgebirgsnatur, er wird zum Vertreter des bösen heidnischen Prinzips und hindert fromme Menschen am Kirchenbauen, versucht die Seelen einfacher Bauern, die aber durch ihren Mutterwitz und List oft entkommen.

KARL KONRAD POLHEIM

(* 1927)

Der Kärntner Faust

Faustus
Docktor Faustus bin ich genant, das lö-
sen und schreiwen das ist mein gröste
freid; weil ich der Hochglerte Dockter
Faustus bün, und Hoch Studirt in
allen Biehern bin, bey diesen bie-
hern bin ich gesösen Vil Thag und
necht, ich haw Vil stunt und Minuten
in schlaf zugebracht, ich hawe auch Stu-
dirt die Schwarze Schuel, und was
Lauw und Gras Röden thut: Jizt
haw ich Keine andere freid als die
Theufel zu kanirn, und aw browirn
Kasber jizt gest du in dem Kasten

und Bringe mir alle Bieher heraus
die darinen sein, die grosen und auch
die klein.
(...)

Faustus
Du must sein Van mir kunirt
mach nur geschwint das fertig
wirt.
Jizt wil ich ime eine bane, und
eine Kwal aufjagen, wen ich im
werde sagen, das er mir ein Kru-
zefix mus Mahlen eh er dis thut
wirt er mich
gewis Verlassen
J Theufel Auerhan
Mein Faustus ich bin schan da
ich haw dir alles gebracht, was
du mir befohlen hast
Faust [gestrichen: Jizt hast du dein]
Jizt du Hölischer Geist, jizt
(...)

Kärnten ist neben der Steiermark das einzige Land des deutschen Sprachgebietes, das kostbare Reste des mittelalterlichen Dramas lebendig bis weit ins 20. Jahrhundert bewahrt hat, und zwar in der Form des Volksschauspiels. Das Drama des Mittelalters hat seinen Ursprung in der Liturgie, woraus die selbständigen großen Spiele des Oster- und später Weihnachtsfestkreises erwuchsen. Seit dem Ausgang des Mittelalters wurden diese Spiele durch verschiedene Umstände, seien es reformatorische oder aufklvärerische, zurückgedrängt, sie wanderten von der Stadt auf das Land, und so dauerte das mittelalterliche bürgerliche Schauspiel, ohne Sinn und Wesen entscheidend zu verändern, im neuzeitlichen bäuerlichen Volksschauspiel fort, am längsten in Innerösterreich.

Von diesem weiten Weg gibt uns auch St. Georgen am Längsee Zeugnis, zwar nicht reichlich, aber auch nicht unbedeutend: Denn es sind immerhin die Spuren des Anfangs- wie des Endabschnitts, auf die wir hier treffen.

In einem Psalterium und Hymnar aus dem Benediktinerinnenstift St. Georgen ist eie *Depositio Crucis* überliefert, als eine »Niederlegung des Kreuzes«, womit eine Handlung während der Ostermesse bezeichnet ist, die unter feierlichen lateinischen Gesängen (*Ecce quomodo moritur iustus* / Seht, auf welche Weise der Gerechte gestorben ist) symbolisch den Körper Christi im Heiligen Grab beisetzt. Dieser liturgische Vorgang steht wiederum im engsten Zusammenhang mit einem anderen, *Visitatio Sepulchri* genannten, der nichts weniger als die Keimzelle des mittelalterlichen Dramas überhaupt ist und das Aufsuchen des Heiligen Grabes durch die drei Marien bedeutet.

Diese Keimzelle führte, immer mehr anschwellend, zu den mächtigen Oster- und Passionsfestspielen des Mittelalters, die dann im Volksschauspiel weiterlebten. Gerade Kärnten hat davon den reichsten Bestand. Überall im Lande wurden im 19. und 20. Jahrhundert Passionsspiele aufgeführt. Aus St. Georgen selbst ist keine solche Handschrift oder Aufführung bekannt, aber in der näheren und weiteren Umgebung wurde gespielt, und die St. Georgener haben mitgespielt.

Das wissen wir auch aus den Akten des k. k. Kreisamtes in Klagenfurt, welches, aufklärerisch gesinnt, scharf gegen *diesen die Religion entehrenden Unfug* vorging. So wurden die Mitwirkenden bei einem Passionsspiel am 3. April 1803 in Hörzendorf verhört und streng bestraft, darunter *der Niklaus Blieschnigg vulgo Haselwiesen Keuschen der es eingestanden, daß er von dem Verbott der Passions Comedie gewußt und denoch mitgespielet.* Das Landesgericht Hardegg zu St. Georgen *am Langsee* wird am 4. Mai angewiesen, ihn mit *2tägiger öffentlicher Strafarbeit in Eisen* zu belegen, was das Gericht am 28. Mai bestätigt. Aber die Kärntner spielten ihre *Passions Comedien* unbeirrt weiter, und ein Dritteljahrhundert später ereignete sich bei einer Aufführung im *Burgfried* Taggenbrunn im März 1837 ein ergötzlicher Vorfall, für den die *Bezirks Obrigkeiten* in Maria Saal und Osterwitz, die sich gegenseitig die Schuld zuschoben, vom Kreisamt Klagenfurt gerügt wurden. Um das Spiel zu verhindern, hatten nämlich die Osterwitzer befohlen, den Christus-Darsteller zu verhaften, was der *Gerichtsdiener Knecht* auf offener Bühne unternehmen wollte und dafür von den Zuschauern verprügelt wurde. Es kann kein Zweifel bestehen, daß daran auch St. Georgener beteiligt waren, im Publikum und wohl auch unter den Darstellern.

Ist also St. Georgen den Weg von der liturgischen Feier zum religiösen Großspiel mitgegangen, so überliefert es uns außerdem eine kleine dramatische Besonderheit, mit der es sogar an die Weltliteratur angebunden ist: ein Faust-Spiel, das aus dem Stift stammt, um die Mitte des vorigen Jahrhunderts niedergeschrieben sein könnte und 1943 von Georg Grabner veröffentlicht wurde.*

Der Faust-Stoff ist im Volksbuch (1587) gestaltet worden und lebte neben der Hochdichtung auch im Volksschauspiel und bei den wandernden Komödianten, im Puppenspiel der Volksballade, fort. Diese ist es, die der Verfasser unseres Spieles als *Prolog* wörtlich übernimmt, und sie hat einen eigenartigen Inhalt. Faust verlangt nämlich von *Mefestofilus* nach vielem anderen schließlich, daß er ihm ein Bild male, *wie Gott am Kreuze ausgesehen hat.* Dieses Motiv, auch in der bildenden Kunst vorhanden, ist wahrscheinlich recht alt und wurde im späteren 18. Jahrhundert durch die sogenannte Faust-Ballade verbreitet. In unserem Faust-Spiel folgt der Verfasser diesem Inhalt genau, oft wörtlich, erweitert ihn aber um die bühnenwirkame Rolle des Kasper, des lustigen Gegenstücks zu Faust, und bildet den Schluß nach der Tradition der Volksschauspiele: Faust, schon fast bekehrt und vom Teufel befreit, weil dieser *den Titel und den heiligen Nam* nicht aufs Kreuz schreiben

* Ein Kärntner Spiel vom Doktor Faust. Nach einer Handschrift des Klosters St. Georgen am Längsee. Herausgegeben von Georg Graber, Graz 1943 (= Kärntner Forschungen I, Band 2). – Diese Ausgabe hat den Text modernisiert, was noch zu vertreten wäre, aber leider auch dort, wo scheinbar altertümliche Schreibungen angewendet werden (z. B. »Büecher« für die in der Handschrift mundartlich so aussagekräftige Schreibung »Bieher«).

kann, verfällt der Helena und ist damit verloren. Kasper versucht, seinen Lohn vom Teufel zu bekommen, muß aber geprellt und arg verbrannt abziehen: *Ich will mein Lebtag mit kan schwarzen Rabenviech nichts mehr zu tan haben!*

Auerhan
Dahir ist wircklich das Kruze fix
welhes du hast *Faust* begert.
ganz gut, das Bortre ist schen
gestölt, awer es ist noch nicht
ane Makel, es get ime noch et-
was aw, awer wo ist dan die
üwer schrift, und der Thütel des
Hern
[gestrichen: Auerhan] *Mofelus*
ja mein Faustus dis höst du
mir Eh soln sagen. jizt ist es
schan zusbat jizt bist du schan
mein.
Faust
nein den titel und die üwerschrift
dieses must du mir auch noch mahen
sonst hast du zu mir noh kein
gewalt Ge backt dich Von mir
balt.

JOHANN WEIKHARD VON VALVASOR

(1641–1693)

Margarete Maultasch

Im Jahr 1334, da die Frau Margareth, sonsten die Maultasch genannt, viel Oerter uns Schlösser eingenommen und ruinirt, so haben sich viele Herren mit Weib und Kind, Haab und Gut, auf diese Vestung, welche damaln dem Herrn Reinholden Schenck gehört, retirirt. Als die Maultasch aber erfahren, daß so viel Edelleut sich hinein salvirt, hat sie diese Vestung um und um belägert, also, daß kein Mensch, weder hinein, noch heraus gekunnt. Weil aber obgedachter Herr Reinhard Schenck, seine bey sich gehabte 300 Soldaten, auf die Wehrn und Mauern zum Widerstand geordnet, und die Tyrannin wahrgenommen, daß es unmöglich diese Vestung mit Gewalt zu erobern, ist sie ergrimmet, und hat alle umligende Dörffer mit Brennen, Rauben, und Morden, verwüsten lassen, in Meinung, die Belägerte dardurch zur Ubergab zu bewegen. Nachdeme aber dieses ebenfalls nicht gelungen, hat sie die Vestung nochmaln auffordern lassen, mit Anerbietung aller Gnaden; allein weiln sie dardurch nichts ausgerichtet, hat sie sich entschlossen, die Vestung mit der Aushungerung zu bezwingen: Immassen sie es mit der angehaltenen Belägerung so weit gebracht, daß vor Hunger bereits in die 200 gestorben, und Pferd, Hund, Katzen, Mäus, und Ratzen essen müssen, auch nichts mehr übrig gewesen, denn noch ein ausgehungerter Stier, und zween

Vierling Roggen. Als nun die Belägerten die Extremität vor sich sahen, erdachten sie folgende Kriegs-List: Nemlich sie zogen dem Stier die Haut ab, vernäheten die vorhandenen zween Vierling Roggen in dieselbe, und wälzten solches über den Berg hinunter, damit der Feind vermeinen sollte, als wäre noch Fleisch und Getraid genug vorhanden, und sie die Belägerung nicht achteten. Welches dann auch so viel gewürcket daß die Maultaschin an Eroberung der Vestung desperirt, und wegen über den Berg herab gewältzeten Beschaid-Essen, gesprochen: Ha, diese halsstärrige Claus-Raben, so eine gute Zeit ihre Nahrung in die Klufft zusammen getragen, und auf den hohen Felsen sich verstecket haben, die werden wir nicht so leichtlich in unsere Klauen fassen können, darum wollen wir sie in ihrem tieffen Nest sitzen lassen, und andere gemäste Vögel suchen. Immassen sie auch hierauf abgezogen, vorhero aber ihren Kriegs-Leuten gebotten, daß ein jeder seine Sturm-Hauben voll Erden fassen, und auf ein ebenes, gleich gege Osterwitz über, ligendes Feld, zusamm werffen sollten; aus welcher Erden dann ein zimliches Berglein worden, so noch heutiges Tags die Maultasch-Schütt genannt wird.

Im Jahr 1580 hat Herr Georg Kevenhüller, Freyherr, damaliger Landshauptmann in Kärndten, als Inhaber dieser Vestung, die Bildniß besagter Maultasch, in einen weissen Stein hauen, und auf obbesagtes Berglein, oder Schütt, zu einem Denckzeichen stellen lassen.

SIMON MARTIN MAYER

(1788–1872)

Die Perchtra Baba oder Frau Percht

Ein unter dem gemeinen Volke Kärntens, sowohl teutscher als slovenischer Zunge, ziemlich bekanntes Schreckgespenst führt diesen Namen; doch reicht seine Lebensdauer jährlich nur vom Feste der heil. drey Könige bis zum Schlußе der Fastnacht. Sie wird bei den Teutschen wie bei den Wenden, und selbst bei den Russen (wo sie den Namen *Iaga Baba* führt) als ein scheußliches Weib mit Pferd- oder Knochenfüssen, in der einen Hand einen Besen, in der andern eine Gabel haltend, vorgestellt. Auf dem platten Lande, bei dem gemeinsten Volke ist sie noch itzt ein nicht unbesprochenes Gespennst; ihr Wirkungskreis scheint aber weit größer gewesen zu seyn. Der Erzähler dessen erinnert sich in seinem oberkärntnerischen heimathlichen Thale vor 30 Jahren oft davon gehört zu haben, und als er gerade in den letzten 3 Fastnachtstagen einst im Dorfe *Dölsach* in Tyrol (unferne des Städtchens Lienz) sich aufhielt; hatte er das Glück, diese Dame sogar in Person herumziehen zu sehen. Ein Bauernbursch nahm ein leichtes Gerüst auf seine Schultern worauf ein gräßlicher Weiberkopf steckte. Dieß Gerüst und der Träger zusammen wurden von einem lumpichten Weibergewande überhüllt, und so in ungeheurer Gestalt, unter plumpen Grimassen, mit fürchterlichem Geschrey, in der Begleitung von etwa 10 – 15 Masken und einigen Dorfmusikanten hielt die Frau Percht ihren Lauf durch mehrere Nachbardörfer von Dölsach. Neugierde und Schrecken bemächtiget sich der kleinern Jugend; die größere lief überall zahlreich zu; in jedem Dorfe eröffnete sich ein kleiner Tanz, und einige Gläser Brantwein lohnten die lärmende Gesellschaft, welche kleineren Unfug aller Art trieb. Der Erzähler konnte nicht erfahren, ob dieser (nicht sehr urbane) Fastnachtsspektakel noch itzt irgendwo im Lande statt finde. Auf windischer Seite scheint die Erzählung ebenfalls nur auf alter Sage zu beruhen; diese giebt an, *Perchtra Baba* gehe von h. Dreykönigen angefangen durch den Fasching herum, und untersuche mit ihrer Gabel die Bäuche gefräßiger Kinder. Sie steche sie mit Hülfe derselben, schlitze ihnen die Bäuche auf, und nehme ihnen ganz künstlich die Gedärme heraus.

Offenbar soll diese Mythe nebenhin die Mässigkeit handzuhaben dienen; in der rauhen Winterzeit, wo Unmäßigkeit wegen Mangel an Bewegung üble Folgen mit sich bringt, und gewöhnlich der reichliche Genuß von Speisen und Getränk häufigere Krankheiten nach sich zieht, benützte man ein erdichtetes Zerrbild, es als Lehrerinn der Mäßigkeit auftretten zu lassen. – Ob diese Wendung wohl etwas gefruchtet haben mag? – Es ist erlaubt, daran zu zweifeln, wenn es gleich nicht selten zu wünschen wäre, daß es wirklich so gescheide Perchtra Baba's gäbe, welche zu rechter Zeit Affenmütter abschrecken möchten, ihre Kinder täglich so voll zu pfropfen, daß sie darüber bis zur Blödsinnigkeit verfüttert werden.

Ob jedoch die Handhabung der Mässigkeit die ursprüngliche Veranlassung zur Erfindung dieses weiblichen Gespenstes war, dürfen wir billig dahin gestellt seyn lassen. Wie schwer läßt es nicht, die Quellen solcher Volksgebräuche auszuforschen. Merkwürdig däucht es uns, hierbei auf eine weitentlegene Aehnlichkeit zurück zu erinnern. Die römischen Bacchanalien (das Vorbild unsres Carnevals) wurden durch ein besofenes, ganz sinnloses altes Weib angekündigt; ein bacchantischer Zug von Weibern und Männern begleitete die garstige Figur, und so begann die Feyer eines Festes, das, so wenig Ehre es bringen mag, bei Heiden und Christen doch allgemein beliebt ist. Ich will nun eben nicht behaupten, daß die alte betrunkene Schöne das ächte Vorbild unsrer Perchtra Baba sey; auch nicht, daß dieser Name mit *pertica* (Stab, Rante) oder gar der Göttinn *Pertunda* in Verwandschaft stehe: aber wer kann es läugnen, daß eine innige Affinität – erzeugt und gebohren durch menschliche Schwäche – alle diese Zweige eines Stammes kenntlich durchbringe? –

MAJA HADERLAP

(* 1961)

prihodi / **ankünfte**

I

postavi si
er stellt
mošt na mizo,
den most auf den tisch,
odloži klobuk,
legt den hut ab,
s prsti mečka,
drückt den tschick
dogoreli čik.
mit den fingern aus.

si spet prišla,
du bist wieder da,
nisem te slišal.
ich habe dich gar nicht gehört.
pozno
ich kam spät
ponoči,
in der nacht,
hočem odreči.
will ich erwidern.

zlije pomije
er schüttet das schweinefutter
v čeber.
in den kübel.
imaš že počitnice
hast du schon ferien,
vpraša,
fragt er
odide.
und geht.

drug dan povem,
am nächste tag sage ich,
da ostanem
daß ich nur
le nekaj dni.
ein paar tage bleibe.
kdo pa te čaka
wer wartet auf dich
v mestu?
in der stadt?

to res ni važno,
das ist nicht wichtig,
odvrnem.
gebe ich zurück.
dobro, da vem,
gut zu wissen,
se obrne in
dreht sich um und
cel dan molči.
schweigt den ganzen tag.

MAXIMILIAN KONRAD

(1948)

Hypothese eines Wahnsinns

Die Tageszeitung einer Stadt brachte im Monat September 19.. die Nachricht, daß der Taschner und Puppenbastler Bergmann aus der Webergasse in die Landesheil- und Pflegeanstalt gebracht werden mußte, da sich sein Geist infolge der Erregung bei einem nächtlicherweile in seinem Geschäft ausgebrochenen Brand umnachtete.

Keine weitere Erklärung wurde gegeben. Angehörige besaß Bergmann nicht, so daß eingezogene Erkundigungen nur Zeitangaben und Feststellungen über das Ausmaß des Brandes erbrachten. Zusätzlich wurde erzählt, daß Bergmann die Nacht nach dem Feuer auf einem Holzlagerplatz verbrachte, von wo er unter Beachtung verschiedener Vorsichtsmaßregeln bei Tagesanbruch weggebracht werden mußte.

Der Zeitungsleser gleitet wahrscheinlich über diese Nachricht hinweg, ohne sich weitere Gedanken zu machen oder sich mit dem Fall zu beschäftigen. Unzählige Nachrichten wandern im Laufe der Jahre durch die Zeitung. Wen nimmt es Wunder, daß sie abgestumpft haben, taub gemacht, daß sie mit der Zeit Mitleid und Erbarmen austilgten. Kein Ende gibt es der Berichte über Unglück und Schicksalsschläge, über Tod und Zerfall. So wie ein ewig gespieltes Lied kein Ohr mehr findet, so schlägt auch die unentwegte Berichterstattung menschlichen Elends die Menschlichkeit selbst tot.

Im Falle Bergmann kann es so oder so zugegangen sein. Wer weiß es? Erscheinungen, Gedanken, Gefühle, Ereignisse verschwinden im Dunkel des Unerkannten.

Möglicherweise geschah folgendes:

Als es sechs Uhr abends war, stand der Taschner Bergmann vielleicht von seinem Arbeitstisch auf, klopfte sich seine breiten Hände auf die Schenkel und legte sein Handwerkszeug in die rechte Lade seines Werktisches. Die vierschrötige; massige Gestalt reckte sich, die kräftigen Arme dehnten sich nach rechts und links, die schweren Schuhe stampften auf den Bretterboden Er fuhr sich mit gespreizten Fingern durch sein wirres, schwarzes Haar. Er kniff die Augen zusammen, blickte nach hinten, wo er auf Regalen die gebastelten Puppen aufgestellt hatte, und holte langsam, wie im Vorgenuß eines Erlebnisses, die Schlüssel des Rolladens aus der Hosentasche. Er öffnete die Ladentür, blickte die Straße hinab bis zur Tür der Gemischtwarenhandlung, die mit klinkerndem Ton auf und zu ging, warf einen Blick auf das Geschäft seines Nachbarn und faßte dann mit festem Griff einen Knauf des Rolladens und zog den Balken mit einem Ruck herunter. Ihm war, als hätte er damit wieder einen Tag zurückgelegt und als käme nun die Stunde, in der er sein eigentliches Leben leben konnte.

Es ist anzunehmen, daß er sorgfältig absperrte. Er verschloß auch die innere Ladentür und drehte sich langsam auf dem linken Absatz herum, um in dieser Stellung auf die Regale an der Hinterwand des Raumes zu blicken. Er nahm einen Holzhocker und setzte sich vor seine Puppen.

Vielleicht war es der Anblick der Tänzerin, einer nackten Puppe, der ihn lächeln ließ. Ihr wollte er nun ein Lied spielen. Sie blickte ernst, seltsam ernst an diesem Abend. Schämte sie sich gar nicht? An manchen Tagen schien sie eine leichte Wendung des Kopfes gemacht zu haben und sah an ihm vorüber, an anderen Abenden war sie empört, ihre kleinen schwarzen Augen starrten befremdet über ihn hinweg. In diesem Augenblick war sie freundlich. Es machte ihr nichts aus, daß Bergmann sich auch mit anderen Puppen befaßte, mit der einen oder anderen sprach, und seinen Scherz trieb mit ihnen, daß er etwas erzählte oder ein Lied sang.

Sie ließ ihre Augen milde und verstehend auf ihm ruhen und horchte wohlwollend, als er zur Flöte griff. Er hatte eine merkwürdige Haltung, wenn er Flöte spielte. Er saß auf seinem Hocker, das linke Bein ausgestreckt, das rechte zurückgebogen und an die Seitenwand des Hockers gepreßt, so daß er mit der Spitze des Schuhes den Boden berührte; so saß er auch jetzt wieder, den linken Ellenbogen nach unten, den rechten nach außen gedreht. Die schweren, klobigen Finger lagen auf den Luftlöchern.

Dann spielte Bergmann. Er kann hoch begonnen haben, mit einer einfachen Falltonleiter. Den letzten tiefen Ton hielt er lange an. Er wagte es nicht, zur Puppe zu schauen, er hielt die Augen geschlossen, er wußte, daß sie sich regte und bewegte, daß sie die Arme an den Nacken legte, daß sich ihre Beine lösten und daß sie verzückt war wie eine Verliebte, der das Spiel ihres Mannes gefällt. Im Staccato stieg der Taschner nun die Töne höher, verweilte nach jeder

Quint und ließ dann langsam eine faunisch nach heißem Sommer und heißer Liebe tönende Melodie aus der Flöte gleiten, betörend wie das Rauschen des Kornes um die Mittagszeit.

In diesem Augenblick kam es ihm vielleicht vor, als wäre er auf einer Lichtung. Hinter ihm der grüne, zauberhafte Wald, um ihn das Farnkraut und die fetten Sumpfgräser und über ihm eine reglos strahlende Sonne, die alles durchdrang. Von weitem sah er die Tänzerin auf die Lichtung zuschweben, ihr Körper bewegte sich kaum unter der Sonne, aber ihre Haut leuchtete heller als der Tag. Dazu spielte er und sang und flötete und pfiff. Er hob den Kopf, legte seine Augen begehrend auf das Fabelwesen, und als es ihn nicht mehr hielt, setzte er die Flöte ab, zerbrach sie und tat einen Sprung zur Tanzenden hin. Er hob sie auf seine Arme und stapfte mit ihr in den dunklen Wald.

Zweifellos öffnete Bergmann wieder die Augen nach dem inneren Gesicht und stellte fest, daß sich sein eigener Kopf während des Spieles etwas gedreht hatte, so daß sein Blick nun nicht mehr auf die Tänzerin, sondern auf die nebenan stehenden Puppen fiel. Seine Augen irrten über die Gestalten, die kleinen, glatten oder runzeligen Köpfe, die dürftigen Perücken, die bunten Kleider. Bergmann starrte auf die stummen Erscheinungen, und darüber mußte wohl etliche Zeit vergangen sein. War es nicht allzu natürlich, daß er plötzlich Hunger empfand? Daß er einige Straßen weiter in ein Gasthaus eintrat, sich an einem der Tische niederließ und nach seinem Bekannten fragte, mit dem er dort bisweilen zusammenkam? Er blieb einige Zeit allein auf seinem Platz, und erst als der Tischgenosse sich zu ihm setzte, mögen Rede und Gegenrede gefolgt sein.

»Ich bin zufrieden mit dem heutigen Tag. Ich habe dem Blendenberg eines unserer teuersten Gitter aufgeredet und stieß dabei gar nicht auf Widerstand. Es kam ihm auf hundert Quadratmeter nicht an.«

»Bei den fünfzehn Prozent, die du hast, keine schlechte Sache. Soweit ich das Grundstück kenne, muß sich die Länge auf etwa 1600 Meter erstrecken ...«

»Du hast sogar etwas zu niedrig geschätzt. Jedenfalls will ich mir heute einen guten Abend machen. Und du? Bist du mit dabei?«

»Ich habe heute das ekle Gefühl, daß irgend etwas nicht gerade geht ...«

»Warum?«

»Ich kann es nicht sagen. Aber wenn ich etwas ahne, spüre ich es in allen Gliedern ...«

Diese Ahnung dürfte ihn überfallen haben wie das Wetter den Berg, schürfte an ihm wie das Wasser in den Hohlwegen und lockerte ihn auf, als wollten die Teile seines Inneren auseinanderbrechen. Er muß wohl schon nahe der Schwelle gewesen sein, die das durchschnittliche Leben von dem abnormalen trennt, und es dürfte bereits in ihm wirksam gewesen sein, was ihn nun in den Strudel zog, in den Sog hineinriß wie ein steuerloses Schiff.

Es war etwas nach Mitternacht, als plötzlich der Geschäftsführer der ersten Seilerei der Stadt die Tür zum Gastzimmer aufriß und, als er Bergmann sitzen sah, erstaunt stehenblieb:

»Da sitzt der Bergmann, und in seiner Straße brennt es.«

Bergmann hielt noch die Karten in der Hand, als er aufstand und den Mann – es konnte auch der Besitzer der Papierhandlung aus der Weberstraße gewesen sein – anstarrte.

Er fragte heiser etwas, wartete jedoch keine Antwort ab, stürzte hinaus, zog das Tischtuch halb mit. Einige Gläser klirrten zu Boden. Kaum war er auf der Straße, zog er die Luft durch die Nase ein und ihm kam der Verdacht, daß seine Puppen …

Bei diesem Gedanken mag er wohl einen Satz getan haben, rannte die Kasernenstraße hinunter bis zum Platz, bog ein in die Webergasse, in der sein Geschäft lag, und blieb wie versteinert stehen. Vor seinem Geschäft, in einer Entfernung von etwa 150 Metern, hantierten Leute, von einem in der Nähe liegenden Hydranten lief ein Schlauch mitten über die Straße. Aus dem Rollbalken quoll dichter, schwarzer Rauch, der in der klaren Nacht aussah wie dichter, finsterer Nebel. Bergmanns Augen füllten sich, seine Fäuste zogen sich zusammen, die Zähne knirschten aufeinander.

Wahrscheinlich setzte er die bleiernen Füße in Bewegung und schritt wie ein Traumwandler die Straße entlang seinem Geschäft zu. Vermutlich kümmerte er sich gar nicht um die Leute, die sich vor dem Geschäft bemühten, den eisernen Vorhang aufzubrechen. Es ist eher glaubhaft, daß er durch das Haustor in den Hof trat und daß es in seinem Hirn nur eine Vorstellung gab, die seiner Puppen.

Bergmann mochte den Feuerwehrmann, der ihm in den Weg getreten war, einfach beiseite geschoben haben, ohne jemandem Antwort zu stehen. Er sah die Hoftür aus den Angeln gerissen, dicker Rauch quoll aus dem Laden. Er sprang durch die Öffnung, griff mit beiden Händen an die Wand, an denen die Regale gestanden hatten, verbrannte sich, achtete auf nichts. Er tastete die Wand ab. Sie war leer, die Puppen verbrannt. Feuerwehrleute schrien ihm etwas zu, drängten ihn hinaus. Nun stand er im Hof in der kühlen Nachtluft, den Kopf etwas zurückgebogen, die Augen weit offen. Die Hände fielen ihm schlaff herunter. Seine Welt war vernichtet, verbrannt. Du mußt sie neu schaffen, Bergmann, du mußt sie selber schnitzen aus einem Stoff, der nicht mehr brennen kann, aus Holz, aus hartem Holz, das brennt nicht so leicht. Nun schrie er: »Aus Holz, aus harten Lärchenbrettern! Ich gehe, ich gehe an die Arbeit.«

Es ist so gut wie sicher, daß der schwere, derbe Körper des Taschners sich nun in Bewegung setzte. Er begann zu laufen. Er rannte aus dem Haustor auf die Straße, zog den Rock aus, warf ihn fort. Ein Messer müsse er sich besorgen, dachte er, ein Messer aus hartem Stahl. Damit könne er sie doch wie aus einer Butterkugel herausschneiden, alle, die Tänzerin, den Polizisten, das alte Weib, den Landstreicher, den Hanswurst und den Drachen. Alle seine Kinder, alle seine Söhne und Töchter, die Väter und die Großväter, das ganze Geschlecht dieser Stadt und dieses Landes konnte er nun neu schaffen.

Es mag geschehen sein, daß Bergmann die Bahnhofstraße hinunterlief und rechts in die Marktgasse einbog. Er hatte es eilig. Er rannte zum Holzplatz der Firma Petzeck. Der Schweiß drang ihm aus allen Poren, auf der rechten Schläfe bildete er sich besonders stark. Er fühlte noch, wie sich die Tropfen am Kinn sammelten, während der langen Laufschritte abstießen und kühl gegen die offenstehende Brust schlugen. Er hielt erst inne, als er die schwere Holztür des Lagerplatzes aufgedrückt hatte und als er die Holzscheite sah, die auf einem Haufen unter dem Dach lagerten.

Dort dürfte er wohl eine Weile stillgestanden haben, seine Miene glättete sich. Er bekam wieder den milden Mund, den er hatte, wenn er vor seinen Puppen saß. Er hockte sich nieder, nahm ein Holzscheit und stellte es vor sich hin. Er nahm ein zweites, stellte es daneben, ein drittes brachte er vor die beiden in die Mitte. Bedächtig und mit stärkster innerer Anteilnahme stellte er eine Reihe nach der anderen auf. Die Reihen wurden immer breiter, so daß das ganze Gebilde aussah wie eine Phalanx, eine Phalanx, deren Spitze der Straße zugekehrt war und die nun losziehen konnte. Wie ein alter Soldat stellte Bergmann sich an die Spitze der marschierenden Gestalten und befahl in lautem Ton:

»Im Gleichschritt marsch!«

Er hob das linke Bein und schritt aus, ging steif und aufgerichtet bis zum Tor, drehte sich um, rannte zurück, schrie:

»Warum kommt ihr denn nicht? Ich brauche euch doch! Ich habe euch geschaffen ...«

Als wäre ihm eine neue Idee gekommen, machte er sich wieder an die Arbeit, warf alle Holzstücke um, stellte sie nebeneinander in Wellenlinien neu auf. Er trat in die Mitte, drehte sich nach allen Seiten und dürfte etwa folgende Rede gehalten haben:

»Ich habe euch hier versammelt, weil ich euer Herr bin. Mir ist der Entschluß gekommen, aus euch etwas Neues zu schaffen. Ihr seid jetzt wie die Seelen der Toten, die im Raum aufgehen und den Himmel suchen. Ich will euch erlösen, indem ich euch irdische Gestalt verleihe. Ihr werdet leben, neu leben, schöner als zuvor ...«

Bergmann mag sich im Kreise gedreht haben, wie um die Wirkung seiner Worte zu hören. Dann setzte er sich nieder auf den harten Boden und faßte einzeln, Stück für Stück, jedes Scheit an.

Dies alles kann geschehen sein. Es ist nur ein winziger Ausschnitt der unendlichen Möglichkeiten. Unübersehbar viele andere konnten noch gewesen sein. Was ist, lohnt kaum die Mühe der Aufmerksamkeit. In wenigen Jahren eines Lebens lernt man es so aus, daß man wie ein Weiser davon zu sprechen beginnt, wie wenig Neues es unter der Sonne gäbe. Was ist, ist klein und minder. Was sein könnte, wundervoll.

Was war noch im Falle Bergmann?

Als die Arbeiter des Holzlagerplatzes um sechs Uhr morgens durch das Tor traten, fanden sie den Taschner Bergmann auf dem bloßen Boden sitzend vor und beobachteten ihn eine kurze Weile, wie er einzeln, Stück für Stück, jedes Scheit ergriff.

GUIDO ZERNATTO

(1903–1943)

Ein Mensch und seine Krankheit

Der Kanatschnigg hänselte im Extrazimmer den Jäger Neuhold, der ihm immer nachspürte ohne ihn zu erwischen. Er zählte ihm die Wechsel der guten Bökke auf, er nannte ihm alle Balzpläne der Hähne. Nur von den Schlageisen sagte er nichts. Aber das brauchte der Jäger auch nicht zu wissen.

Der Kreiner hatte im Vorhaus mit der Paula Pirker etwas zu besprechen. Das war auch eine, mit der ihm einmal zarte Bande verknüpft hatten. Aber sie hatte das nicht tragisch genommen. Für sie war der Johann Kreiner ebenso eine bloße Episode gewesen, wie sie für ihn. Jetzt setzte er ihr auseinander, daß der Josef Anderwald eigentlich ein recht annehmbarer Kerl sei. Nur etwas unbeholfen. Aber für sie, ein Weib mit so großer Liebeserfahrung, mußte das einmal eine Abwechsung sein.

Zuerst lachte die Paula nur. Dann, als sie den Anderwald vorbeigehen sah, kniff sie die Augen zusammen, schob den Kreiner beiseite und ging dem Jungen nach.

Sie hatte es im Anfang nicht leicht, mit ihm in ein Gespräch zu kommen. Er war befangen und gab ihr keine Antwort. Dann aber, als sie ihn erfaßte und in den Knäuel der Tanzenden zog, sich fest an ihn preßte und ihr bezauberndes Lachen erschallen ließ, begann ihm das Herz bis zum Hals herauf zu klopfen.

Seine Herkunft war wie von einem undurchsichtigen Schleier umgeben. In seinen Ohren hallte das erregte Brausen des eigenen Blutes.

Als Josef Anderwald aus dem Pirkerhause trat, standen die Sterne hoch und klar über der Welt. Er vernahm noch, wie die Paula hinter ihm leise die Tür abschloß. Dann ging er quer über das Feld. Sein Kopf war leer. Wie ausgetrocknet. Die Knie zitterten. Er sah zum Himmel auf. Aber er begriff nichts. Bevor er den Waldweg, der zur Strametzhütte emporführte, erreichte, überfiel ihn eine Übelkeit. Kalter Schweiß trat ihm aus der Stirne. Er mußte sich auf einen Stein setzen. Indessen begannen sich die Bergspitzen im werdenden Grau des jungen Tages aus der Dunkelheit zu heben. Um die Kuppe des Wöllaner Nocks spielte schon ein zarter Lichtschein.

Josef Anderwald sah auf. Ein Ekel würgte ihn. Er erbrach in das taufrische Gras.

In dieser Woche war Josef Anderwald wie ausgewechselt. Die Kameraden schüttelten den Kopf oder lachten. Jetzt saß er halbe Nächte lang auf seiner Pritsche und las in der Bibel. Er hielt niemandem fromme Reden vor. Er hatte mit sich selbst zu tun.

Als der Samstag kam, ging er ins Tal. Er besorgte im Dorf wie immer seine Einkäufe. Dann aber, anstatt wie sonst vor dem Heimweg die Kirche zu besuchen, ging er ins Gasthaus. Dort saß er bei einem Glas Bier, bis der Abend anbrach. Dann schlich er zum Pirker. Aufgeregt. Herzklopfend. Unter dem Kammerfenster pfiff er dreimal. Das war das Zeichen. Nicht lange und das Fenster tat sich auf. (...)

In dieser Nacht erhob sich Josef Anderwald von seinem Lager. Er kleidete sich an. Leise, damit er niemand wecke. Dann nahm er die Bibel vom Regal und küßte sie. Als er die Hüttentür hinter sich schloß, war es ihm, als riefe ihn jemand. Er sah zum Himmel auf. Und wieder war es ihm, als riefe ihn wer.

»Ja,« sagte er, »ja, ich komme, mein Herr!«

Er knöpfte den Rock zu und lief talab. Hinter ihm klang die Stimme, die er vernommen hatte, noch oft. Es war ein Kauz, der durch die Nacht schrie.

Es mag gegen Mitternacht gewesen sein, als Josef Anderwald im Dorf ankam. Er ging sicheren Schrittes zur Kirche. Sie war verschlossen. So kniete er sich vor die Tür, lehnte den Kopf an die kalten Eisenbeschläge und betete. Dann erhob er sich, schlug ein Kreuz und ging durch das stille Dorf zur Pirkerkeusche. Unter dem Fenster der Paula blieb er stehen. Er mußte lange pfeifen, bis sie ihn hörte. Als sie im leichten Hemd ans Fenster trat und ihn unten stehen sah, lachte sie. Sie mißdeutete seinen Besuch.

Er trat in ihre Stube und bat sie, Licht zu machen. Sie horchte auf. Seine Stimme war anders als sonst. Sie wollte ihn umarmen, aber er stieß sie zurück. Da wurde sie ängstlich. »Was hast du?«

Er wiederholte seine Bitte. »Mach Licht!« Sein Gehaben war so sonderbar, daß sie seiner Bitte willfahrte.

Sie ging zum Kasten, holte Streichhölzer und entzündete eine Kerze. Er stand in seinem Sonntagsstaat vor ihr und lächelte.

»Heute ist ein großer Festtag für uns zwei! Aber leg dich ins Bett! Es ist kalt!«

Jetzt glaubte sie, daß er einen Spaß vorhabe. Sie lachte und legte sich ins Bett.

Er aber kniete sich, sobald sie lag, vor dem Bett nieder und faltete die Hände.

»Steh auf, komm her! Bei mir ist es warm!« lockte sie.

Er aber fing mit halblauter Stimme an zu beten:

»O du mein Herr und Gott! Du hast dem Teufel die Freiheit gegeben, in Gestalt dieses Weibes über mich zu kommen. Dieses Weib hat in vier Nächten aus mir gesaugt, was an meiner Person gut war. Mit jeder Umarmung hat sie einen Teil meiner Seele an sich genommen. In mir ist geblieben nur was von Anfang her böse war. Ich bin ein Hurer geworden und ein Dieb. Aber du hast mir den Weg gewiesen. Ich tue was recht ist. Auf daß sich der andere Teil meines Wesens wieder mit mir vereinige. Gib mir, o Herr, die Kraft, mein Werk zu vollenden. Denn dein ist die Macht, die Kraft und die Herrlichkeit von Ewigkeit zu Ewigkeit, Amen.«

Das Mädchen lag wie gelähmt. Anfangs hatte es an einen Spaß geglaubt. Aber jetzt empfand sie dumpf, daß ein Irrer vor ihr kniete. Angst durchpeitschte sie. Angst um ihr Leben! Sie wollte aufspringen und schreien. Sie öffnete schon den Mund. Aber in diesem Augenblick stürzte sich Josef Anderwald auf sie. Er preßte ihr mit der einen Hand den Mund zu und mit der anderen stieß er ihr sein Messer in die Brust.

Das Mädchen tat keinen Schrei. Als der Mann von ihr abließ, hatte ihre Seele schon den Körper verlassen.

Josef Anderwald stand noch eine Weile vor der Leiche. Dann suchte er im Kasten nach dem Kerzenpaket, das immer dort lag. Er fand es, nahm vier Kerzen heraus und entzündete sie. Zwei stellte er an den oberen, zwei an den unteren Bettrand. So wie es sich bei Toten geziemt.

Dann sprang er aus dem Fenster.

Er ging langsam zur Kirche hinüber, trat wieder zur Tür und kniete sich nieder. Er dankte Gott, daß er ihm die Kraft verliehen habe, das Werk der Befreiung zu vollbringen.

Dann erhob er sich und ging zu dem Haus, in dem die Gendarmerie untergebracht war. Er nahm einen Stein und warf ihn in das Kanzleifenster. Es dauerte eine geraume Zeit, bis der Postenführer Standl in Hose und Rock fuhr und durch das Fenster sah.

Eine Stunde später nahm dieser mit Josef Anderwald ein Protokoll auf. Das war, wie dieses Schriftstück angibt, am 21. Mai 1927, halb drei Uhr früh. (...)

Es bleibt noch zu berichten, daß Josef Anderwald am 13. März 1929 einer Lungenentzündung erlegen ist.

Zum Begräbnis hatten sich, außer den näheren Verwandten, auch seine Arbeitskollegen eingefunden.

Peter Kanatschnigg benützte seine Anwesenheit in Klagenfurt dazu, vier Fuchsbälge, die er im Laufe des Winters zusammengestohlen hatte, bei einem Kürschner zu verkaufen.

Simon Kasolnig lag am Abend des Begräbnistages besoffen im Vorhaus der Gastwirtschaft zum »Tiger«. Johann Kreiner aber besuchte eine alte Freundin, die schon seit einem Jahr als Stubenmädchen in der Stadt Dienst tat.

CHRISTINE LAVANT

(1915–1973)

Kauf uns ein Körnchen Wirklichkeit

Kauf uns ein Körnchen Wirklichkeit!
Wir könnten doch endlich auch Schwarzbrot essen
statt eingezuckerte Engel.

Ich mag nicht mehr hungrig schlafen gehen,
ich mag nimmer meinem murrenden Magen
zur Strafe die Engel versalzen.

Schaff her einen doppelten Branntweinkrug,
wir müssen uns endlich richtig betrinken
und Du zu uns sagen von Mund zu Mund,
nicht ewig vom Weihwasser taumeln.

Ich mag nicht mehr durstig schlafen gehen,
ich mag auch die fluchende Kehle nimmer
mit Essig ans Beten gewöhnen.

WALTER VON DER VOGELWEIDE

(ca. 1170–1230)

An den Kärntner Herzog Bernhard von Spanheim

Ich hân des Kerendæres gâge dicke empfangen:
wil er dur ein vermissen bieten mir alsô diu wangen?
er wænet lîhte daz ich zürne: nein ich, niht.
im ist geschehen daz noch vil manegem milten
man geschiht.
was mir lîhte leide, dô was ime noch leider.
dô er mir geschaffen hâte kleider,
daz man mir niht engap, dar umbe zürne er anderswâ.
ich weiz wol, swer willechlîche sprichet jâ,
der gæbe ouch gerne, und wære ez danne dâ.
der zorn ist ân alle schulde weizgot unser beider.

Ich habe des Kärntners Gaben oft empfangen. Will er mir eines einzigen Mißverständnisses wegen den Rücken kehren? Vielleicht nimmt er an, ich zürne. Aber nein, nicht im geringsten. Ihm ist es ergangen wie so manchem großzügigen Manne. Gewiß, mir tats leid, ihm aber war es noch unangenehmer. Den Ärger darüber, daß man mir die Kleider nicht aushändigte, die er mir zu geben befohlen hatte, den möge er gegen andere richten. Ich weiß nur zu gut, daß derjenige, der jederzeit ja sagt, gern geben würde, wenn etwas da wäre. Weiß Gott, an diesem Zerwürfnis sind wir beide schuldlos.

Ichn weiz wem ich gelîchen muoz die hovebellen,
wan den miusen, die sich selbe meldent, tragent si schellen.
des lekers jâ, der miuse klanc, kumet si fz ir klûs,
sô schrîen wir vil lîhte ›ein schalc, ein schalc! ein mûs, ein mûs!‹
edel Kerendære, ich sol dir klagen sêre,
milter fürste, marterer umb êre,
ichn weiz wer mir in dînem hove verkêret mînen sanc.
lâz ichz niht durch dich und ist er niht ze kranc,
ich swinge im alsô swinden widerswanc.
frâge waz ich habe gesungen, und ervar uns werz verkêre.

Ich bin mir nicht sicher, ob ich die Hofschranzen mit etwas anderem vergleichen soll als mit den Mäusen, die sich selber verraten, wenn sie Schellen tragen. Sagt der Schmeichler ja, ertönt der Mäuse Klang, wenn sie aus ihrem Loch kommen, dann rufen wir bestimmt: »Ein Schuft, ein Schuft! Eine Maus, eine Maus!« Edler Kärntner, freigebiger Fürst, du Märtyrer um der Ehre willen, ich muß mich bei dir beschweren, weil ich nicht weiß, wer an deinem Hofe meinen Spruch gehässig auslegt. Wenn ich ihn nicht deinetwegen schone und er mir nicht zu unbedeutend ist, dann werde ichs ihm heimzahlen. Erkundige dich, was ich gesungen habe, und mache in unser beider Interesse den namhaft, der es entstellt.

ANTON ERDFORTER

(† 1541)

Man jagt mich hin, man jagt mich her

Man jagt mich hin, man jagt mich her,
mueß all winckl ausschliefen,
verpirg mich hin, verpirg mich her,
in Berg klufft, gruebn tieffn.
Bey wilden tieren in dem wald
kan mir kein platz gedeihen,
man suecht so lang
mit spieß und stang,
mit hundenhetz
stellt man mir netz,
bis sy mich doch erschleichen …

FLORJAN LIPUŠ

(* 1937)

Er sah den Hunger in ihren Augen

Draußen herrschte ein Gedränge wie bei keiner Ausschweifung, es war ein Gewimmel von Leuten. Vor dem Fenster gingen die Klosterknechte auf und ab, warteten und standen umher, standen und warteten, doch er hatte es nicht eilig. Der Mund wird ihnen wäßrig, aber die Vergitterung versperrt ihnen die Sicht, der gedeckte Tisch nimmt ihnen den Blick, und Neid erfüllt sie um seiner Untaten willen, wenn die Duftschwaden aus dem Türspalt dringen. Löb zwinkert den Wächterschatten vor dem Fenster zu, den lauschenden und lauernden, zum Sprung bereiten, und faßt die Mundschenkin, als sie ihm, von den Schergen unbemerkt, zum zweiten Male Wein bringt, um die Hüften. Verflucht gut würden ihm ihre warmen Rundungen schmecken, ihre Ritze, bevor es ihm an den Kragen geht. Doch wie, wenn es um das Gebäude nur so wimmelte und sich die Urteilsvollstrecker auf dem Hofplatz schon zum Marsch rüsteten, darunter die Ehrengäste, die heimischen Honoratioren und die von weither angereisten Exzellenzen? Und die Unbekannte selbst, beim ersten Geräusch mit ihr wäre es um beide geschehen!

Als feststand, daß der Angeklagte zum Tode verurteilt werden würde, bestimmte der Hofrichter den Pfaffen zum Beichtiger, dieser geht nun vor der Schwelle hin und her und wartet, um nicht mehr von ihm zu weichen, sobald er in der Tür erscheint. Noch hängt alles von der Bürgersfrau ab, sie allein öffnet und schließt, Jergen aber stopft sich mit den Speisen voll, nimmt sich wieder und wieder und trinkt wie nie zuvor. Jetzt schützt ihn vor dem ausgespülten Geleier des Pfaffen noch die Tür, aber nicht mehr lange, und er kommt auf den Galgen, schon in wenigen Stunden wird er baumeln, und sein Mut wird schrumpfen auf die Größe eines Erbsenkorns, das Korn des Erbsenkorns wird herausspringen und es wird Nacht werden, vorher wird er noch mit Ruten ausgepeitscht, doch was soll's, noch lebt er!

Er sah den Hunger in ihren Augen, wahrscheinlich hat ihr Gespons, wenn sie einen hatte, noch nie ihr Drum und Dran gepriesen, die Ränder und die Mitte, nie den Warzenhof ehrfürchtig berührt, die Fingerkuppe ergeben über das Innerste gezogen. Als er seinen Spatz herausließ, schrie die Frau nicht auf, gab keinen Laut von sich, sogar den Finger legte sie an die Lippen, nur ein kaum merkliches Zucken war in ihren Augen. Sie klammerten sich an den Tisch, und Jergen Löb, der Hungerer von einst, der auf den Foltermaschinen Gemarterte, mit Ruten Gezüchtigte, zum Strang Verurteilte, atmete schwer und stieß aus der herankriechenden Lähmung, den Verhärtungen, Geschwülsten und Zerrungen seines Körpers, aus den Verletzungen und Wunden, den Krusten und noch feuchten Narben jene unterdrückten, verkrüppelten Röchler hervor. Nun wird der Weg auf den Galgenhügel erträglich sein, der Strang angenehm, nur kurz wird er an seinem Hals aufknirschen, wird es verrichten, erledigen. Für diesen Teil, diesen Moment der Seligkeit haben sich Zippers Häute doch noch gelohnt, auch wenn sie ihm die Hände im Kreuz verriegelten. Sie haben sein Wesen in Bewegung gebracht und ihn gesättigt, die schöne Erinnerung wird er hätscheln auf dem Weg unter den Richtbaum, wo ihm die Grutschen die Hände aus dem Kreuz nehmen wird.

LYDIA MISCHKULNIG

(* 1963)

Der Taubstumme hatte die Glocken gemolken

Die Kinder hatten Angst vor dem Taubstummen, wenn er ihre Aufmerksamkeit wollte, grölte er sie an, drang bis zu ihnen vor und stupfte sie mit den Fingern an, weil er ihre Namen wissen wollte. Die Mutigen zeigten ihm die Zunge und formulierten Schimpfworte, die der Taubstumme nicht begreifen konnte, aber er schrie ihnen nach, so gut es ihm gelang, wenn sie vor ihm flüchteten. In der Kirche hatte er die Glocken geläutet, so lange, bis die Glockenseile ersetzt wurden durch ein elektronisch gesteuertes Geläut. Der Taubstumme hatte die Glocken gemolken und mitgezählt, wie oft er sich unter ihnen beugte, dann hatte er die Schaufel genommen und auf dem Friedhof die Gräber ausgehoben.

MARIA STEURER

(1892–1979)

Eva Faschaunerin

Zwei Jahre sind vergangen, seit Eva Faschaunerin, die man das schönste Mädchen vom Berg nannte, in das Gefängnis zu Gmünd eingeliefert wurde. Der Landrichter ist zu dieser Zeit keinen Schritt weitergekommen. Karl Traner plagen schwere innere Konflikte.

Er ist sich längst darüber klar, daß er das schöne, unglückliche Weib begehrt. Traner verlebt Tage voll Mutlosigkeit, und Nächte, in denen er sich ruhelos auf seinem Lager wälzt.

Er hätte die Inhaftierte längst entlassen, aber er fürchtet das Eingreifen des Bannrichters und der Landeshauptmannschaft. Das ganze Streben des Landrichters ging in den zwei Jahren darauf hinaus, den Prozeß so lange zu verschleppen, bis Herr von Emperger die Tauernstadt verlassen würde, um anderswo einen Inquisitionsprozeß zu führen. Das Amt des Bannrichters ist ein Wandergericht, und der Tag muß kommen, an dem die Entscheidung des Landrichters von keinem Gewaltigen beobachtet wird.

Karl Traner ist von der Schuldlosigkeit der Gefangenen längst überzeugt, aber er hegt keinen Zweifel darüber, daß sie des Giftmordes für schuldig erklärt würde, fände das Malefizgericht auf sie Anwendung. Bei Gott, er muß es verhüten, daß diese Frau dem Bannrichter überantwortet werde, denn unter den

Qualen der Tortur würde Eva gestehen, was sie niemals verbrochen hat.

Eva! – Wie oft ertappt sich der Landrichter dabei, daß er die Gefangene bei ihrem Vornamen nennt, und daß er diesen so ausspricht, als stünde etwas schmerzlich Geliebtes dahinter.

Soweit er es verantworten konnte, hatte er das Los der Inhaftierten erleichtert. Die Faschaunerin hat einen Webstuhl in ihrer Kerkerzelle, auf dem sie die wunderbarsten Leinenmuster webt. Die Patrizierfrauen von Gmünd reißen sich um die schönen Hand- und Tischtücher, und das Landgericht hat schon manchen Silbertaler dafür eingenommen. Sogar Frau von Emperger sprach den Wunsch aus, so ein Linnen zu besitzen, doch ihr Gatte wollte nichts davon wissen: der Richter darf sich durch eine Gefangene keinen Vorteil schaffen.

Traner war bisher wöchentlich einmal bei Doktor von Emperger und seiner Gattin zur Kaffeejause eingeladen. Jetzt aber weicht er diesen Zusammenkünften ängstlich aus. Er will damit verhindern, daß der Bannrichter nach dem Fortgang der Untersuchung in Sachen Faschauner fragt.

In Zwischenräumen von zwei bis drei Monaten läßt Traner die Gefangene vorführen. Er weiß es jedesmal, daß er dem Akt nichts Neues hinzufügen werde; er will die unglückliche Frau nur sehen. Eva hat sich zu einer gewissen Resignation durchgerungen. Sie weiß, daß sie durchhalten muß, bis es dem Richter gefällt, sie eines Tages doch in Freiheit zu setzen. Hatte sie anfangs lange die betäubende Furcht, im Schatten des Hochgerichtes zu stehen, so ist sie jetzt zuversichtlicher geworden. Im Bewußtsein ihrer Schuldlosigkeit erhofft sie eine günstige Lösung. (...)

Karl Traner muß den Fall an seinen Vorgesetzten abtreten und ist seither ein schweigsamer, an Gottes Güte und der Menschen Gerechtigkeit verzweifelnder junger Beamter, dem das Sonnenlicht grau erscheint und dessen Nächte ihm kaum eine Stunde erquickenden Schlafes gönnen. Tausendmal bei Tag und in der Nacht verflucht er sein zu langes, zu vorsichtiges, zu wohlgemeintes Zögern. Seit er weiß, daß unter allen Aktenstücken des rätselvollen Falles von nun an der Name Dr. von Emperger stehen wird, ist ihm, als wäre er selber Evas Mitgefangener, ja Mitschuldiger, soweit das Wörtchen Schuld hier überhaupt einen Sinn hat.

Sein Richteramt wird ihm von Tag zu Tag mehr zu einem Kerker, der nicht minder dunkel und gnadenlos ist als die Haft, in der die Faschaunerin schmachtet ...

Doktor von Emperger macht bald genug die Erfahrung, daß er trotz eifriger Zeugeneinvernahmen nicht weiterkommt. Die Zeugen wissen nichts Neues auszusagen, ja sie schwächen vielfach sogar die einst gemachten Angaben ab, und die Angeklagte leugnet nach wie vor den Mord an dem Gatten und den Mordversuch an der Altbäuerin. Doch kommt ein anderer Täter für den Mord nicht in Frage. Die Faschaunerin hat die Speise ohne fremde Hilfe zubereitet, Trina war nachweisbar nicht im Hause, sie kam erst, als die Topfennudeln schon auf dem Tische standen, und das Hausgesinde arbeitete auf dem Felde.

So berichtete der Bannrichter an die Landeshauptmannschaft in Klagenfurt und stellte die Alternative, die Inquisition ab hac Instantia zu entlassen oder aber zu torquieren. Sollte die Tortur angewendet werden, so beantragt der Bannrichter, daß die Angeklagte auf einen Viertelbund oder sechs Schnur in die »peinliche Frage« gelegt und ad bancum juris darauf vernommen werde. (...)

Als Eva Faschaunerin vor acht Tagen vor dem Bannrichter erschien, wurde ihr der landesfürstliche Freimann vorgestellt. Sie wurde nochmals gefragt, was sie so unendlich oft schon beantwortete. Als der Bannrichter ihr festes Nein vernahm, winkte er den finsteren Mann mit dem brandroten Gesicht heran, der der Einvernahme stumm zugehört hatte:

»Freimann, führ Er die Inquisitin ad locum torturae!«

Eva mußte an der Seite des Freimannes gehen; der Bannrichter mit dem Banngerichtsschreiber und zwei von den gewöhnlichen Beisitzenden folgten.

Als sie den Weg über den Hauptplatz nahmen, entstand ein Menschenauflauf: »Der Henker geht vorüber, er führt die Giftmischerin!« schwirrte es vielstimmig durcheinander. Doch sie hielten alle gebührenden Abstand: Nur nicht anstreifen an den Furchtbaren, sein Gewand ja nicht berühren!

»Im Loch« angekommen, stieß der Freimann eine eiserne Türe auf, und Eva trat schaudernd ein. Zuerst gewahrte sie kaum etwas von ihrer Umgebung; da packte sie der Henker mit hartem Griff am Arm und zeigte ihr ein gemauertes Bänklein. Als er nun redete, vernahm sie zum ersten Male die Stimme des Gefürchteten. Diese Stimme erinnerte sie an klirrenden Stahl, ein zynisches Lächeln verzog den Mund des Mannes:

»Siehst du, Angeklagte, du stehst neben der Marterbank und rundherum kannst du dir seltsame Dinge ansehen.«

Er ließ die »neunschwänzige Katze« durch die Luft sausen, zeigte der Faschaunerin den Schraubstock, der die Daumen zusammenpreßt, deutete auf die Zakken, die so treffsicher dorthin eindringen, wo sie den größten Schmerz bereiten; er führte Eva zum »Bock« und erzählte, wie man mit verstockten Leugnern verfahre, damit sie ihre Tat geständen.

»Siehst du, Delinquentin, wenn der Oberkörper, an die Eisenringe gefesselt, heruntergezogen wird, daß er die Zehen berührt, dann hat noch jede Übeltäterin gestanden.«

Eva schloß die Augen, sie war nicht imstande, die Werkzeuge anzuschauen, die nur das Gehirn eines Teufels ersonnen haben konnte.

Dann hielt der Henker ein Bündel Hanfstricke in der Faust und erzählte der entsetzten Frau, wie man mit diesen Seilen die Gliedmaßen schnüre, so fest, daß der Strick tief ins Fleisch eindringe.

»Hast du jetzt genug, Angeklagte, oder willst du noch die Folter sehen, die den Inquisiten so schön in die Länge zieht, daß ...«

Eva Faschaunerin war bereits zusammengesunken; eine Ohnmacht hatte das Entsetzen ausgelöscht. (...)

»Angeklagte, hörst du mich, und willst du gestehen!?«

Die Folterknechte ziehen an den Kloben, als sollten Evas Glieder zerschnitten werden. Da bedeutet die Torquierte mit zerbissenen Lippen, daß sie – gestehen wolle.

Die Knechte lassen sogleich die Kloben fallen, und der Bannrichter fragt: »Angeklagte, bekennst du dich schuldig, deinen Ehemann Jakob Karyn mittels Gift getötet zu haben?«

Evas Widerstandskraft ist zerbrochen. Sie weiß es, das Ja, das sie jetzt sprechen wird, ist für sie der Tod. Doch der Tod bedeutet Erlösung, verglichen mit diesen Qualen!

Und Eva Faschaunerin spricht das Ja, um diese Erlösung zu erringen.

Mehr zu sagen als dieses Ja ist der Gemarterten unmöglich. Ihre Kehle ist ausgedörrt, die Zunge klemmt sich dick geschwollen in die Mundhöhle. Ein armseliges Menschenbündel sinkt vernichtet in sich zusammen. Ruhen, ausgelöscht sein – ist es nicht das beste ...?

Als Bannrichter Benedikt von Emperger in Begleitung seiner Herren die Folterkammer verläßt, umspielt ein triumphierendes Lächeln seine Lippen:

»Nun, sehen Sie, die verstockte Sünderin hat gestanden!« äußert er sich zu den Mitgliedern des Gerichtshofes. »Jetzt kann ich den Prozeß zu Ende führen. Es ist immer wieder dasselbe: Wo alles gütliche Zureden versagt, führt die Tortur zum Geständnis.«

SREČKO KOSOVEL

(1904–1926)

Reise

Und hier und dort. Nur eine flüchtige Reise.
Baum und Turm. Und Haus. Berg. Hügel:
Wie kalte Schwermut. Wie stille Träume.
Du fährst fort. Müder und schwerer Puls.

Bahnstation. Restaurant. Und das Laub
rieselt durch Kastanienäste über Tische.
Und diese Dame. Sie ist still und allein.
Blick. Braunes Laub. Flüchtiger Eindruck.

Fremde: wie der Herbst und wie die Unbekannte
ganz flüchtig, kalt. Hier bei uns Wärme.
Fliegendes Laub. Gegen die Karawanken.
Tunnel: im Halbdunkel leuchtet ihr Auge.

WOLF COSEREP

(um 1540)

Sonderlich zu Clagenfurt

Sonderlich zu Clagenfurt laider wirdt gesechen
ist offt manchem armen zu Khurtz geschechen …
O, windisch Richter*
man thuet Dir sehr fluechen
Du khanst Den finanz Wol suechen
Nach gunst lasst Du oft ein Darvon
Den Du lasst freundschafft geniessen schon.

ANONYM

(1813)

Znagst kimm i af Klagenfurt

Znagst kimm i af Klagenfurt,
In die Stadt af'n Wochenmarkt,
Da hant halt dö Leut g'hat
Ein Plaudern sehr stark,
Was es Kanonen hat,
Lei draußen vor der Stadt;
Bauer, haßt's, 's Roß ang'schirrn,
Af Villach führn.

* gemeint ist Stadtrichter Windisch

I nimm glei mei klei Rapple her,
Und thue's einspannen g'schwind,
Af an Aug', da siegt's nix,
Af an is es blind.
I spann mit mein Nachbarn z'samm,
Und fahr in Gottes Nam',
I mit mein Büschlein Heu
Ban See vorbei.

Wia i af Velden bin keman,
Da hin i g'mant spannen aus,
Zu fuetern mei Rapple,
Ihm z'geben an Schmaus.
Da kimmt der Offizier:
»Bauer nix futtern hier,
Auf, auf! so lang es geht,
Und's Roß auch steht.«

Wia i hinter bin keman,
Da han i's von Herzen g'lacht,
Da hams aus mein Keuschlan
A Kasern g'macht.
Sechs Roß und sechs Mann
Mueß i hab'n in Quartier;
Ei, du mei lieber Nachbar,
Gehts dir a so wia mir?

Die Schönfeldner Völker,
Die hampt ja fast alle Roß,
Fahrt kaner ka Fürspann,
Das Ding is kurios,
Der anzige Gaschperle,

Das is ein Mann,
Fahrt alle Tag Fürspann,
Kein Zehrung, kein Lohn!

O du himmlischer Vater,
Kimm einmal zu uns herab,
Und straf die Verdienten
Mit dein Richterstab.
Hilf Bürger und Bauer
Doch einmal aus dieser Noth,
Gott Vater, gib uns
Unser taglenes Brot.

HANS SITTENBERGER

(1863–1943)

Ich hab' ihn gesehen

Mittags.

Also, ich hab' ihn gesehen. Ich bin noch ganz aufgeregt und weiß mir noch immer nicht zu deuten, warum mich's so gepackt hat. Vielleicht ist's doch ein geheimer Groll gegen ihn; denn schließlich ist's ja mein Vaterland, das er zu Boden geworfen hat, und eigentlich hat er damit auch mich selbst verwundet. Aber ich kann mir nicht helfen, ich muß ihn dennoch bewundern, ich kann gar nicht aufhören an ihn zu denken: Was für ein seltsamer Mann ist er!

Just vor dem Landhause war's. Ich bog eben in die Seufzerallee ein. Denn ich sollte zu Tante Netti, ob sie uns mit etwas Eßbarem aushelfen könne; bei den Händlern ist ja nirgends etwas aufzutreiben.

Du kannst dir ja Zeit lassen, denk' ich; ob du eine Viertelstunde früher oder später mit leeren Händen heimkommst, das wird die Suppe nicht fett machen. Und ich gehe hübsch langsam vor mich hin und besehe mir ganz extra jeden Baum in der lieben, alten Kastanienallee; denn ein jeder ist jetzt ein Wunder. Die kecken zarten Blätter sind über Nacht hervorgesprungen aus der braunen Hülle, unter der sie so lang vom blauen Himmel und der goldenen Sonne geträumt haben. Nun können sie die Herrlichkeit selber sehen. Aber sie sind etwas blaß, als ob sie noch frören in der frischen Märzluft, und die braune Wolle von den Knospen klebt noch in einzelnen Flokken an ihnen, just wie bei den Hühnchen, die eben ausgekrochen sind und mit der Eierschale auf dem Rücken herumlaufen. Es hatte ein wenig geregnet, aber schon blitzte wieder heller Sonnenschein. Doch auf den Blättern lagen noch die Tropfen, und ich sah ihnen zu, wie sie den köstlichen Trunk einschlürften, langsam, wie mit tiefen Zügen, gleich als wollten sie die Wonne bis zur Neige verkosten. Ich hätte ihnen stundenlang zuschauen können. Und dabei umquoll mich der wohlige, feuchtwarme Dunst, der aus der Erde und von den Bäumen emporstieg, und ich sog ihn in mich ein, und ich konnte gar nicht satt werden, ihn zu trinken, daß mir fast taumlich zu Sinne wurde. Und die Sonnenstrahlen spielten an mich so fröhlich heran, als ob sie mit mir kichern wollten; und ich glaube gar, ich habe mit offenen Augen geträumt, ich sei in einem weiten Wundergarten, wo die Blumen reden und die Blätter seufzen und die Vöglein lachen, – und nicht vor dem alten Landhaus in der braven Seufzerallee. Das Herz aber klopfte und hämmerte mir zum Zerspringen; es war just, als hätten sich etliche Sonnenstrahlen darin gefangen und fänden nun nicht hinaus.

Da geht's auf einmal trapp, trapp, trapp. Erschreckt fahre ich auf, vom Heiligengeistplatz her kommt eine kleine Reiterschar. Das blitzt nur so von Gold an ihren Uniformen; nur der Mann, der voran auf dem Schimmel reitet, ist ganz schmucklos; ein grauer Mantel hüllt ihn ein, den Kopf bedeckt ein kleines, dreieckiges Hütlein, keine Goldborten, kein wallender Federschmuck darauf wie bei den andern. Und doch, kaum hab' ich ihn erblickt, so weiß ich's im Innersten: er ist es, er, der jetzt der Herr ist in unserem Lande.

Mich überläuft es siedendheiß und dann wieder kalt, die Knie beginnen mir zu wanken, um die Ohren braust es mir, als schlügen Seewogen um mich zusammen, vor die Augen legt sich's mir wie Nebel, und ich glaube, ich müsse mich irgendwo halten, um nicht umzusinken. Aber ich sehe doch alles ganz deutlich, so deutlich, wie ich in meinem ganzen Leben nichts gesehen habe. Ich sehe, wie sein blasses Antlitz sich plötzlich mir zuwendet, ich sehe, wie er mich aus seinen großen, schwarzen Augen durchbohrend anblickt, und ich fürchte mich vor diesen seltsamen Augen, die den unheimlichen Glanz der Tollkirsche haben und so träumerisch und doch so tyrannisch kalt unter der hohen, bleichen Stirn hervorleuchten, und ich kann nichts anderes denken als: Jetzt sieht er dich! Jetzt sieht er dich! Und das schaudert mich so, als ob's das größte Unglück oder das größte Glück auf der Welt wäre. Aber diese Augen schauen so starr, als ob sie durch mich hinausblickten ins Leere, und die schmalen Lippen, die so fest und hart aufeinander gepreßt sind, umspielt kein lebendiger Zug, und da glaub' ich wieder, er sieht mich nicht, und das tut mir so weh, daß ich ihm böse sein könnte deshalb oder weinen oder beides zugleich. Aber, wie er an mir vorüber ist, sehe ich, daß er zu dem Offizier, der neben ihm reitet, einige Worte sagt, und daß dann dieser nach mir umblickt, ganz deutlich nach mir. Und da schießt es mir heiß in die Wangen, daß ich glaube, sie brennen. Da sind aber die Reiter auch schon verschwunden, und ich stehe allein auf der Straße und blicke ihnen immer noch nach. Endlich fällt mir die Tante Netti ein, und das rappelt mich einigermaßen wieder auf, und ich gehe wie ein frommes Lamm meiner Wege. Aber es lag mir noch in allen Gliedern, es war ein so eigenes Gefühl, ich kam mir selbst – wie soll ich sagen? – ja, wie ein Fremdes kam ich mir vor.

Abends.

Ich bin ein närrisches Mädel. Was hab' ich da zusammengeschrieben! Das sieht ja aus, als ob ich in den Buonaparte bis über die Ohren verliebt wäre.

TRUDE POLLEY

(1912–1992)

Im Lindwurmsumpf treffen sich Kulturen

Die Bürger von Klagenfurt – was war aus ihnen geworden, nachdem der Kaiser die Stadt über ihre Köpfe weg verschenkt hatte? Nun, wenn sie überlebt hatten und tüchtig genug waren, sich der neuen Zeit anzupassen, verdienten sie gut. Aber es waren nicht allzu viele, die wieder in die Höhe kamen, denn für die verarmten Ackerbürger des mittelalterlichen Städtchens war es nicht leicht, im Wettbewerb mit den vielen Fremden zu bestehen, die von allen Seiten herbeiströmten.

Eine der wichtigsten Bestimmungen des Maximilianischen Gabbriefs war es, daß künftig jedermann, wes Standes oder Nation er auch sein mochte, sich in Klagenfurt niederlassen, hier »frei kaufen und verkaufen« oder ein Handwerk ausüben dürfe. Eine so vollkommene Liberalisierung würde selbst heute auf heftigen Widerstand stoßen, in der Zeit strenger Zunftordnungen war sie unerhört. Auf eine andere Weise freilich hätte man aus der ausgebrannten, heruntergekommenen Siedlung niemals eine Stadt machen können, eine Landeshauptstadt.

Der einer Familie des Kärntner Uradels entstammende Genealoge Gustav Adolf von Metnitz hat in einer Studie über das ständische Klagenfurt die Herkunft der bürgerlichen Stadtbewohner untersucht.

Auf Grund des Ergebnisses kann man sagen, daß die Klagenfurter des 16. Jahrhunderts eine ausgewogene mitteleuropäische Mischung darstellten. Sie stammten, um nur die bekanntesten Herkunftsorte zu nennen, aus Augsburg, Biberach, Brandenburg, Breslau, Budweis, Cremona, Eger, Erfurt, Ferrara, Frankfurt/Main, Freising, St. Gallen, Görz, Graz, Heidelberg, Iglau, Krainburg, Laibach, Liegnitz (Schlesien), Mailand, München, Marburg/Drau, Nürnberg, Pettau, Rosenheim, Salzburg, Straubing, Tegernsee, Venzone, Venedig, Verona, Wien, Windischgraz, Würzburg ... Das ist nur eine kleine Auslese, und dazu kam noch die starke Zuwanderung aus den größeren Orten Kärntens und aus der unmittelbaren Umgebung von Klagenfurt. Es muß damals so ähnlich zugegangen sein wie heute in einer Stadt, die olympische Spiele vorbereitet. Das Ackerbürgerstädtchen im Lindwurmsumpf war zu einem Treffpunkt der Nationen geworden.

FRIEDRICH SIMONY

(1813–1896)

An Stifter: In Kärnten kannst Du ein Walter Scott werden

Verehrter Freund!
Ob Dich diese Zeilen erreichen werden, weiß ich nicht, hoffe es aber und das recht vom Herzen, denn

in Zeiten wie die gegenwärtigen ist es ein wahres Himmelslabsal, einen seelenverwandten Freund begrüßen zu können. Soeben las ich in der »Allgemeinen Zeitung«, daß Du vom Ministerium zu einer Beratung über Studienwesen berufen worden bist, jetzt Dich aber wieder in Linz befindest. Ich wollte diese Notiz nicht umsonst gelesen haben, eilte sogleich nach Hause und sitze nun am Schreibtisch, um Dir aus weiter Ferne ein Zeichen meines Daseins zu geben und Dich zugleich zu bitten, dasselbe recht bald auch zu tun; denn wahrlich in dieser schaudervollen Wüste, in die uns der Sturm der Zeit geweht hat, wo der glühende Samum der modernen Politik die Gehirnmassen der Menschen versengt und in ihnen all die bösen Geister der Leidenschaften heraufbeschwört, daß sie wie die wilden Bestien der Sahara gegeneinander rasen, da wird einem der ganze Menschenhaufe, der jetzt so recht durcheinander braut und wühlt wie ein aus den buntesten Stoffen gemengtes Ferment, noch widerlicher, der einzelne Seelenbekannte dagegen, der mitten unter den Zerrgesichtern der tollen Menge wie ein Engel des Friedens auftaucht, noch lieber denn sonst. Man hascht nach ihm, man jubelt ihm entgegen und ist selig, mit ihm in der Sprache der immer mehr entrückenden, geistigen Heimat einige Worte wechseln zu können.

Also, Herzensfreund, wie geht es Dir? Hat Dir die Gegenwart noch Zeit gelassen, Deinen holden Schwestern den Musen zu leben? oder haben Dir die Märzerrungenschaften so viel geraubt, daß Du nicht mehr nach Deiner Weise leben, atmen, nach Deinem Bedarfe denken, fühlen kannst? Wahrlich, das wäre traurig. Lasse mich recht bald erfahren, wie Dich die Gegenwart gebettet, ob Du auf Rosen oder Dornen ruhst, denke, daß ich den innigsten Anteil an Dir nehme und jetzt recht von Herzen wieder in Verkehr zu treten mich sehne, wo die Menschen in Masse einem so recht verächtlich werden durch ihren Unsinn, ihre Dummheit, durch ihre Erbärmlichkeit, ihre Schlechtigkeit, welche alle miteinander sie jetzt so volle Gelegenheit haben recht glänzend an den Tag zu legen.

Wollte ich meine Lebensgeschichte vom 13. März 1848 an zu datieren anfangen, wie das die echten Patrioten vorschreiben, so müßte ich mit einer gar traurigen Epistel beginnen. Seit jenen ersten Tagen des Heils habe ich gar viel gelitten, moralisch mehr noch als physisch; der kolossale Sturz eines Mannes, den ich so innig zu verehren gezwungen worden bin, das Schicksal seiner Familie, die ich im Ganzen liebgewonnen hatte, das Untergehen von Männern, deren Persönlichkeit ich achtete, das waren Erinnerungen, die mich wie Schreckgespenster einer Fiebernacht mondenlang verfolgten und peinigten. Dann erst tauchte noch die Frage um meine eigene künftige Existenz auf und je weiter hinaus ich blickte, desto trostloser wurde die Aussicht. Da kam an mich der Ruf aus Kärnten, ein Naturhistorisches Museum in Klagenfurt einzurichten und zu organisieren und so bin ich denn seit Oktober wohlinstallierter Kustos und Dirigent einer Anstalt, welche, unter mir ins Leben getreten, sich rasch zu einer Wirksamkeit entwickelt, die dem Institut eine gute Zukunft bereiten dürfte. Soll es in Zukunft mit der Wissenschaft bergab gehen bei den Menschen, dann hat für mich das

Leben keinen Pfennig Wert mehr. Was kann das Leben auch noch gelten, wenn seine Blüten, Wissenschaft, Kunst, Gesittung abwelken!

Mit schwerem Herzen schied ich aus dem Salzkammergut, wo jede Felsenzacke, jeder schöne Baum, jeder tobende Bach, Seen, Täler, Berge und manche warmen Augen und weichen Herzen mir liebe Freunde geworden waren, nur hier konnte ich den Verlust wieder ersetzt finden in dem zauberischen Kärnten, reich an Großartigkeit, Romantik und Naturfülle! – Mensch, das wäre ein Land für Deine Muse! Bergketten der buntesten Formen, hier zackig, zerrissen, öde wie zerworfene Welttrümmer dort sanft aufgewölbt, bis zur Höhe der Wolken überdeckt mit reichem Pflanzenleben, zwischen denselben die üppigsten Täler, besäet mit Dörfern und Herrensitzen, blühend in der reichsten Kultur des Bodens, umsäumt von Wald- und Felsenhöhen, von deren Scheitel überall stolze Burgruinen in maleriseher Schönheit niederblicken. Hie und da findest Du im Dunkel des Waldes oder auf Wiesengründen wunderliche Wälle, und gräbst Du hinein, tauchen Baumonumente längst verronnener Zeiten vor Dir auf und erzählen von Völkern, die längst nicht mehr sind. Der Altertümler zeigt Dir die Stellen des alten römischen Virunum, von Teurnia, Juenna, Mutucajum, Belliandrum und noch älteren keltischen Denkmälern; an den Ufern der Kärntner Seen erzählen Dir die Einwohner wunderliche Sagen von See- und Waldgeistern; von Gnomen und Kobolden kannst Du in den Bergwerken der Fleis berichten hören, deren Stollenmüngen, 9108 Fuß über dem Meere gelegen, durch ewigen Schnee gebrochen sind, und hast Du endlich Lust, Dir großartig den Hals zu brechen, so bietet Dir dazu der Großglockner, die erhabene Eismarke Kärntens, die günstigste Gelegenheit. Willst Du aber liebenswürdige Menschen finden, so packe Deine Sachen zusammen und ziehe südwärts mit den Schwalben nach Klagenfurt, wo Du um zehn Perzent älter werden kannst als anderswo, und wo Du nebenbei ein Publikum liebenswürdiger Weiber findest, welche für Deine »Studien« schwärmen und sich glücklich fühlen würden, mit Dir verkehren zu können. Außer dem Frauengeschlecht, welchem ich jedenfalls den Vorzug vor unserem Genus gebe – Du findest unter jenem manche Maler- und Musiktalente und noch mehr hübsche Gesichter, so hübsch wie das Land – begegnen Dir hie und da Männer von bedeutender Intelligenz, welche in gesellschaftlicher Beziehung Deinen geistigen Bedarf schon decken können.

In allem Ernst gesprochen – meine Aufforderung an Dich, hieher zu kommen, ist nicht bloß ein flüchtiger Gedanke, sie ist aus der langgenährten Ueberzeugung hervorgegangen, daß Du hier den Boden finden wirst, der Dir bisher mangelte, um etwas wahrhaft Schönes, Ganzes zustande zu bringen. Die einseitige Richtung in Deinen »Studien« hat schon manche gewichtige Widersacher hervorgerufen; *einen* Vorwurf, den auch ich Deinen Arbeiten machen muß, nämlich den allzu großen Mangel an historischem Stoff, wodurch Du verleitet wirst, Deine herrlichsten Gedankenblüten an Unbedeutendheiten zu vergeuden, wirst Du hier ganz beseitigen können. *In Kärnten kannst Du ein Walter Scott werden*, in Linz wirst Du Dich selbst vergessen machen.

URBAN PAUMGARTNER

(† 1630)

Lobgedicht auf Klagenfurt

Dieses Gebäud' enthält im Geviert und hoch und geräumig,
Wenn auch unvollendet zur Zeit noch, dreißig Gemächer;
Unten schwingt sich und oben herum auf zierlichen Säulen
Ruhend ein Gang, vor dem Ostwind geschützt, dem Süd- und dem Nordwind,
Aber auf jener Seite, von der die Stürme des Westens
Herwehn, und die Orkane aus hohlen Bälgen entsendet
Aeolus, ist ein Garten mit labyrinthischen Gängen,
Der vom Hofe des Hauses mit niedriger Mauer sich abschließt ...
In der Mitt' erhebt sich auf offenem Platz ein Theater
Festlichen Bühnenspielen geweiht, durch verschieden Runde
Ausgezeichnet, in deren Umkrümmungen Chöre zu singen
Und zu stampfen pflegten mit gleichen Tönen und Schritten
Nach dem Takt, umringt vom bewundernden Kreise der Schauer.
Doch nun starrt schon öde der Platz, mit Rasen bewachsen,
Seitdem die Schwestern, die neun, in die Ferne geflohen.

Jener Winkel, der gegen die Morgenröte des Winters
Vorschaut, trägt ein Türmchen aus wohlgefügten
Bohlen,
Mit Gemälden geschmückt der Jahreszeiten, der sieben
Freien Künste, der Winde und anderen; aber im Innern
Führt eine Wendeltreppe vom untersten Fuße zum
höchsten
Giebel im Kreise gedreht auf gebogenen Stufen durch
Dunkel.
Drehen kannst du allhier die Kugeln der Erd und des
Himmels
Und der Planeten verschiedne Bewegungen deutlich
erkennen,
Nach Fixsternen auch wohl mit dem Astrolabium
ausspähn ...
Zu erforschen vermochten wir dort Gewitter und
Stürme,
Weh, das grimmige Verhängnis, das uns bedrohte,
vermochten
Nicht wir vorauszusagen und nicht nach dem Rechten
zu sehen ...

RUDOLF CEFARIN

(1895–1957)

Ein Philosoph im Priesterkleid

Es ist eines der reizvollsten und wohl auch bedeutendsten Kapitel heimatlicher Kulturgeschichte, in dem sich der große Eindruck widerspiegelt, den im ausgehenden achtzehnten Jahrhundert die philosophischen Ideen Kants in Kärnten auslösten. In Klagenfurt hatte sich ein eigener »philosophischer Zirkel« gebildet, dessen anerkanntes Haupt Graf Franz de Paula Herbert war. Im Sommer 1789 begegnen wir ihm in Begleitung seines Schwagers Ignaz von Dreer zum erstenmal in Weimar und Jena, wohin er sich begeben hatte, um die berühmtesten Stätten und Männer der deutschen Literatur und Philosophie kennenzulernen. Auf die Empfehlung des Philosophen Karl Leonhard Reinhold fanden die beiden Zutritt im Hause Christoph Martin Wielands, der am 26. Juni 1789 seinem Schwiegersohn schreibt: »Ihre beiden Kärntner, mein lieber Reinhold, sind in der Tat, wie Sie mir meldeten, ein Paar junge Männer, die keiner anderen Empfehlung bedürfen, als sich sehen und hören zu lassen.«

Auf diesem klassischen Boden wahrer deutscher Kultur hatten die beiden Österreicher nun Gelegenheit, zahlreiche dauernde Freundschaften mit führenden Männern ihrer Zeit zu schließen, so unter anderen mit Schiller und Novalis, mit Erhard, Fernow und Baggesen. Ihnen ist es vor allem zu danken, daß der

Geist von Weimar auch in Kärnten eine Heimstätte fand.

Die aufrichtige Begeisterung für die Philosophie im allgemeinen, besonders aber für die Lehren des großen Denkers von Königsberg, mit dem Herbert in brieflichem Verkehr stand, beschränkte sich nicht nur auf den Kreis um Herbert, sie hatte vielmehr nahezu die gesamte Intelligenz des Landes erfaßt. Einer ihrer interessantesten Vertreter war ein Kärntner Slowene: Josef Anton Mitsch.

Mitsch wurde am 16. Jänner 1754 zu St. Peter bei Klagenfurt geboren und starb als infulierter Probst von Gurnitz und Mitglied des Kärntner Landstandes im hohen Alter von 94 Jahren am 16. März 1848. Als er, der aufrechte Josefiner, wohl einer der letzten Überlebenden aus der Zeit der Aufklärung, seine Augen schloß, brauste über Österreich der Sturm einer neuen Zeit, die das Metternichsche System hinwegfegte.

Alle Anzeichen sprechen dafür, daß auch Mitsch dem engeren Freundeskreis Herberts angehört hatte, war er doch gleich diesem Freimaurer und vermutlich Mitglied der Loge »zur Wohltätigen Marianna« in Klagenfurt. In seinem Nachlaß fanden sich noch der Meisterschurz und andere Insignien des Bundes, die er, allen polizeilichen Verfolgungen zum Trotz, die ganze Zeit der Reaktion über zu verbergen verstanden hatte.

Im Jahre 1817 gab Mitsch bei Anton Gelb in Klagenfurt eine Abhandlung, und 1840 bei Kleinmayr eine Broschüre heraus: Sie führen die Titel: »Etwas über die Unsterblichkeit der Seele nach philosophischen Ansichten« und »Aphorismen moralisch-philosophischen Inhaltes«. Beide Publikationen fanden, wie der Chronist meldet, trotz des philosophischen Inhalts gute Annahme, »woran außer dem wohltätigen Zwecke – Mitsch hatte den Erlös dem Elisabethinerkloster gewidmet – die Persönlichkeit des Verfassers Mitursache war«.

Ob, was anzunehmen ist, aus der Feder dieses kärntnerischen Philosophen im Priesterkleide noch andere Schriften erschienen sind, zumal in den Jahren seiner Jugend und seines reifen Mannesalters, konnte ich nicht feststellen. Die Studienbibliothek in Klagenfurt verwahrt nur seine bei Kleinmayr herausgegebenen Aphorismen. Aus ihnen spricht die Güte, Abgeklärtheit und Weisheit des Sechsundachtzigjährigen, der um viele Geheimnisse menschlichen Daseins weiß und ahnend Zukünftiges sieht. Die Sprache ist klar und prägnant, die Pointen scharf herausgearbeitet. Oft erheben sich Worte und Gedanken zu dichterischer Schönheit. Offenbart der Verfasser im ersten Teil der Broschüre unter dem Titel »Ich« Persönliches, so bildet im zweiten Teil »Der Mensch« den Gegenstand seiner klugen Betrachtungen; im dritten, der »Philosophie« gewidmeten Teil setzt sich Mitsch vor allem mit metaphysischen Problemen auseinander.

Gerade diese Aphorismen, die es verdienen würden, neu herausgegeben zu werden, enthüllen besser als umständliche Schilderungen es vermöchten, die hervorragenden Eigenschaften dieses Menschen, der neben dem St. Pauler Abt Anselm von Edling jenen geistig hochbegabten, fortschrittlich gesinnten, katholischen Geistlichen der josefinischen Zeit repräsentiert, welcher die Reformen des Kaisers – auch auf kirchlichem Gebiete – verstand und förderte und welcher, ohne seinen Pflichten als Priester und geistlicher Seelenhirte untreu zu werden, viel zum geistigen Fortschritt des Volkes beitrug und an der Linderung seiner leiblichen Nöte nach besten Kräften tätigen Anteil nahm. Mit besonderer Hingabe pflegte Mitsch als Priester und Freimaurer das ihm doppelt am Herzen liegende Gebot der praktischen Nächstenliebe sowohl auf dem Felde der christlichen Karitas wie auf jenem der freimaurerischen Humanität. Sein großer Wohltätigkeitssinn zeigte sich auch bei der Gründung einer Kleinkinderbewahranstalt in Klagenfurt, zu der er viel beigetragen hatte.

Diese von den Ideen des Fortschrittes, der Toleranz und Humanität erfüllte Einstellung des Priesters mag denn auch die Ursache sein, daß die Erinnerung an sein Leben und Wirken von einer mißgünstigen Zeit bewußt verwischt und ausgelöscht wurde: Als man ihn in den gewittergeladenen Märztagen des Revolutionsjahres 1848 zu Grabe trug, sah Gurnitz, wie die Kirchenchronik meldet, ein Begräbnis von niemals hier erlebtem Ausmaße. Und ist es nicht bezeichnend, daß in der Gruft, in der er beigesetzt wurde, heute keine Inschrift seiner gedenkt?

Im nächsten Jahre wird sich der hundertste Todestag dieses seltenen Mannes jähren, der als hoher geistlicher und weltlicher Würdenträger, als Mensch und Philosoph wertvolle Arbeit für Volk und Heimat geleistet hat. Kärnten würde eine alte Dankesschuld tilgen, wenn es aus diesem Anlaß in würdiger Form seines Sohnes gedächte. Nicht um der Ehre des Mannes willen, sondern um der des Landes. Er, der Leben und Menschen ja so gut kannte, konnte schon zu seinen Lebzeiten von sich sagen:

»Mir ist zuweilen arg mitgespielt worden. Aber glauben soll man an die lenkende Vaterhand nicht bloß im Sonnenscheine vor den geernteten Garben, auch im Ungewitter vor der verhagelten Saat; denn sonst ist es nicht der rechte Glaube. Dieser Grundsatz ist mir immer ein freundliches Licht gewesen auf dem langen Lebenswege, und wird mir hell und lieblich hinunterleuchten in die Tiefe der Gruft.«

ROBERT SCHINDEL

(* 1944)

Klagenfurter Frühlingsballade

Nach der Lektüre von
»All das Vergangene«

1

Ich reise durch mein Jahrhundert auf Schienen
Flitzende Buchstaben reißen mich in die Zeitvertikale
Daweil ich doch dasitze im Klagenfurter Frühling
Im kleinen Lokal, stürze ich hinunter, ich hör die
Baßgeige

Des Juden in den Dörfern am Pruth.
Aber die literarische Veranstaltung in Klagenfurt
geht zu Ende

Ich reise zurück durch mein Jahrhundert, durch die
Religionen
Des Blutes, die Gebete des Hasses, durch das
Schweigewort

Meine Freunde gehen jetzt zum Künstlerfest, ich
kann nicht
Hervorkommen vom Tisch hier, vor mir liegt nämlich
Der Schienenstrang, der mir Waggons bringt,
angefüllt
Mit Gelächter. Lachen auf Lachen wird ausgeladen

Interpunktiert mir mein Nachkriegsleben, skandiert
Die großen roten Träume, Waggon um Waggon
Kommt voll vors Gesicht, leer hinunter ins Jahrhundert.
Der Maiabend Vierundachtzig in Klagenfurt schont
mich schlechterdings

Will ich jetzt zum Künstlerfest, zu den witzigen
Philosophen.
Durch das Schneefeld Galizien schleppt der Jude auf
dem Rücken
Seine Baßgeige, und die Genossen fallen aufs Gesicht
in Moskau
Teruel und Dachau. Verlieren es ebensooft, auf
Buchstabengleisen

Untertunnel ich mein wichtiges Heraufleben im
Nachkrieg.
Steh mit dem Rücken zu mir in der Leopoldstadt, da
meine Mutter

Eben zurückkommt aus Moskau. Kirow wurde
ermordet. Februar. No pasaran.
Mit dem Rücken zu mir. Da fickt mich jemand von
hinten.

2

Von hinten dreh ich mich vor, Zahnbürste auf Gehsteig,
Leopoldstadt.
Wiewohl ich schon unten bin in der Talsohle meiner
Vorzeit
Fall ich. Dreh mich um, hinter mir sitzt niemand,
Rücken zur Wand
Schau ich zum Eingang des Kärntner Lokals

Wabbert das Gelächter am Tisch, die dampfenden
Spaghetti werden ruhig.
Wer nahm mich von hinten? Wars Hitler, wars Stalin?
Erzeugte sich jenes Milchkind, entkroch nach
jahrlanger Schwangerschaft
Dann in den Nachkrieg und lebt herauf mit dem ewigen
Blutschnuller im Mund?

Kopfschüttelnd eß ich die Nudeln auf, grüner Salat,
aufeß ich
Meine Jugendwanderungen, sanft liegen horizontal
Die Landschaften meiner drei oder vier Empörungen
Eß ich auf, meine Liebschaften, ich schick die
halbleeren Waggons

Die übriggebliebenen am erkalteten Traumstrang
entlang
Schräge zurück, daweil das Künstlerfest schon im
Schwung ist
Stehe ich auf. Verkehrt zu meinen Erinnerungen.
Hinterm Eingang
Komm ich hervor. Unterm Tisch herauf. Jetzt wieder
Gesichter

3

Fand meine Leute, redete, lachte und schwieg.
Legte mich zum aberwitzigsten Mal zur Liebe nieder
Traf auch wie immer donnerstags meine alte
Kommunistenmutter noch, fragte
Sie auch nach dem Großvater Salomon, zertretne
Baßgeige in Riga.

Schieben mich meine Handlungen in die Zukunft?
Verknüpfen sich meine Heiterkeiten wenigstens mit
einer Heimstatt?
Liegen die Toten in ihren Gruben oder kauern sie
noch sprungbereit?
Sind uns die Aschenwinde günstig? Überleben die
Violinen?

TRUDE POLLEY

(1912–1992)

Das Landhaus. Schauplatz eines Bildersturms

Der Landtagssaal ist inzwischen wieder erneuert worden, Holeys Täfelung ist verschwunden, Lobissers Fresken aber sind geblieben, und die Abgeordneten zum Kärntner Landtag haben sie vor sich, wenn sie ihre Sitzungen abhalten. Das Haus, das voller Bilder ist, war auch Schauplatz eines Bildersturms, der sich in der NS-Zeit ereignete. Die traurige Geschichte hatte ein interessantes Vorspiel. Das Land Hessen wollte den Kärntnern zum zehnten Jahrestag ihrer Volksabstimmung ein Geschenk machen und beauftragte Anton Kolig, im Klagenfurter Landhaus einen Freskenzyklus zu malen. Kolig, aus Mähren stammend, war Kärnten eng verbunden, er hatte eine Schwester des Kärntner Malers Franz Wiegele zur Frau, und um die beiden hatte sich im Gailtal die zu hohem Ansehen gelangte Nötscher Schule gebildet. Damals, 1928, lehrte Kolig nach großen Erfolgen in Deutschland an der Stuttgarter Akademie, und mit seinen Stuttgarter Schülern kam er nach Klagenfurt, eine ganze Gruppe freudig bewegter, meist junger Maler. Ein großzügiger Auftrag war in diesen mageren Jahren ein Glücksfall, für Kolig, der vom Werkstattgedanken der Renaissance fasziniert war, in doppeltem Sinn. Im Klagenfurter Landhaus konnte er endlich realisieren, was ihm vorschwebte und wovon er sich eine Erneuerung des Kunstbetriebes erhoffte.

Der Raum, der zur Verfügung stand, ein Vorzimmer des kleinen Wappensaals, war eher bescheiden, aber Kolig nützte jedes Stück Wand, selbst die Fensternischen. Dort hinein, auf die schrägen schmalen Wände, die sich wie Altarflügel öffnen, komponierte er als Wächterfiguren Kärntner Schützen, sonst aber sollten nicht historische Szenen das Hauptthema sein, sondern die Vitalität des Kärntner Landvolks. So entstanden die »Mägdekammer«, die »Singenden Burschen«, die »Liebespaare«. Eine ganze Wand füllte das »Gastmahl«, ein kulturhistorisches Dokument, das das musische und politische Kärnten jener Zeit vereinigte.

»Ein Zyklus von gewaltigen Bildern, frei und kühn vom Thematischen bis zum Technischen«, urteilte Otto Demus, und in Milesis Kolig-Buch heißt es: »Die Fresken hätten in der Geschichte der Malerei des ersten Drittels unseres Jahrhunderts die gleiche Bedeutung, die den Fresken Marées' (Neapel) für das letzte Drittel des vorigen Jahrhunderts zukommt.« Wer noch das Glück hatte, den Kolig-Saal im Landhaus zu sehen, wird zustimmen. Obwohl der Raum für das gewaltige Werk zu eng war, so daß die malerischen Explosionen den Besucher fast erdrückten, war der Eindruck großartig. Fresken von solcher Unmittelbarkeit und solchem Temperament waren damals etwas ganz Ungewohntes, zu ungewohnt, um einem breiten Publikum zu gefallen. Es gab sofort heftige Proteste gegen den Zyklus, ähnlich wie gegen Boeckls Maria Saaler Bild. Aber während die Pfarrer von Maria Saal Boeckls Christus nur verdeckten und versteckten, haben die Nationalsozialisten, als sie im

Landhaus ihre Gauleitung etablierten, die Kolig-Fresken abschlagen lassen. Nach 1945 hat man sich bemüht, etwa vorhandene Reste zu finden, aber alles war vergeblich. Man entdeckt in Kärnten Jahr für Jahr mittelalterliche Fresken, sie kommen unter dikken Putzschichten uralter Kirchen, in verbauten Winkeln halb verfallener Burgen zum Vorschein, verblaßt, übermalt, aber fast immer noch zu retten. Von den Fresken im Landhaus ist keine Spur mehr vorhanden.

THOMAS BERNHARD

(1931–1989)

Die Maria

Die Maria aus der kleinen südösterreichischen lächerlichen Provinzstadt, in der Musil geboren worden ist (...).*

* Dieser über eine Seite gehende Satz – er endet mit *wie ich* – findet sich im Band *Auslöschung. Ein Zerfall* (suhrkamp taschenbuch 2558). Mehr als lange Zähne können wir Ihnen nicht machen: Eine testamentarische Verfügung, die wir achten, und eine Stiftungslösung, die wir nicht ganz einsehen, erlauben uns nur den hier beschrittenen Weg. Ihrem Vergnügen soll es keinen Abbruch tun. Lesen Sie weiter. Der Herausgeber

TRUDE POLLEY

(1912–1992)

Europas Neugier

Man kann nicht von Klagenfurt Abschied nehmen, ohne Robert Musil zu zitieren, von dem die wenigsten wissen, daß er im Zeichen des Lindwurms zur Welt kam. Er wurde in einem Haus nächst dem Klagenfurter Hauptbahnhof geboren und verlebte dort seine Säuglingszeit; als er elf Monate alt war, trug man ihn eines Tages über den Platz hinüber zum Bahnhof, und er reiste ab, für immer. Die Beziehungen Musils zu Klagenfurt sind demnach keine sehr engen – was irgend dazu von Interesse sein konnte, hat der Historiker Karl Dinklage in dem von ihm begründeten Klagenfurter Musilarchiv gesammelt. Doch der Schöpfer Kakaniens hat auch ein passendes Wort für das Kärntner Grenzland bereit, für dieses letzte Überbleibsel Karantaniens, das, territorial gesehen, auch das letzte Überbleibsel Kakaniens ist. Man muß dieses Wort, das auf die gegenwärtigen Schwierigkeiten Kärntens wohl Anwendung finden könnte, allerdings mit der Bitte zitieren, es auch in Musilschem Geiste aufzunehmen: »... jene nationalen Kämpfe, die mit Recht die Neugierde Europas auf sich zogen ..., waren so heftig, daß ihretwegen die Staatsmaschine mehrmals im Jahr stockte und stillstand, aber in den Zwischenzeiten und Staatspausen kam man ausgezeichnet miteinander aus und tat, als ob nichts gewesen wäre ...«

INGEBORG BACHMANN

(1926–1973)

Jugend in einer österreichischen Stadt

An schönen Oktobertagen kann man, von der Radetzkystraße kommend, neben dem Stadttheater eine Baumgruppe in der Sonne sehen. Der erste Baum, der vor jenen dunkelroten Kirschbäumen steht, die keine Früchte bringen, ist so entflammt vom Herbst, ein so unmäßiger goldner Fleck, daß er aussieht, als wäre er eine Fackel, die ein Engel fallengelassen hat. Und nun brennt er, und Herbstwind und Frost können ihn nicht zum Erlöschen bringen.

Wer möchte drum zu mir reden von Blätterfall und vom weißen Tod, angesichts dieses Baums, wer mich hindern, ihn mit Augen zu halten und zu glauben, daß er mir immer leuchten wird wie in dieser Stunde und daß das Gesetz der Welt nicht auf ihm liegt?

In seinem Licht ist jetzt auch die Stadt wieder zu erkennen, mit blassen genesenden Häusern unter dunklen Ziegelschöpfen, und der Kanal, der vom See hin und wieder ein Boot hineinträgt, das in ihrem Herzen anlegt. Wohl ist der Hafen tot, seit die Frachten schneller von Zügen und auf Lastwagen in die Stadt gebracht werden, aber von dem hohen Kai fallen noch Blüten und Obst hinunter aufs vertümpelte Wasser, der Schnee stürzt ab von den Ästen, das Tauwasser läuft lärmend hinunter, und dann schwillt er gern noch einmal an und hebt eine Welle und mit der Welle ein Schiff, dessen buntes Segel bei unserer Ankunft gesetzt wurde.

In diese Stadt ist man selten aus einer anderen Stadt gezogen, weil ihre Verlockungen zu gering waren; man ist aus den Dörfern gekommen, weil die Höfe zu klein wurden, und hat am Stadtrand eine Unterkunft gesucht, wo sie am billigsten war. Dort waren auch noch Felder und Schottergruben, die großen Gärtnereien und die Bauplätze, auf denen jahrelang Rüben, Kraut und Bohnen, das Brot der ärmsten Siedler, geerntet wurden. Diese Siedler hoben ihre Keller selbst aus. Sie standen im Grundwasser. Sie zimmerten ihre Dachbalken selbst an den kurzen Abenden zwischen Frühling und Herbst und weiß Gott, ob sie ein Richtfest gesehen haben vor ihrem Absterben.

Ihren Kindern kam es darauf nicht an, denn die wurden schon eingeweiht in die unbeständigen Gerüche der Ferne, wenn die Kartoffelfeuer brannten und die Zigeuner sich, flüchtig und fremdsprachig, niederließen im Niemandsland zwischen Friedhof und Flugplatz.

In dem Mietshaus in der Durchlaßstraße müssen die Kinder die Schuhe ausziehen und in Strümpfen spielen, weil sie über dem Hausherrn wohnen. Sie dürfen nur flüstern und werden sich das Flüstern nicht mehr abgewöhnen in diesem Leben. In der Schule sagen die Lehrer zu ihnen: Schlagen sollte man euch, bis ihr den Mund auftut. Schlagen ... Zwischen dem Vorwurf, zu laut zu sein, und dem Vorwurf, zu leise zu sein, richten sie sich schweigend ein.

Die Durchlaßstraße hat ihren Namen nicht von dem Spiel, in dem die Räuber durchmarschieren, aber die Kinder dachten lange, das wäre so. Erst später, als die Beine sie weiter trugen, haben sie den Durchlaß gesehen, die kleine Unterführung, über die der Zug nach Wien fährt. Hier mußten die Neugierigen hindurch, die zum Flugfeld wollten, über die Felder, quer durch die Herbststickereien. Jemand ist auf die Idee gekommen, den Flugplatz neben den Friedhof zu legen, und die Leute in K. meinten, es sei günstig für die Beerdigung der Piloten, die eine Zeitlang Übungsflüge machten. Die Piloten taten niemand den Gefallen, abzustürzen. Die Kinder brüllten immer: Ein Flieger! Ein Flieger! Sie hoben ihnen die Arme entgegen, als wollten sie sie einfangen, und starrten in den Wolkenzoo, in dem sich die Flieger zwischen Tierköpfen und Larven bewegten.

Die Kinder lösen von den Schokoladetafeln das Silberpapier und flöten darauf »Das Maria Saaler G'läut«. Die Kinder lassen sich in der Schule von einer Ärztin den Kopf nach Läusen absuchen. Die Kinder wissen nicht, wieviel es geschlagen hat, denn die Uhr auf der Stadtpfarrkirche ist stehengeblieben. Sie kommen immer zu spät von der Schule heim. Die Kinder! (Sie wissen zur Not, wie sie heißen, aber sie horchen nur auf, wenn man sie »Kinder« ruft.)

Aufgaben: Unter- und Oberlängen, steilschriftig, Übungen im Horizontgewinn und Traumverlust, auswendig Gelerntes auf Gedächtnisstützen. In der Ausdünstung von Ölböden, von ein paar Hundert Kinderleben, Zwergenmänteln, verbranntem Radiergummi, zwischen Tränen und Tadel, Eckenstehen, Knien und unstillbarem Schwätzen sind zu leisten: ein Alphabet und das Einmaleins, eine Rechtschreibung und zehn Gebote.

Die Kinder legen alte Worte ab und neue an. Sie hören vom Berg Sinai und sie sehen den Ulrichsberg mit seinen Rübenfeldern, Lärchen und Fichten, von Zeder und Dornbusch verwirrt, und sie essen Sauerampfer und nagen die Maiskolben ab, eh sie hart und reif werden, oder tragen sie nach Hause, um sie auf der Holzglut zu rösten. Die nackten Kolben verschwinden in der Holzkiste und werden zum Unterzünden verwendet, und Zeder und Ölbaum wurden nachgelegt, schwelten darauf wärmten aus der Ferne und warfen Schatten auf die Wand.

Zeit der Trophäen, Zeit der Weihnachten, ohne Blick voraus, ohne Blick zurück, Zeit der Kürbisnächte, der Geister und Schrecken ohne Ende. Im Guten, im Bösen: hoffnungslos.

Die Kinder haben keine Zukunft. Sie fürchten sich vor der ganzen Welt. Sie machen sich kein Bild von ihr, nur von dem Hüben und Drüben, denn es läßt sich mit Kreidestrichen begrenzen. Sie hüpfen auf einem Bein in die Hölle und springen mit beiden Beinen in den Himmel.

Eines Tages ziehen die Kinder um in die Henselstraße. In ein Haus ohne Hausherr, in eine Siedlung, die unter Hypotheken zahm und engherzig ausgekrochen ist. Sie wohnen zwei Straßen weit von der Beethovenstraße, in der alle Häuser geräumig und zentralgeheizt sind, und eine Straße weit von der Radetzkystraße, durch die, elektrischrot und großmäulig, die Straßenbahn fährt. Sie sind Besitzer eines Gartens geworden, in dem vorne Rosen gepflanzt werden und hinten kleine Apfelbäume und Ribiselsträucher. Die Bäume sind nicht größer als sie selber, und sie sollen miteinander groß werden. Sie haben links eine Nachbarschaft mit Boxerhund, und rechts Kinder, die Bananen essen, Reck und Ringe im Garten aufgemacht haben und schwingend den Tag verbringen. Sie freunden sich mit dem Hund Ali an und rivalisieren mit den Nachbarskindern, die alles besser können und besser wissen.

Noch lieber sind sie unter sich, nisten sich auf dem Dachboden ein und schreien manchmal laut im Versteck, um ihre verkrüppelten Stimmen auszuprobieren. Sie stoßen leise kleine Rebellenschreie vor Spinnennetzen aus.

Der Keller ist ihnen verleidet von Mäusen und vom Äpfelgeruch. Jeden Tag hinuntergehen, die faulen Bluter heraussuchen, ausschneiden und essen! Weil der Tag nie kommt, an dem alle faulen Äpfel gegessen sind, weil immer Äpfel nachfaulen und nichts weggeworfen werden darf, hungert sie nach einer fremden verbotenen Frucht. Sie mögen die Äpfel nicht, die Verwandten und die Sonntage, an denen sie auf dem Kreuzberg über dem Haus spazierengehen müssen, Blumen bestimmend, Vögel bestimmend.

Im Sommer blinzeln die Kinder durch grüne Läden in die Sonne, im Winter bauen sie einen Schneemann und stecken ihm Kohlenstücke an Augenstatt. Sie lernen Französisch. Madeleine est une petite fille Elle est à la fenêtre. Elle regarde la rue. Sie spielen Klavier. Das Champagnerlied. Des Sommers letzte Rose. Frühlingsrauschen.

Sie buchstabieren nicht mehr. Sie lesen Zeitungen, aus denen der Lustmörder entspringt. Er wird zum Schatten, den die Bäume in der Dämmerung werfen, wenn man von der Religionsstunde heimkommt, und er ruft das Geräusch des bewegten Flieders längs der Vorgärten hervor; die Schneeballbüsche und der Phlox teilen sich und geben einen Augenblick lang seine Gestalt preis. Sie fühlen den Griff des Würgers, das Geheimnis, das sich im Wort Lust verbirgt und das mehr zu fürchten ist als der Mörder.

Die Kinder lesen sich die Augen wund. Sie sind übernächtig, weil sie abends zu lang im wilden Kurdistan waren oder bei den Goldgräbern in Alaska. Sie liegen auf der Lauer bei einem Liebesdialog und möchten ein Wörterbuch haben für die unverständliche Sprache. Sie zerbrechen sich den Kopf über ihre Körper und einen nächtlichen Streit im Elternzimmer. Sie lachen bei jeder Gelegenheit, sie können sich kaum halten und fallen von der Bank vor Lachen, stehen auf und lachen weiter, bis sie Krämpfe bekommen.

Der Lustmörder wird aber bald in einem Dorf gefunden, im Rosental, in einem Schuppen, mit Heufransen und dem grauen Fotonebel im Gesicht, der ihn für immer unerkennbar macht, nicht nur in der Morgenzeitung.

Es ist kein Geld im Haus. Keine Münze fällt mehr ins Sparschwein. Vor Kindern spricht man nur in Andeutungen. Sie können nicht erraten, daß das Land im Begriff ist, sich zu verkaufen und den Himmel dazu, an dem alle ziehen, bis er zerreißt und ein schwarzes Loch freigibt.

Bei Tisch sitzen die Kinder still da, kauen lang an einem Bissen, während es im Radio gewittert und die Stimme des Nachrichtensprechers wie ein Kugelblitz in der Küche herumfährt und verendet, wo der Kochdeckel sich erschrocken über den zerplatzten Kartoffeln hebt. Die Lichtleitung wird unterbrochen. Auf den Straßen ziehen Kolonnen von Marschierenden. Die Fahnen schlagen über den Köpfen zusammen. »... bis alles in Scherben fällt«, so wird gesungen draußen. Das Zeitzeichen ertönt, und die Kinder gehen dazu über, sich mit geübten Fingern stumme Nachrichten zu geben.

Die Kinder sind verliebt und wissen nicht in wen. Sie kauderwelschen, spintisieren sich in eine unbestimmbare Blässe, und wenn sie nicht mehr weiterwissen, erfinden sie eine Sprache, die sie toll macht. Mein Fisch. Meine Angel. Mein Fuchs. Meine Falle. Mein Feuer. Du mein Wasser. Du meine Welle. Meine Erdung. Du mein Wenn. Und du mein Aber. Entweder. Oder. Mein alles ... mein Alles ... Sie stoßen einander, gehen mit Fäusten aufeinander los und balgen sich um ein Gegenwort, das es nicht gibt.

Es ist nichts. Diese Kinder!

Sie fiebern, sie erbrechen sich, haben Schüttelfrost, Angina, Keuchhusten, Masern, Scharlach, sie sind in der Krise, sind aufgegeben, sie hängen zwischen Tod und Leben, und eines Tages liegen sie fühllos und morsch da, mit neuen Gedanken über Alles. Man sagt ihnen, daß der Krieg ausgebrochen ist.

Noch einige Winter lang, bis die Bomben sein Ei: hochjagen, kann man auf dem Teich unter dem Kreuz berg schlittschuhlaufen. Der feine Glasboden in de

Mitte ist den Mädchen in den Glockenröcken vorbehalten, die Innenbogen, Außenbogen und Achter fahren; der Streifen rundherum gehört den Schnelläufern. In der Wärmestube ziehen die größeren Burschen den größeren Mädchen die Schlittschuhe an und berühren mit den Ohrenschützern das schwanenhalsige Leder über mageren Beinen. Man muß angeschraubte Kufen haben, um für voll zu gelten, und wer, wie die Kinder, nur einen Holzschlittschuh mit Riemen hat, weicht in die verwehten Teichecken aus oder schaut zu.

Am Abend, wenn die Läufer und Läuferinnen aus den Schuhen geschlüpft sind, sie über die Schultern hängen haben und abschiednehmend auf die Holztribüne treten, wenn alle Gesichter, frisch und jungen Monden gleich, durch die Dämmerung scheinen, gehen die Lichter an unter den Schneeschirmen. Die Lautsprecher werden aufgedreht, und die sechzehnjährigen Zwillinge, die stadtbekannt sind, kommen die Holzstiege hinunter, er in blauen Hosen und weißem Pullover und sie in einem blauen Nichts über dem fleischfarbenen Trikot. Sie warten gelassen den Auftakt ab, eh sie von der vorletzten Stufe – sie mit einem Flügelschlag und er mit dem Sprung eines herrlichen Schwimmers – auf das Eis hinausstürzen und mit ein paar tiefen, kraftvollen Zügen die Mitte erreichen. Dort setzt sie zur ersten Figur an, und er hält ihr einen Reifen aus Licht, durch den sie, umnebelt, springt, während die Grammophonnadel zu kratzen beginnt und die Musik zerscharrt. Die alten Herren weiten unter bereiften Brauen die Augen, und der Mann mit der Schneeschaufel, der die Langlaufbahn um den Teich kehrt, mit seinen von Lumpen umwickelten Füßen, stützt sein Kinn auf den Schaufelstiel und folgt den Schritten des Mädchens, als führten sie in die Ewigkeit.

Die Kinder kommen noch einmal ins Staunen: die nächsten Christbäume fallen wirklich vom Himmel. Feurig. Und das Geschenk, das sie dazu nicht erwartet haben, ist für die Kinder mehr freie Zeit.

Sie dürfen bei Alarm die Hefte liegen lassen und in den Bunker gehen. Später dürfen sie Süßigkeiten für die Verwundeten sparen oder Socken stricken und Bastkörbe flechten für die Soldaten, für die auf der Erde, in der Luft und im Wasser. Und derer gedenken, in einem Aufsatz, unter der Erde und auf dem Grund. Und noch später dürfen sie Laufgräben ausheben zwischen dem Friedhof und dem Flugfeld, das dem Friedhof schon Ehre macht. Sie dürfen ihr Latein vergessen und die Motorengeräusche am Himmel unterscheiden lernen. Sie müssen sich nicht mehr so oft waschen; um ihre Fingernägel kümmert sich niemand mehr. Die Kinder flicken ihre Sprungseile, weil es keine neuen mehr gibt, und unterhalten sich über Zeitzünder und Tellerbomben. Die Kinder spielen »Laßt die Räuber durchmarschieren« in den Ruinen, aber manchmal hocken sie nur da, starren vor sich hin und hören nicht mehr drauf, wenn man sie »Kinder« ruft. Es gibt genug Scherben für Himmel und Hölle, aber die Kinder schlottern, weil sie durchnäßt sind und frieren.

Kinder sterben, und die Kinder lernen die Jahreszahlen von den Siebenjährigen und Dreißigjährigen Kriegen, und es wäre ihnen gleich, wenn sie alle

Feindschaften durcheinanderbrächten, den Anlaß und die Ursache, für deren genaue Unterscheidung man in der Geschichtsstunde eine gute Note bekommen kann. Sie begraben den Hund Ali und dann seine Herrschaft. Die Zeit der Andeutungen ist zu Ende. Man spricht vor ihnen von Genickschüssen, vom Hängen, Liquidieren, Sprengen, und was sie nicht hören und sehen, riechen sie, wie sie die Toten von St. Ruprecht riechen, die man nicht ausgraben kann, weil das Kino darübergefallen ist, in das sie heimlich gegangen sind, um die »Romanze in Moll« zu sehen. Jugendliche waren nicht zugelassen, aber dann waren sie es doch, zu dem großen Sterben und Morden ein paar Tage später und alle Tage danach.

Es ist nie mehr Licht im Haus. Kein Glas im Fenster. Keine Tür in der Angel. Niemand rührt sich und niemand erhebt sich.

Die Glan fließt nicht aufwärts und abwärts. Der kleine Fluß steht, und das Schloß Zigulln steht und erhebt sich nicht.

Der heilige Georg steht auf dem Neuen Platz, steht mit der Keule, und erschlägt den Lindwurm nicht. Daneben die Kaiserin steht und erhebt sich nicht.

O Stadt. Stadt. Ligusterstadt, aus der alle Wurzeln hängen. Kein Licht und kein Brot sind im Haus. Zu den Kindern gesagt: Still, seid still vor allem.

In diesen Mauern, zwischen den Ringstraßen, wieviel Mauern sind da noch? Der Vogel Wunderbar, lebt er noch? Er hat geschwiegen sieben Jahr. Sieben Jahr sind um. Du mein Ort, du kein Ort, über Wolken, unter Karst, unter Nacht, über Tag, meine Stadt und mein Fluß. Ich deine Welle, du meine Erdung.

Stadt mit dem Viktringer Ring und St. Veiter Ring … Alle Ringstraßen sollen genannt sein mit ihren Namen wie die großen Sternstraßen, die auch nicht größer waren für Kinder, und alle Gassen, die Burggasse und die Getreidegasse, ja, so hießen sie, die Paradeisergasse, die Plätze nicht zu vergessen, der Heuplatz und der Heilige-Geist-Platz, damit hier alles genannt ist, ein für allemal, damit alle Plätze genannt sind. Welle und Erdung.

Und eines Tages stellt den Kindern niemand mehr ein Zeugnis aus, und sie können gehen. Sie werden aufgefordert, ins Leben zu treten. Der Frühling kommt nieder mit klaren wütenden Wassern und gebiert einen Halm. Man braucht den Kindern nicht mehr zu sagen, daß Frieden ist. Sie gehen fort, die Hände in ausgefransten Taschen und mit einem Pfiff, der sie selber warnen soll.

Weil ich, in jener Zeit, an jenem Ort, unter Kindern war und wir neuen Platz gemacht haben, gebe ich die Henselstraße preis, auch den Blick auf den Kreuzberg, und nehme zu Zeugen all die Fichten, die Häher und das beredte Laub. Und weil mir zum Bewußtsein kam, daß der Wirt keinen Groschen mehr für eine leere Siphonflasche gibt und für mich auch keine Limonade mehr ausschenkt, überlasse ich anderen den Weg durch die Durchlaßstraße und ziehe den Mantelkragen höher, wenn ich sie blicklos überquere, um hinaus zu den Gräbern zu kommen, ein Durchreisender, dem niemand seine Herkunft ansieht. Wo die Stadt aufhört, wo die Gruben sind, wo die Siebe voll Geröllresten stehen und der Sand zu singen aufgehört hat, kann man sich niederlassen einen Augenblick und das Gesicht in die Hände geben. Man weiß dann, daß alles war, wie es war, daß alles ist, wie es ist, und verzichtet, einen Grund zu suchen für alles. Denn da ist kein Stab, der dich berührt, keine Verwandlung. Die Linden und der Holunderstrauch ...? Nichts rührt dir ans Herz. Kein Gefälle früher Zeit, kein erstandenes Haus. Und nicht der Turm von Zigulln, die zwei gefangenen Bären, die Teiche, die Rosen, die Gärten voll Goldregen. Im bewegungslosen Erinnern, vor der Abreise, vor allen Abreisen, was soll uns aufgehen? Das Wenigste ist da, um uns einzuleuchten, und die Jugend gehört nicht dazu, auch die Stadt nicht, in der sie stattgehabt hat. Nur wenn der Baum vor dem Theater das Wunder tut, wenn die Fackel brennt, gelingt es mir, wie im Meer die Wasser, alles sich mischen zu sehen: die frühe Dunkelhaft mit den Flügen über Wolken in Weißglut; den Neuen Platz und seine törichten Denkmäler mit einem Blick auf Utopia; die Sirenen von damals mit dem Liftgeräusch in einem Hochhaus; die trockenen Marmeladebrote mit einem Stein, auf den ich gebissen habe am Atlantikstrand.

UWE JOHNSON

(1934–1984)

§ 1. Die Friedhöfe dienen der Beisetzung aller Verstorbenen

Der Haupt- und Zentralfriedhof Klagenfurts jedoch liegt in Annabichl und ist seit der Eingemeindung von 1938 Bestandteil der Stadt (des IX. Bezirks). Seine Grundfläche umfaßt 1973 18 Hektar und 34 Ar; er kann nach Osten hin auf 30 Hektar erweitert werden. Die vorläufigen Grenzen sind nicht nur durch Hecken markiert, sondern auch durch Maschendraht, der die Füchse, die Hasen, die Rehe von den Pflanzungen fernhalten soll. Beigesetzt sind hier ungefähr 75,000 Tote. Kremationen müssen in der Nachbarstadt Villach vorgenommen werden; die Urnen können nach Wunsch in der Erde oder in den bestehenden Mauern untergebracht werden. Wird ein Grab bezeichnet mit dem Zusatz »I. Klasse«, bedeutet dies eine Lage an einem Hauptweg; die Abschaffung dieser Praxis, die zwar zur Orientierung dienlich sein kann, steht bevor. »Zweistellig« ist der Name für ein Familiengrab; der erste Sarg muß in einer Tiefe von 2,40 Metern stehen, wenn er einen zweiten tragen soll. Der Zentralfriedhof ist offen für Personen allen Glaubens: die Katholiken, die Protestanten, die Altkatholiken, die Mohammedaner wie die Konfessionslosen. So haben zum Beispiel die Mohammedaner unter den 35 Feldern des Friedhofs ihr eigenes, 3/VIII östlich, und sie werden mit dem Kopf in Richtung Mekka hingelegt.

Das Recht auf eine Beisetzung in einem Friedhof in Klagenfurt ist beschrieben im Beschluß des Gemeinderats der Landeshauptstadt Klagenfurt vom 9. November 1972, 21.7031/1 16 g, mit dem für alle Benützer der Friedhöfe der Landeshauptstadt allgemeine Vertragsbedingungen festgesetzt werden:

»§ 1.

Die Friedhöfe der Landeshauptstadt Klagenfurt dienen der Beisetzung aller Verstorbenen, die im Zeitpunkt ihres Todes den Wohnsitz oder Aufenthalt in Klagenfurt hatten. Personen, die ein Benützungsrecht an einer Grabstätte besitzen, sowie deren Ehegatten, Verwandte, Verschwägerte und andere nahestehende Personen des Benützerberechtigten können auch dann auf einem städtischen Friedhof beerdigt werden, wenn sie zur Zeit ihres Todes den Wohnsitz oder Aufenthalt nicht in Klagenfurt haben. Andere Verstorbene können nach Maßgabe des vorhandenen Platzes auf einem städtischen Friedhof beigesetzt werden.«

Stiftet die Landeshauptstadt Klagenfurt ihren Bürgern ein Ehrengrab, so in der Regel auf dem Zentralfriedhof Annabichl. Beispiele: Thomas Koschat, 1845–1914. Josef Friedrich Perkonig, 1890–1959. Das symbolische Ehrengrab für die Kämpfer um ein freies Österreich, 1938–1945.

Der bauliche Zustand der Leichenhalle in der Südfront der Begräbnisstätte rührt aus dem Jahr 1962. Bis dahin waren das zwei Häuser mit dem Haupttor dazwischen. Den Raum des Haupttors baute der Architekt Huainig zur Verabschiedungshalle um, mit abstrakten Dekorationen, die den interkonfessionellen Prinzipien der Friedhofverwaltung entsprechen. Seit dem die zwei Eingänge zu den Seitenkanten des Gebäudes. Es enthält neben den Kühl-, Geräte-, technischen Räumen noch drei Blumenhallen für die Aufbahrung, die je nach Größe und Ausstattung zu unterschiedlichen Gebühren vermietet werden. Die bloße Anlieferung und stille Beisetzung eines Sarges wird von der Verwaltung wie jeder andere Wunsch der Angehörigen respektiert. »Man soll die Leute mit ihren Wünschen in Ruhe lassen.« Auf dem Dach der Verabschiedungshalle zeigt ein vierarmiges Kreuz ungefähr in die Hauptwindrichtungen.

ALOIS HOTSCHNIG

(* 1959)

Auch in Althofen

Auch in Althofen. Am Friedhof, die Bienen, nach einem Begräbnis.

Der Honig der Toten.

Einmal, bei einem Besuch, bei den Amlacher Toten, in Dellach. Davor war ich bei den Bienen, bei dir.

Dann mit einer Königin deiner Bienen an das Kreuz von der Mutter, ich binde den Korb mit der Biene ans Kreuz. Dann die Bienen, die kommen, ein Schwarm, deine Drohnen, besuchen das Kreuz von der Mutter, das braun wird und dann zu leben beginnt.

Und sie ist stark, denn die rührt sich nicht unter den Bienen, wie ich, auf den Fotos. Todglücklich.

Wenn du bei mir bist, der gemeinsame Weg. Jeden Tag. Unser Ausflug ins Glück.

SABINE GRUBER

(* 1963)

Klagenfurt ist unverbraucht

Klagenfurt, denkt Rita, ist unverbraucht; nichts erinnert, mit keinem war ich hier. Dort schauten die großen flachen Köpfe der Seeteufel aus dem Wasser und ließen sich nicht aus dem Kopf verbannen. Ich sah ihre gut bezahnten Mäuler, ihre fühlerartig gestreckten Stacheln, stellte mir vor, wie sie trotz geringer Beweglichkeit auf dem Meeresboden lauerten, blitzschnell mit dem riesigen Maul ihre Beute verschlangen. Waren die Bilder endlich verschwunden, fielen mir Ennios Erläuterungen ein, von See- und Sandzungen mit schiefen Mündern, die sich tagsüber in den Grund gruben und erst nachts in die Netze gingen.

Klagenfurt riecht nicht, ist nichtssagend, gestrichen, leergefegt. So ist es möglich, an einem Septemberabend nach Sonnenuntergang zum Neuen Platz zu spazieren und nicht mehr als fünf Menschen zu begegnen. Und die Nase muß sich nicht erst anpassen, den Geruchspegel höher und höher setzen, um sich an den Gestank zu gewöhnen, an den Geruch von Seetang und totem Meeresgetier.

Anton hält diese aufgeräumten, zusammengewachsenen Dörfer, die sich Stadt nennen, nicht aus. Er war noch keine Stunde bei Hans-Peter, schon wurde er unruhig und lief zum Telephon.

Wo immer er war, sich zurückzog von der Welt, stellte er aus diesem Rückzug heraus sofort alte Bezüge her, telephonierte während einiger Tage Urlaub mit Freunden und Verwandten, hörte mehrmals am Tag seinen Anrufbeantworter ab und war jedesmal froh, wenn er an die Sätze, Worte Bekannter unverzüglich anknüpfen konnte. Dann war er, ohne eigentlich rausgeworfen worden zu sein, wieder reingeworfen in seine Welt, und obwohl abgeschnitten, wieder verstrickt in ein Netz von Nachrichten und Informationen, die er mit einer Wichtigkeit abhörte und weitergab, geradeso als sicherten sie sein Überleben.

Simonitsch habe angerufen und gefragt, wohin die schöne Schwester verschwunden sei, nachdem sie den japanischen Fisch zu Recht verweigert habe. Johanna lasse grüßen. Klein bittet erneut um Rückruf, und irgendeine Maria wollte es später wieder versuchen. Anton mußte alle Nachrichten laut wiederholen, erst dann begann er die inzwischen kalt gewordene Suppe zu löffeln, den Weißwein zu kritisieren und von Pia zu erzählen: sie sei verhindert, Ennio betrunken, aber guter Dinge. Ich müsse mir also keine Sorgen machen; der Paß, die Biennale-Unterlagen und etwas Winterkleidung seien von einem Bekannten im »Moser-Verdino« abgegeben worden. Sie fahre zu ihrer Mutter nach Montebelluna und werde in drei Wochen auf Burano zu erreichen sein.

Rita nimmt den Stadtplan zu Hilfe, läßt den Lindwurm rechts zurück, geht ein kleines Stück die Burggasse entlang, um wenig später in die Domgasse einzubiegen.

Per Rita Vianello. Saluti da Pia. Verwundert über die förmlichen Grüße auf dem Kuvert, das den Paß enthält, beginnt Rita – noch in der Rezeptionshalle – die Schachtel zu durchwühlen. Unter dem Biennale-Katalog und diversen italienischen Tageszeitungen liegen zwei nach Naphthalin riechende Wollpullover, doch keine weiteren Nachrichten. Sie geht ins angrenzende Café, setzt sich an einen Fenstertisch mit Blick auf das Spitzenhaus und schaut gelangweilt in den Paß. Cognome: Ortner Vianello. Nome: Rita. Cittadinanza: Italiana. Data di nascita: 27. 07. 1958. Luogo di nascita: Bolzano. Data di rilascio: 09. 01. 1989. Residenza: Venezia. Statura: 1.68. Colore degli occhi: Castani.

Die Kellnerin muß sich erst von ihrem Gesprächspartner an der Theke losreißen. Außer Rita sitzt noch ein Mann am Nebentisch, von dem sie nur den Rükken sieht und das schüttere, dunkle Haar. Er scheint vertieft, dreht sich auch nicht um, als Rita laut über die Tische schreiend einen Tee bestellt. Vor dem Fenster steht händchenhaltend ein Paar, das sich nicht entschließen kann, das Café zu betreten.

Rita betrachtet das Sakko ihres Tischnachbarn, versucht sich zu erinnern, wo sie dieses Pepita-Muster gesehen hat. Erst als sie die schwarz-weiß verzerrten Karos nach unten hin verfolgt, fällt ihr Blick auf den Aktenkoffer. Sollte er sich umdrehen, überlegt Rita, werde ich so tun, als spräche ich kaum Deutsch.

An der Theke wird nun eine Verabredung getroffen, und die Kellnerin lacht laut auf, nachdem ihr der Thekensteher etwas ins Ohr geflüstert hat.

Warum, fragt sich Rita, erinnere ich mich an die sechseckigen Fliesen, vielleicht waren es sogar Genueser Fliesen, einige ein wenig abgenützt, stellenweise gesprungen, andere wackelten leicht, wenn man den Barhocker von der Theke wegschob, aber den Namen des Lokals habe ich mir nicht merken können; auch nicht die Gasse, nicht das Hemd, das er trug, und die Farbe der Schuhe. Sie spürt ihren Bauch, diese Aufregung, die ihn erst zusammenzieht, dann wie eine auslaufende Welle wieder zum Erschlaffen bringt.

Als sie Peters Gesicht nachzuzeichnen versucht, erhebt sich der Aktenkofferherr von seinem Stuhl und dreht sich um. Sofort geht er auf Rita zu, begrüßt sie herzlich.

Er trägt keine Krawatte mehr, wirkt erlöst. Die Augen tanzen freudig hin und her.

Ob sie ein Glas. Nicht hier, sondern am Wasser. Es ist ein zärtliches Betteln wie das von Kindern um Süßigkeiten, das Rita nicht abzuschlagen vermag. Sie nickt, berührt von dieser – wie ihr scheint – grammatikalisch richtigen Sprache, jedoch sonderbaren Betonung mancher Wörter. Leben Sie in Klagenfurt? Arbeiten Sie hier? Rita lauscht und lächelt. Das Paar hat inzwischen kehrtgemacht und schlendert, eng umschlungen, an den hohen Fenstern vorbei.

PETER TURRINI

(* 1944)

Eine ganze Reihe voller Angeber

Mit 14 Jahren war ich Hauptschüler in der Landeshauptstadt und saß, so oft dies möglich war, in der dreizehnten Reihe des Kammerlichtspiele-Kinos, gemeinsam mit meinen Schulfreunden. Wir kauften keine Kinokarten, sondern gaben der Kartenabreißerin ein paar Schillinge, die sie in ihre eigene Tasche steckte. Wir sahen Filme wie »Fluß ohne Wiederkehr« mit Robert Mitchum oder »Rächer der Enterbten« mit Robert Wagner. Der Inhalt dieser Filme hat uns nicht wirklich interessiert, wir machten ständig blöde Bemerkungen über die Anatomie der Hauptdarstellerin. Die käme für uns überhaupt nicht in Frage, sagten wir halblaut und zur Verärgerung anderer Kinobesucher, die sei viel zu klein, die hätte ja Hängetutteln, und außerdem sei ihr Hintern größer als der Postkasten vor dem Hauptpostamt. Eine ganze dreizehnte Reihe voller Angeber, deren Angebereien nur eines kaschieren sollten: die himmelschreiende Sehnsucht nach einem weiblichen Busen und einem weiblichen Hintern, welcher Größe auch immer. Das angehende Saallicht beendete blitzartig unsere Ausführungen. Mit eingezogenem Kopf verließen wir möglichst schleunig das Kino.

ALEXANDER WIDNER

(* 1940)

Liebenswürdig durch seine Begrenztheit

I.

Klagenfurt: Liebenswürdig durch seine Begrenztheit, begrenzt durch seine Liebenswürdigkeit. Ganz wie ich. Aber seit je brütet gerade diese behagliche Kombination bisweilen den scheußlichsten Dämon aus.

II.

Sterben in Klagenfurt. Julien Green hat das vor. Grabplanen. Die Planung des Todes. Gruft schon bestellt in der Stadtpfarrkirche zum hl. Egydius. Bischof hocherfreut. Letzter katholischer Schriftsteller wird in seiner Diözese begraben sein. Hallelujah! Bürgermeister hocherfreut. Die Hotels werden sich füllen mit französischen Nekrotouristen. Frohlocket! Geistliche und weltliche Interessen teilen sich ihre lieben Toten, wie gehabt, wie althergebracht. Stirb, Green, stirb!

III.

Es ist gräulich! Jetzt, wo ich so allein herumstrabanze, schaue ich mir die Bevölkerung ein bißchen an. So entsetzlich stupid und hoffnungslos ist gewiß in ganz Europa kein Menschenschlag. Trostlos!
(Gustav Mahler 1904 aus Kärnten an Alma)

Hoffnungslos ists noch immer, trostlos nicht. Das Mahler-Diktum tröstet einen über die hiesigen Kulturzustände hinweg. Man hält Kultur im Zaum. An den Spitzen der verwalteten Kultur sitzen die spitzig Dummen und Unwissenden. Allerweltsmenschen, leicht und geschmeidig, von Freund und Feind gleich eingeschätzt. (Für die Wissenschaft ist das Leben nichts als aktivierter Schleim, sagt Erwin Chargaff. Halte ich mich daran.) Doch wehe dem, der fällt! Und in der politischen Kulturchefetage sitzt immer wieder einmal einer, den alles nichts angeht. Du, glückliches Kärnten, singe. Und ganz drüber über allem ein rosiges Landeshauptmännlein, das nicht vergißt, notfalls Schutzherr zu sein für die Naziwehrmacht, seine Sekretäre vaterhaft gut zu versorgen und ausreichend zu grinsen und zu reden und zu essen.

IV.

Zwei gleich lange und gleich breite Parallelstraßen in Klagenfurt sind nach Johannes Brahms und einem Volksliedsammler benannt. Wie selbstverständlich stellt man gleichen Rang her zwischen Brahms und einem Landsmann. Das ist gekonnt. Und ehrlich.

In allen Städten ist es so: Die Universität ist im Zentrum, das Messegelände am Stadtrand. In Klagenfurt ist es umgekehrt.

HUMBERT FINK

(1933–1992)

Villach. Hauptbahnhof

»Wer kennt sich in dieser Stadt nicht sehr gut«, murmelte Windischbühel.

Dann gingen sie weiter, überschritten die leise schwingende und stöhnende Draubrücke – der Fluß zu ihren Füßen führte gelbes, gurgelndes Hochwasser mit sich –, bis sie nach wenigen Augenblicken vor dem neuerrichteten, weißen und in dieser Umgebung imposanten Gebäude des Hauptbahnhofs standen. Sie schritten darauf zu, betraten es durch eine der vier riesigen Flügeltüren und standen dann in der summenden, weiten Halle, an deren Seitenwänden sich klobige Malereien in kitschigen Farben ausbreiteten. Stumm und als wären sie's gewohnt – was sie ja auch tatsächlich seit Jahren schon waren, denn Samstag um Samstag erschienen sie hier um die gleiche Zeit –, eilten sie durch die Halle und auf die Bahnsteige hinaus, wo sie befreit aufatmeten und einander mit verwandelten, glänzenden Gesichtern anstarrten. In einer knappen Viertelstunde, und auch dies wußten sie seit Jahren, würde der Expreßzug nach Wien, aus Oberitalien kommend, am ersten Bahnsteig einlaufen, auf welchem sie fiebrig erwartungsvoll standen. Sie bewegten sich unter den Reisenden und Bahnbediensteten, als wären sie soeben in eine andere Welt aufgenommen worden, und alle Unterschiede, die zwischen ihnen bestanden, waren weggewischt, ihre Augen leuchteten wie die beschenkter Kinder, ihre Münder waren geöffnet, und selbst ihre Sprache hatte sich gewandelt.

»Noch zehn Minuten, nein, nur noch acht«, sagte Bastseidl, »er wird fahrplanmäßig kommen, ich weiß es.«

»Er kommt immer fahrplanmäßig«, sagte Windischbühel. »Er kommt, als wäre er von uns Menschen unabhängig, er rattert, bedeckt vom Staub und dem Abenteuer einer langen Reise, schwingend und in sanften Stößen von der Grenze her, er stößt durch die braunen Wiesen und an den wiederum ergrünenden Wäldern vorbei, er donnert bei Fedraun über die Gailbrücke, rollt ächzend und bebend durch den kleinen Bahnhof von Warmbad ...«

»Nein, nein, nein ...«, murmelte Bastseidl, der keinen Blick von der Bahnsteiguhr ließ, »jetzt erst kann er bei der Gailbrücke sein, jetzt ...«

»Er ist schon drüber«, beharrte Windischbühel. »Er muß schon den Westbahnhof durchfahren ...«

In diesem Augenblick wurde die Einfahrt des Expreßzuges von den Lautsprechern angekündigt. Theo und Bartholomäus drängten sich ganz nahe an den Rand des Bahnsteigs und starrten nach Westen. Dort mußte der Zug erscheinen. Ihre Umwelt hatten sie vergessen, vergessen auch alles Trennende, jede Vergangenheit und jede Zukunft. Ihr bißchen Leben hing an dieser brausenden Schlange aus Stahl, Glas und Ruß. Seit sie einander kannten, und das waren nun schon über zehn Jahre, gingen sie wöchentlich einmal auf den Bahnhof, um einen der hier kurz haltenden Überlandzüge zu sehn. Um ihn einfahren zu sehn, um ihn in seiner drohenden Ruhe und Starrheit zu bewundern, um ihn schnaufend, wimmernd und mit seinen auf den Geleisen klirrenden Rädern anrucken zu sehn, ihm nachstarrend, bis er verschwand, und immer wieder heftete sich ihnen unverlierbar jenes Bild des letzten, über die Schienen tanzenden Waggons ein, jenes Bild, auf dem sich die rote Schlußtafel, die versperrte, gerippte Übergangstür und ein Hauch wilder, unbezähmbarer Sehnsucht vereinten. Die ganze Woche über träumten sie von diesem Bild, und wie sich Jahr an Jahr reihte, so reihten sich hier die Bilder aneinander, ohne sich wesentlich zu verändern.

Der Zug fuhr ein, wieder schrien die Lautsprecher, Reisende stiegen aus und zu, Schaffner rannten über den Bahnsteig, Gepäckträger keuchten hinterher oder lümmelten am Ausgang, ein Buffetwagen strich, begleitet vom heiseren Krächzen seines Besitzers, an den zum Teil heruntergelassenen Fenstern vorbei, Zeitungen wurden ausgerufen, ölbeschmierte, verdreckte Männer krochen unter die Waggons, pochten mit ihren langstieligen Hämmern im Gestänge herum, und dann ... kurz und abgehackt der Lautsprecher ... und dann entschwand das unbegreifliche, große Abenteuer in der dunstigen Ferne nach Osten, und als wäre damit der Tag zu Ende, kroch ein wenig Dämmerung über den Himmel, vermehrte sich, verfärbte die Wolken, Wind kam auf, es wurde plötzlich kühl, und die letzten Lichtbögen der Sonne verschwanden und machten graudiesigen Schatten Platz.

»Da fährt er nun«, flüsterte Bastseidl. »Nach Osten. Nach Norden. Und wieder nach Osten. Nach Wien ...

wenn ich doch einmal mitfahren könnte ... für immer mitfahren könnte ...«

»Wohin die Züge auch fahren«, sagte Windischbühel, »von dieser Stadt hier kommen wir beide nicht mehr los.«

»Das ist nicht wahr. Kein Mensch kann uns zwingen, hier zu bleiben. Und wenn's mir einfällt, fahre ich morgen schon nach Wien.«

»Wohin die Züge auch fahren«, sagte Windischbühel wieder, und diesmal war es endgültig und wie das Erwachen aus einem Traum, »wir gehören nicht dazu. Oder wir gehören nur vorübergehend dazu. Oder wir fahren nur mit, um wieder zurückzukommen ... laß uns gehn. Wo triffst du Mechthilde?«

»Wir gehören nicht dazu?« fragte Bastseidl. »Aber dann ...«

»Nein«, sagte Windischbühel, »nein, niemals!« Und nach einer kleinen Pause: »Wo triffst du sie?«

»In der Halle. Aber ...«

»Nein«, sagte Windischbühel und schüttelte den Kopf. »Komm ...«

ROBERT SCHINDEL

(* 1944)

Zuleide Romanze zuluste

Für Christine O

1

Elf Jahre sind vergangen
Seit du den Mandelblick
Getaucht in meinen Schnee
Elf Jahre sind vergangen
Darin wir abgehangen.
Die kommen alle mit
Heute zum Weißensee.

Immer wieder du. Wildfromme
In den Zeitenkehren, ständig
Tauchst meinen Wort- und Hautroman
Immer wieder du, Wildfromme
Ins Sickerlicht der Mandelsonne
Bescheint heut herzenswendig
Die Paradeiserbahn

2

Nein wirklich, Folklore, wie bist du verborgen blieben
Alle Zeit und tat ich dir nie was zuluste zuleide
Und können nicht gleichgültig voreinander verzählen

Was worden ohneinander. Durch Stockenboi
Hintereinander zum Weißensee hin liegen wir da
In der Wiese zerschnitten von unserer Geschichte.
Aggressiv Freund Bison neben mir

Auf dem Ellenbogen wegschlafend, im Türkensitz
lachend
Dauernd neben dir deine Freundin aggressiv, aber
heroisch
Deine Kinder. Du und ich hören den Puls nicht
Beim lärmenden Schweigen aufeinander. Schon
aber
Schnäbeln Aberglaube mit Aberwissen Sehnsucht
Mit Fremdsucht Wunden mit Wundern nein wirklich
Folklore wie bin ich verborgen blieben.

3

Elf Stunden sind vergangen
Seit dem Begrüßungsküßchen
In Villach an der Drau
Elf Stunden sind vergangen
Bis daß wir eingefangen
Das jahrelange Bißchen
Im nachtschwarzen Ungenau

Immer wieder ich, Kopfficker
In den Wortekehren, flüchtig
Tauch ein dein Fromm- und Wildidyll
Immer wieder ich, Kopfficker
Weglaufbursche und

Distanzbeglücker
In meinen Augensee. Schon mandelsüchtig
Grunelt abgewendet das Gefühl

4

Ja möglich ich
Ausgebreitet und schonungslos
Mit dem Meinigen
In deine Atemlängen
Zuluste zuleide
Zugeschnitten, Folklore, sind die meisten
Der Sturmküsse auf Windsbräute

Ja möglich Folklore
Wirklich, wenn du das Deinige
Vor dir hertreibst, einbringst wie zufällig
In meine Atemkürzen
Zuleide zuluste
Zugespitzt, ich weiß, sind die meisten
Der Kontaktküsse auf Ohnlandindianer

5

Elf Stunden werden gehn
Bis ich dich jetzt erwarte
Im Klagenfurter Becken
Elf Stunden werden gehn
Elf Stunden bleiben stehn.

Ob ich die Atmung starte
Da Wunder die Wunden entdecken?

Immer wieder wirklich Folklore
Was ständig ging abhanden
Und dauert unter der Haut
Immer wieder wirklich Folklore
Stehn wir unterm Eingangstore
Du mit Windlicht. Ich in Wörterbanden
Indianer und Windsbraut

ANTON AŠKERC

(1856–1912)

Der Stumme von Ossiach

»Gegrüsst, du Ort des Friedens, du Kloster altersgrau,
Gegrüsst, du See, so lieblich im tiefen Wogenblau,
Du köstlichste der Perlen im schönen Kärntnerland,
Ob wohl je Frieden findet mein Herz an deinem Strand?«

Wer ist der fremde Pilger, der also stille spricht?
Sein Auge leuchtet feurig, doch bleich ist sein Gesicht,
Gebieterisch sein Wesen und ritterlich sein Gang –
Wer ist's, der fürder schreitet zum Stift den See entlang?

Schon tritt er an die Pforte, daselbst er stille steht,
Gemächlich sich im Garten des Klosters Abt ergeht,

Doch keine Mär ihm kündet des Pilgers stummer Mund,
Er reicht ein Blatt dem Mönche, darauf die Botschaft stund.

»Gutheiss' ich deine Kunde; du kommst aus Rom hieher,
Willst hier in Demuth dienen, so lautet dein Begehr;
Tritt ein, mein frommer Pilger, wenn dein Verlangen echt,
Magst fürderhin hier weilen, magst dienen uns als Knecht!«

Und stumm betritt der Fremdling des Klosters stillen Ort
Und stumm die schwersten Dienste verrichtet er hinfort,
Verlässt sein hartes Lager, da kaum der Tag erwacht,
Begibt sich erst zur Ruhe in müder, später Nacht.

Und niemand mehr heischt Kunde, woher gekommen er,
Man fragt nach seinem Lande, nach seinem Stamm nicht mehr,
Fremd weilt er in des Klosters ersehntem Heiligthum,
Man lässt ihn einsam weilen, er ist ja still und stumm!

***

Da eilt zum stummen Knechte der Abt von Ossiach,
In enger Zelle schmachtet der Kranke sterbensschwach,
Auf seinem harten Bette er bleich und müde lehnt,
Ihm bringt der greise Vater das Sterbesacrament.

»Vernimm, ehrwürd'ger Vater, des stummen Dieners
Flehn!« –
Der Abt horcht auf betroffen: welch Wunder ist
geschehn?
Da er durch sieben Jahre im Kloster still gewohnt,
Nun lässt er sich vernehmen, spricht, was er nie gekonnt!

Durch offenes Geständnis erleichtert er sein Herz,
Ergreifend klingt die Kunde von Schuld und
Seelenschmerz:
Von Stanislaus, dem Bischof, besagt sein stockend
Wort,
Dem er in jähem Zorne dereinst die Brust durchbohrt ...

Und da am dritten Tage die Sonne stieg empor,
Sang fromme Todtenweisen der Klosterbrüder Chor,
Im schwarzen Messgewande der Abt Gebete sprach,
Es schlief im Sarge friedlich der Knecht von Ossiach.

»Zu Dir in Deinen Himmel, Gott, seine Seele komm'«,
Sang Vater Tencho leise und sprach Gebete fromm,
»Hat Boleslav gesündigt, er that auch Busse schwer,
Den todten Polenkönig verstosse nicht, o Herr!«

BERNHARD HÜTTENEGGER

(* 1948)

Der Herzogsitz

Das Zentrum des annähernd rechteckigen Großen Platzes bildet der Herzogsitz: ein aus weichem porösem Stein gehauener, ein wenig übergroßer Stuhl samt Rückenlehne und Armstützen. Hier nahm in historischer Zeit der Herzog Platz, um die Huldigungen und Demutsbezeugungen seiner Untertanen zu empfangen. Das Denkmal ist von einem hohen gußeisernen Zaun umgrenzt, dessen Stäbe in Schwertspitzen auslaufen. Einmal im Jahr steht der Herzogsitz im Mittelpunkt der einheimischen Geselligkeit: wenn der Narrenprinz Wastian, ein mit bunten Gewändern als Harlekin verkleideter, mit Schellen und Glocken und Rasseln behängter, angesehener Bürger Der Stadt, auf dem Großen Platz im Trubel einer allgemeinen Narrenversammlung vom Bürgermeister den Schlüssel zum Gatter des Eisenzaunes erhält und als Obernarr im Gefolge der lärmenden lachenden pfeifenden Unternarren, der jungen und nicht mehr ganz jungen Einheimischen, welche für das Honorar eines anständigen Mittagessens in gescheckte Gewänder geschlüpft sind, zum Herzogsitz zieht, unter Blasmusik- und Tschinellengetöse, mit dem armlangen Schlüssel, in dem der richtige Schlüssel verborgen steckt, das Gatter des Schwertzaunes aufsperrt, nach mehreren, Heiterkeitsausbrüche und schelmische Anfeuerungsrufe auslösenden, tolpatschigen

Fehlversuchen, sich unter dem Gejohle und Geschrei, dem Beifallsklatschen und Hurrarufen, auf den mit einer kardinalsroten Samtdecke verhüllten Herzogsitz setzt, um die Huldigungen und Demutsbezeugungen aller Narren Der Stadt entgegenzunehmen; einzelne treten vor, zum Thron, und rezitieren ein Sprüchlein, das die Torheiten der Mitbürger oder der Stadtverwaltung entlarven soll, aber in der allgemeinen Heiterkeit untergeht, und wäre es nicht untergegangen, hätte man über Fehler und Mißstände gelacht, wie über den Narrenprinz Wastian, der sich scheinheilig und übereifrig vorbeugt auf seinem Steinstuhl, um die Verslein zu hören, aber dann scheppernd aufplärrt, daß seine feisten Backen wabbeln und hinter seinem Rücken der in den kardinalsroten Samt gestickte Raubvogelkopf sichtbar wird; als letzter nähert sich jedes Jahr ein knorriges Männchen, nicht im üblichen Harlekinskostüm, sondern mit einer knielangen Hirschlederhose, auf deren Hosenträger über der Brust ein Auerhahn balzt, mit weißen Strickstutzen, genagelten Bergschuhen und einem pyramidenförmigen Filzhut bekleidet, worauf Häherfederchen tanzen: er führt zwei magere Ziegen an der Leine und soll das gemeine Volk symbolisieren; was der ureingeborene Narr dem Prinzen zu sagen hat, die Vorwürfe und Bitten, Verfluchungen und Beschwerden, verflüchtigt sich jedesmal von vornherein in einem Heiterkeitsorkan, den zu verursachen schon die aus den Hintergestellen der herb duftenden Ziegen herauströpfelnden schwarzen Perlen genügt hätten. – In offenen Buden wird Met ausgeschenkt, werden Lebzeltherzen verkauft. Und vor den Geschäftslokalen stehen die Geschäftsleute, ein keckes Hütchen in der Frisur, eine rübengelbe Pappnase im Gesicht, ein Glöckchen im Ohrläppchen, und überlegen vielleicht, daß man den Trubel vom Winter in die Sommermonate verlegen könnte, die durchreisenden Fremden würden Gefallen finden am Narrentreiben, an diesem lustigen Aufleben der dunklen Geschichte und bleiben für eine Weile in der Narrenstadt.

Sommers werfen die spärlichen Durchreisenden einen Blick auf den umzäunten Herzogsitz, auf den porösen Stein, zerlöchert, zerfressen, zerhöhlt vom Wurm der Geschichte, der im Denkmal seine labyrinthische Wohnung errichtete, bemerken die durchgesessene Sitzfläche, geglättet durch viele Jahrhunderte von den Gesäßen der Herzöge, den Ärschen der Narren, und betätigen die Fotoapparate. Oder spazieren die Stadtmauer entlang. Nur wenige wissen, daß in einem musterhaft renovierten Rundturm, an einer Ecke des annähernd rechteckigen Mauergürtels, ein bevorzugter Architekt haust, eine geschickte Eidechse im Gemäuer, daß das Büro für Altstadterhaltung sich darin befindet. Während im zugeschütteten bepflanzten Wassergraben die ältesten Bürger ihre Tage verbringen: in ihren Schrebergartenparzellen, zwischen Gemüse und Magnolienbäumen, im Rücken die zyklopische Mauer, an die ihre Hütten angebaut sind, an der Außenseite des Randes Der Stadt, mit Wellblech gedeckte Schaluppen, die sie immer seltener zum Luftschnappen und Leuteschauen verlassen, sie, die Eltern der Geschäftsleute am Großen Platz, die Großeltern der jungen und nicht mehr ganz jungen Unternarren in den Kaffeehäusern.

Kainer ist in Die Stadt gefahren, in der schützenden Schneckenschale seines Wagens, um Besorgungen zu erledigen.

HANS LEB

(1909–1961)

Du kannst Europa noch einmal finden

Heb in Athen die Sonne zum Mund:
Sie ist griechischer Wein.
Dieser Krug ist auch:
Rom, Madrid,
Konstantinopel.
Seine Lehme sind Kupfer.

Gott verschiebt nur das Rot von
Osten nach Westen.
Doch der Durst trinkt
Gott und das Meer.

Dieser Krug ist:
voll Muscheln,
voll sattem Ölbaumgewölk,

voll Palisander aus Abend,
voll Keilschrift der Schiffe.

Durch Himmel der Angst schweben Frauen
als Monde. Gut steigt dein dunkles Zypressengesicht
aus Asche
in die kruglose Zeit:
sie mit Wein füllend
zu Wein.

Nimm die Piazza von Mailand vor das Gesicht:
zeitlos krümmt sich die Welt
um dein Haar.
Vögel schreiben Europa ins Blau.

Steine aus Fragezeichen,
mit toten Augen aus Fenstern besät,
Quadraturen des Wahnsinns,
Peitschen aus Zeit:
das ist New York.

Europa gibt Alter den Zeichen,
Es ritzt die Götter in Steine,
es zeigt die Wurzeln
hunderttausend in *einem* Vers
vom Jenseits
im Laub.
Es gibt keine größeren Orte …

Gold lächelt in Winden.
Selbst die Trauer der nackten Donau
ist plötzlich
sagenhaft blau.

Nur im Dom aller Dome
lauschen alle Toten der Welt noch in Wien.
Immer denkst du: ich lebe.

Dieses denkst du,
wenn du in
Budapest
oder
in der Sahara
zu einer Geliebten gehst.
Nur du selber kannst dich verlassen,
sonst nichts.
Rom,
Neapel,
Capri:
eine Handvoll Feigen und Zitronen
sagt dir drei heiße Namen im Schlaf.

Du kannst Europa noch finden.

Sodom-Gewitter
ohne Zeit
ohne Augen
Tränenbrand
Urnenland
Bettlerkleid
aus zerschlissenem Himmelstuch
Fluch zum Tonnenquadrat
Fluch bis zum Mond gespien
Babel aus Rosenkränzen
die der Moder zu
toten Gestirnen gedreht

Schlachthofstädte
nur mit Stenogrammen von Leichen
Galgen
mit dem ganzen
XX. Jahrhundert
als neuem Christus behängt –

Gott, mir fault das Gedächtnis vor
Scham,
scheußliche Tümpel mit
Fröschen als Machtepilepsie
Todesfabriken am laufenden Band
(Hiroshima geliefert in einer Sekunde)
undsoweiter bis in das Nichts.

Wann und wo, aber wie? Kamen
Wurzeln, Bäume, Sterne
Tote
aus den gedächtnislosen
Aschengrotten
mit neuem Sodom-Futter zurück –?

Antwort gibt es nur eine.
Sie braucht keine Erklärung.

Zwischen Paris und Berlin
wandern die Bettler der Welt.
Schneide ihr Herz auf:
du findest Europa darin.

Einsamkeit schneit aus den Jahren
wenn auf der Handfläche
Tundren wachsen

Runen aus Leere
Wolken aus Erz
Wodka und Moskau.
Man trinkt auch nicht mehr aus Krügen.
Auf den Wimpern wachsen Gestirne aus Eis.

Europa wartet jenseits auf dich.

Elfenbein
ist das Land
hinter Lila.
Monde sind
Blätter in Bäumen.
Mädchen aus
Wasserfällen
mit Mandelaugen
schwarze Sonnen aus Rätseln
die kein Sterblicher
je beantworten
kann.

China ist wie der Laut im
Haar eines Tigers.

Bambus und Reis
Reis und Bambus
sind Dämonen
und Götter.
Eine Muschel der Mund:
Das ist Japan.

Zertritt deine Hoffnung
wie Disteln.

Sie riecht nicht weiter
als du.
Bekränze das Herz
mit Dornen und Rosen
mit Feuer und Staub.
Auf attischem Felsen
entbinde den Schuh
und bade in Sternen
dein altes Bettlergewand.
Es tränkt dich
was bleibt:

Sonne in Krügen.
Endlich weißt du wie
weiß oder kühl die Orte sind
die uns um Fingerbreite verschoben
Kreis zu Kreis
Punkt zu Punkt
Westen und Osten
friedlich
auf der Landkarte
liegen:
fast wie Kinder die schlafen.

Erst die Erwachten tragen Felle
und vom Stier das Geweih.

Todlos wirst du sie finden.

GERT JONKE

(* 1946)

Der Dorfplatz

Der Dorfplatz ist viereckig, er grenzt an die um ihn versammelten Häuser, Straßen und Wege münden in ihn ein, außer dem Brunnen in der Mitte, in dem die Pflastersteinsysteme ihren Ursprung suchen, strahlenartig sich verteilen, befindet sich nichts auf dem Dorfplatz.

Eine auf den Platz hingeworfene Figur nähert sich dem Brunnen und schöpft Wasser, daß die Winde knarrt; die Figur wendet sich vom Brunnen ab, den Krug tragend, verschwindet in einer Seitengasse. Oder aber an den Rändern die vier Hausmauerlinien entlang die einander austauschenden Vormittagsbesuche, die sich rasch hinter den Türen verbergen, in den Türspalten verschwinden Haare und Kopftücher.

Zu Mittag dann tummeln sich einige herum, die Kinder kommen aus der Schule, werfen Mützen und Schultaschen über die Dächer, der Lehrer geht ins Wirtshaus, der Pfarrer schließt das Fenster.

– *Wir können über den Dorfplatz gehn.*

– *Gehn wir über den Dorfplatz.*

– *Ausgenommen den Brunnen in der Mitte ist der Dorfplatz ansonsten leer.*

Nein, das ist nicht wahr, das ist ein Irrtum, das ist falsch, das stimmt nicht, das ist eine Lüge,

es sind *Bänke* aufgestellt entlang den Rändern, die Rückseiten der Lehnen zu den Mauern gewandt.

Wir hatten uns in der Werkstatt des Schmiedes versteckt, die Wangen eng an die Mauern gepreßt, niemand hat uns gesehn, und du hast gesagt
– *Gehn wir über den Dorfplatz.*
– *Nein, gehn wir nicht über den Dorfplatz,*
habe ich entgegnet, denn ich habe die *Leute* auf den *Bänken* sitzen gesehn auf einmal wie hingeworfen plötzlich auf jeder Bank zwei. Wir konnten nicht über den Dorfplatz gehen, *weil wir nicht gesehen werden wollten.*
– *Gehn wir doch über den Dorfplatz.*
– *Wir können nicht über den Dorfplatz gehn,*
habe ich noch einmal gesagt,
währenddem hat sich die erste auf der ersten uns am nächsten liegenden Bank sitzende Figur erhoben, während sich die auf der der ersten Bank gegenüberstehenden Bank sitzende Figur ebenfalls erhoben hat, die sich erhoben habenden Figuren sind einander entgegengegangen, sind einander auf der den Dorfplatz teilenden Mittellinie begegnet, haben ihre rechten Hände gehoben, die Handflächen einander zugestreckt, umschlossen, auf und ab geschüttelt, gelöst, die beiden Figuren haben sich voneinander abgewandt, sind zu ihren Bänken zurückgegangen, haben sich wieder gesetzt, während die zweite auf der ersten uns am nächsten liegenden Bank sitzende Figur sich erhoben hat, während die auf der der ersten Bank gegenüberstehenden Bank sitzende zweite Figur sich ebenfalls erhoben hat, die sich erhoben habenden Figuren sind einander entgegengegangen …
… bis alle auf
den einander gegenüberstehenden Bänken gegenübersitzenden Figuren sich erhoben hatten, einander

entgegengegangen waren, die Hände einander geschüttelt hatten, zu den jeweiligen Bänken zurückgegangen waren und sich wieder gesetzt hatten.

Wir konnten nicht über den Dorfplatz gehen, weil wir nicht gesehen werden wollten, weil wir nicht wollten, daß die auf den Bänken sitzenden, aufstehenden, einander entgegengehenden, händeschüttelnden, sich voneinander abwendenden, sich wieder setzenden Figuren uns sehen, wir hatten uns in der Werkstatt des Schmiedes versteckt, die Wangen eng an die Mauern gepreßt, niemand hat uns gesehn,
und *wir* haben gesehen, wie die auf den Bänken sitzenden Leute uns *nicht* gesehn haben, weil wir nicht über den Dorfplatz gegangen sind,
wir haben gesehn,
wie sie uns *nicht* gesehn haben.

FLORJAN LIPUŠ

(* 1937)

Und pfeifst nach allen Seiten

Endlich gehst du durchs Dorf. All die Feiertage bist du nicht so großartig hindurchgegangen wie heute. Es ist nicht dein Geburtsdorf, so eine Unterstellung weist du entschieden zurück, sondern das Dorf, das zwischen deiner Bahnstation und dem Elternhaus liegt, und das heißt nicht viel: es ist ihm gewährt, dazwischenzuliegen, mag es dir auch im Weg sein auf dem Weg zur Station. Sooft du daherkommst (ob aus der einen oder der anderen Richtung, ist einerlei), pfeifst du, spitzt du zum Trotz die Lippen und pfeifst nach allen Seiten: an dieser Losung erkennen dich die Dörfler, daran erkennst du dein Dorf und unterscheidest es von anderen Dörfern, so glänzt es dir in der Erinnerung. Du hast das Pfeifen erlernt eigens für dein Dorf, dieser schimmligen Häuseransammlung zuliebe; obwohl es tausend ähnliche davon gibt, gehst du als Pfeifender nur durch dein Dorf, wie es auch sein Verdienst ist, daß du überhaupt pfeifen gelernt hast, früher hast du dafür keinerlei Neigung gezeigt, von ihm erst ist die Anregung gekommen, es hat dir den Willen eingegeben, Raum und Zeit zur Übung, ohne Beschränkung, leicht hast du dich geübt im Spitzen der Lippen, auf daß sie Laut gäben, hier freut dich das Pfeifen und hat seinen Sinn, hier findet der Pfiff Unterstützung im Pfiff, dein Gepfeife überfällt die Dörfler, die Lautpfeile bannen sie, bist ein guter Pfeifer geworden, schon wird über dich geredet, einen Namen wirst du dir erpfeifen. Wenn du durch das Dorf gehst, zerlegst du es in zwei Teile, einen rechten und einen linken Teil, du hörst die Dörfler im linken und die Dörfler im rechten Teil des Dorfes, du teilst deine Dörfer in linke und rechte, du blickst dich um, jetzt in die eine, dann in die andere Richtung, du suchst dir die Leute zur Rechten und zur Linken aus und gibst ihnen Gelegenheit, dich zu grüßen, du ermöglichst ihnen also, den ersten Satz des Tages zu sprechen, Subjekt und Prädikat in Umlauf zu bringen, die am ehesten vom Wetter handeln. Deinetwegen stellen sie, auf nüchternen Magen, die Wetterlage fest, sie zwingen dich, mit ihnen die Sorge um Schön- oder Regenwetter zu teilen, richtige Wetter-Eingebungen bekommst du, ständige Übung und Erfahrung haben dir das Gehör geschärft, in harten Prüfungen hast du dich zu einem Wetterexperten herausgebildet. Dazwischen gackern die Hühner, oder es machen sich die Rinder bemerkbar, oder der Hund bellt, zu den Hunden hast du Vertrauen, sie sind immer auf deiner Seite gewesen. Die erste Aufgabe, die auf das Dorf nach deinem Einsteigen in den Zug wartet, ist die Wiedervereinigung des zerteilten Dorfkörpers, das besorgt man sofort nach deinem Abgang, im Dorf beginnt es zu wimmeln, aus allen Richtungen kommen sie zusammen, wo immer es sich ergibt, da sind sie nicht wählerisch, und obendrein eilt es, denn das Dorf ist zerteilt und zerlegt, sie sammeln sich auf den Schwellen, auf halbem Weg zwischen Nachbarn, diesseits oder jenseits des Bretterzauns oder wo immer, in diesen Dingen sind sie weder wählerisch noch kleinlich, das sind sie wahrhaftig nie gewesen und brauchen es auch nicht zu sein, jeder Fleck ist willkommen für ein gutes Wort, der letzte Winkel ist ihnen recht, die Köpfe zusammenzustecken und deinen Abgang zu erörtern, weil du dich gerade zum Zug aufmachst und also selbst schuld bist. Sie brüten etwas aus, heute dies, morgen jenes, verflixt präzis sind sie dabei, wann immer es ihnen beliebt, stellen sie fest, wie oft du das Wort »Arsch« gebraucht hast statt »Hintern«, sie sind überzeugt, daß »Arsch« grauslich ist, »Hintern« aber schön, sie teilen die Dörfler in zwei Klassen, in die Klasse mit den »Hintern« und die Klasse mit den »Ärschen«, und es ist dir ein leichtes, zu erraten, welcher Klasse sie dich zugeteilt haben, der du unterwegs zum Zug bist. Es ist an den Tag gekommen, es kommt immer wieder an den Tag, verschwindet immer wieder in der Nacht, es rinnt durch die Nacht und kommt am anderen Ende zurück an den Tag, Neuigkeit zeugt Neuigkeit, sie wringen sie aus, sie dampfen, solange sie wringen, die Köpfe fügen sich zusammen zum letzten Wringegriff, besser geht es nicht mehr, näher ist nicht mehr möglich, das Dampfen dauert, bis es ihnen zuviel wird. So sitzt du eigentlich nicht im Zug, obwohl du inzwischen schon eingestiegen bist, sondern treibst dich in den Mäulern deiner Dörfler herum und bist ihnen Anlaß zu Gedampfe. Obwohl sie nicht die Deinen sind und du keiner von ihnen bist, sind sie doch die Deinen, und du bist einer von ihnen, weil sie dich zu ihresgleichen gezählt haben, sie selbst haben ja sonst niemanden, du hast dich ihrer erbarmt, und fürs erste wirst du schon der Richtige sein, du bist gut und hast dich auch nützlich gezeigt, es genügt, daß du pfeifend durch ihr Dorf gehst, so oft hast du deinen Weg wiederholt und ihr Dorf in kleine Teile zersplissen, so stetig bist du auf ihren asphaltierten Straßen und staubigen Wegen dahingewetzt, daß sie dich für ihresgleichen genommen haben. Jetzt bist du der Ihrige, sie sorgen sich um dich, du liegst ihnen am Herzen, es ist noch nicht entschieden, was du werden wirst, irgend etwas wirst du schon werden, aber es ist noch nicht ganz sicher, was, du wirst werden, wie du werden kannst, und wenn es möglich ist, wirst du dieses werden, jenes wahrscheinlich nicht, das möglicherweise, und wenn es glückt, ein Herr, wenn nichts dazwischenkommt, irgendein Herr, man weiß noch nicht, was für einer, aber das ist nicht wichtig, Hauptsache, du wirst dich nicht so abrackern müssen, wie die Dörfler sich abrackern. Sie haben dir das Herrentum zugedacht, und jetzt haftet es dir an, fällt nicht von dir ab, du schuldest es ihnen sogar, dessen bist du dir bewußt, du bist der einzige, und sie haben dir die Welt geöffnet, du gehst ja durch ihr Dorf in die Ferien und aus den Ferien zurück zum Zug. Du hast das Gelb von den Ecken der Häuser, der Hütten und der Ställe abgeschliffen, das die Hunde mit ihren Saft da hingespritzt haben, du bist an ihren Häusern vorbeigegangen und hast so manchen Hof überquert, so mancher Türspalt hat heimlich gequietscht, so mancher Vorhang sacht zu leben angefangen, wenn du deinen Weg genommen hast, du hast Gewalt gehabt über Spalte, Vorhänge und versteckte Augen, du hast dich geehrt gefühlt, du bist nicht grundlos so großartig durch das Dorf gegangen.

ANDREJ KOKOT

(* 1936)

Moja vas / **Mein Dorf**

Kot gruča
Einem Häuflein
priletnih ženic,
alternder Weiber gleich,
bledih obrazov
mit bleichen Gesichtern
in črnih oči
und eingefallenen Augen,

se hiše druga k drugi tišče,
drängt,
ko da so zatopljene
versunken
v zaupen klepet.
in vertrauliches Getuschel,
Nad njimi pa kot
ein Haus an das andere sich.
moški s klobukom čez čelo,
Über ihnen stehen
zamišljen v svoje skrbi,
stumme Tennen,
nemo seniki stoje.
wie in ihren Sorgen
eingesponnene Männer,
den Hut
fest in die Stirn gedrückt.

ANDREJ KOKOT

(* 1936)

Vrnitev / **Die Heimkehr**

Vrnil sem se
Ich kehrte
med visoke smreke
zu den hohen Fichten

moje mladosti

meiner Jugend

in pozdravil rumeno sonce

und begrüßte die gelbe Sonne

in konje v oblakih.

und die Wolkenpferde.

Toda dan

Aber der Tag

se zaradi tega ni ustavil.

blieb deswegen nicht stehen.

Pel je svojo pesem,

Er sang sein Lied,

ko da se ni nič zgodilo.

als ob nichts geschehen wäre.

Pozibaval je vrhove storžastih

Er schaukelte die Wipfel der zapfentragenden

smrek, vodil čudežne konje

Fichten, führte die Wunderpferde

preko obzorja.

über die Horizonte,

Pel je svojo pesem,

sang sein Lied,

ko da se ni nič zgodilo.

als ob nichts geschehen wäre.

Bil sem

Ich war

pastir, ki je zašel

wie ein Hirte, der sich in einem fremden

v tuj pašnik.

Weideland verirrt hatte.

PETER TURRINI

(* 1944)

Dieses Gedicht widme ich allen Kindern

Diese Gedicht
widme ich allen Kindern
von häuselbauenden Kleinbürgern.
Ich möchte mich mit ihnen
vor einem Rohbau aufstellen
und so lange brüllen
bis alles herausbricht:
Die Kälte, die Hitze.
Das Ziegelschupfen und das Jausenholen.
Das Hohngelächter der Hilfsarbeiter
beim Umkippen einer Scheibtruhe.
Die vergeblich wartenden Spielkameraden.
Die Übelkeit beim vierten Bier.
Der anerkennende Blick des Vaters
wenn man die doppelte Last schleppt.
Die ganze Trauer
über all die verlorenen
Samstage und Sonntage.

Dieses Gedicht
bleibt mir im Hals stecken
wenn ich daran denke
daß mein Vater zwei Wochen
nachdem das Haus fertig war
starb.

JOSEF WINKLER

(* 1953)

Die Anatomie unseres Dorfes

Die geographische Anatomie unseres Dorfes läßt sich mit einem Kruzifix vergleichen. Von der Dorfstraße, zu deren linker und rechter Hand Häuser stehen, strecken sich im oberen Teil zwei Arme, auf die die Bauernhäuser wie die Knorpel eines Rosenkranzes aufgefädelt sind. Ganz links, auf der angepflockten Hand stockt das Blut des ersten Hauses. Das Zimmer der verstorbenen Mutter ist rot austapeziert. Am letzten Haus des rechten Armes steht ein roter Kalbstrick für den Nagel, der die rechte Hand des Kruzifix hochhält. Den Kopf dieses Kruzifix bilden Pfarrhof und Heustadel, in dem sich die beiden siebzehnjährigen Lehrlinge umbrachten. Zu Füßen dieses Dorfkruzifix stehen Friedhof und Kirche. In der Mitte, wo sich senkrechter und lotrechter Balken treffen, ist das Herz des Kruzifix, der Knotenpunkt meines Romans, mein elterliches Bauernhaus.

HELGA GLANTSCHNIG

(* 1958)

Etwas stockte

Etwas stockte, wenn Mutter mich um Erdäpfel in den Keller schickte. In den Holzstellagen die Reihen der Gläser und Flaschen, nach Sorten geordnet. Die Erdäpfel lagerten im hinteren Teil des Obstkellers, auf unbetoniertem Boden, die schwache Glühbirne leuchtete den Winkel kaum aus, schwarze Schlupflöcher, so dunkel. Das Gefühl, in etwas Feuchtes und Kühles zu fassen, in etwas Weiches, Modriges, Fauliges. Weiße Triebe, Würmer. Die Vorstellung, wie ein Wurm lebend in den Magen gelangte, sich einnistete, wuchs und wuchs, ein Bandwurm, mit Milch aus dem Mund gelockt, durch die Kehle oder, schlimmer noch, durch den After. Anders die Würmer in den Kothaufen, hauchdünne, weiße Fäden.

ENGELBERT OBERNOSTERER

(* 1936)

unter einer bis ins stiegenhaus hinausquellenden geruchswolke

nie sonst, nach niemandem, stinkt es auf dem häuschen dermaßen wie am morgen, nachdem vater es mit hängenden hosenträgern verlassen hat. ob das mehr an der beimischung von zigarettenrauch liegt oder doch am erschrecken, daß es auch nach vater stinkt: mit verklebten wimpern kommt ein schulkind nach dem anderen die stiege herunter, schiebt die angelehnte aborttüre auf und steht vor ochsenhaft mächtigen knien, hervorwachsend aus einer sitzhaltung, in der auch gottvater auf den wolken des himmels zum jüngsten gericht erscheinen wird. inmitten von weißlichem gekröse, für das der sachkundeunterricht keinerlei benennung bereithält, thront er unter einer bis ins stiegenhaus hinausquellenden geruchswolke, thront über der größeren der beiden kreisförmigen öffnungen des sitzbretts. schrecklich, dieser vater so abseits aller väterlichkeit! man brauche ja nicht davonzulaufen, das kleine loch neben ihm sei noch frei, ruft er hinterher. bei aufgeschobener türe knödelt die faust allerlei dem schambereich zugehöriges hinter den hosenbund, über dem sich der mäherriemen schließt.

HANS GIGACHER

(* 1945)

Laß mich doch im Wald verirren

Laß mich doch im Wald verirren.
Laß mich doch der Täuschung leben,
alles wird zu Ende sein.
Laß mich doch dein Blattwerk lieben,
das mir meine Wohnung ist.

Laß mich in dein Laub verkriechen,
diesem Wurm im Schlamme gleich.
Laß zu mir die Vögel sprechen,
daß mir dann zu kalt nicht ist.
Laß mich auch den Himmel sehen,
manchmal nur, daß ich dich seh.
Laß mich auch die Sonne sehen,
wenn ich nicht mehr weiterfinde.

Gib mir aber keinen Menschen
durch das Laub zu dir hin mit!
Sonst muß ich den Wald verbrennen.
Brennend gehen wir dann alle mit
und lassen dir die Asche nur zurück,
die du von allem Anfang an
so sehr geliebt.

LYDIA MISCHKULNIG

(* 1963)

Gleich ist Ruhe!

Mit Staubzucker und Schwarzpulver baute der Bruder eine Bombe und jagte den Ameisenhaufen in die Luft, den der Einbeinige aufgebaut und besiedelt hatte.

Er lag bäuchlings über der Wurzel und das Ohr auf dem Boden, die Ameisen konnte er hören. Vor dem

Auge war ein Stein, glatt und flach. Die Ameise lief darüber, die Glieder in schwarzem Mieder bis auf hauchdünne Stellen auseinandergewürgt. Als schwarze dreiteilige Welle bewegte sie sich. Das Mittelglied war die Pufferzone. Zug und Schub, rhythmisch, zusammen, auseinander, wie eine Ziehharmonika, die eine Fichtennadel trägt. Bis jetzt sind achtzehn Sekunden vergangen.

Die Erde rauschte von weit her und verstopfte die Ohren. Die Stille drang nicht nur durch das Pumpen, das hinter dem Berg den See hinauf in den Speicher des Kraftwerks schöpfte, um zu Mittag die Schleusen zu öffnen und den Strom durch die fallenden Wassermassen zu erzeugen. Das Rauschen war laut unter den Rädern, die die Autobahnbrücken überrollten und durch ihre Pfeiler in den Boden wuchsen.

Die Grenze ist nicht weit, sie vermischt sich unterirdisch mit dem hiesigen Land. Das Tuckern der Traktoren ist bodenständiger als die weit entfernten Espressomaschinen. Die Hügel steigen in die Karawanken, das Kalkgestein schluckt die Feuchtigkeit, und Tropfen gerinnen zur Quelle. Sie wispert im Boden, schlängelt davon, irgendwo klettert sie hinauf, entspringt und wässert den See und fließt weiter in die Drau, bis sie nicht mehr zu hören ist mitten im Krieg. Pfade schichten sich meterdick auf, und darauf lag das Kind. Bis jetzt sind siebenundvierzig Sekunden vergangen.

Die Ameise lief über die haarigen Flechten zum Bau. Der Ameisenhaufen war der größte im Wald. Der Einbeinige hatte Ameisen gesammelt und über dem Haufen ausgeleert, den Staat vermehrt und ein paar Handvoll Fichtennadeln draufgelegt. Er spuckte in die Hände und rieb die Handteller ein und preßte sie dann auf den Ameisenhaufen, bei zehn nahm er sie hoch und roch den Essig.

Einmal lag der Leichnam eines Vogeljungen auf dem Ameisenbau. Die fleischigen Teile seines Körpers waren schwarz, die verpickten Federn zuckten über dem Getümmel. Die Ameisen fraßen das Vogeljunge leer, das Gerippe war für den Naturkundeunterricht, der Lehrer vermutete einen Specht oder eine Drossel, pfui Teufel, sagten die Mitschüler.

Dem Kind gefiel die Ekellosigkeit der Ameisen. Es spuckte in die Hände. Die gefräßigen Ameisen liefen hektisch über seine Finger.

Da riech! streckte er den Essig in den Händen dem Bruder hin. Der Bruder brachte die Bombe aus Staubzucker und Schwarzpulver mit, dir graust vor gar nichts.

Wovor soll mir grausen?

Vor dem Aas auf dem Ameisenhügel.

Es ist nicht verfault.

Aber tot.

Die Ameisen riechen nach Essig.

Der Bruder packte die Ameise und zerrieb sie in den verlorenen Fingern, die Ameisensäure drang in die Haut, die Finger rochen stärker als die ganze Hand des Einbeinigen. Sie zerrieben noch einige Ameisen, sie mußten schnell zupacken, die Ameisen wurden schneller, sie kletterten über den Haufen, balancierten Millionen Nadeln entlang, sich drüber und drunter durch hantelnd, liefen, liefen und liefen, bis es Nacht war, schwarze Tinte alles gleichend, oder der Winter das Treiben im Augenblick gefror.

Die Buben zogen die Hosen aus und setzten sich mit dem nackten Arsch auf den Haufen. Wer es länger aushielt, war der Sieger. Der Bruder hatte größere, ältere Eier, sie hingen ihm herab, ein Opferbeutel, den die Ameisen erklommen, sie zwickten die Schrumpeln, der Bruder sprang auf, er hatte verloren. Der Einbeinige blieb sitzen.

So wird es dir im Grab ergehen! wenn sie in das Arschloch kriechen und dir den Sack ausfressen.

Hör auf, du bist ein neidiger Hund.

Der Einbeinige blieb sitzen, bis ihm die Ameisen auf die Eichel kletterten, die er mit Schwung hinunterbrunzte, dann stand er auf und grinste, er war ein Sieger. Die Ameisen liefen vor dem sickernden Bach davon.

Gleich ist Ruhe! sagte der Bruder und stopfte Watte in die Flasche mit Schichten aus Schwarz- und Weißpulver.

Die Ameisen sind die Gesundheitspolizei des Waldes, hielt ihn der Einbeinige zurück, aber die Watte war entzündet, sie sprangen in Deckung, und das Schwarzpulver explodierte mit dem Staubzucker. Der Ameisenhaufen war weggeputzt, du Mörder, und der Bruder lief weg und nach Hause. Vor den Augen des Vaters hatte er bereut und den Einbeinigen für den Verrat geschlagen, am nächsten Tag zur Versöhnung hatte er ihm seine Füllfeder geschenkt und ein Kreuz für die toten Ameisen aufgestellt, die seinem Leib nichts mehr anrichten konnten. Der Einbeinige schrieb mit der Füllfeder die Parte für die Ameisen und verteilte sie in der Schule, der Pfarrer duldete es, obwohl ein Unterschied sei zwischen Mensch und Kreatur.

CHRISTINE LAVANT

(1915–1973)

Kummergang in Kümmelwiesen

Kummergang in Kümmelwiesen,
Pfaffenkappenstauden spießen
durch mein Ingesicht.
Nordwind widerspricht
jedem Trost, den ich mir sage,
und die Skabiosenfrage
geht nie günstig aus.
Auch der Wolkenstrauß
läßt von seinen Federnelken
immer wieder eine welken
vor der guten Zahl.
Sicher will die halbe Erde
nicht, daß ich ermutigt werde
unterm schwarzen Schal.
Nur die wilden Kümmelkerne
duften so, als ob sie gerne
für mich durch das Elend gingen.
Auch die Distelköpfe schwingen,
wenn ihr Fink davongeflogen,
mutig und im sanften Bogen
in ihr Gleichgewicht und steifen
meinen Nacken unterm Reifen
seiner Überqual.
Und – mit einem Mal
sind das nimmer starre Stengel,

strahlend wölbt der Grummet-Engel
seine Flügel, seine Brauen
um mein gottverlaßnes Schauen.

MILKA HARTMAN

(1902–1997)

Die Lindenblüte

Die Lindenblüte
duftet berauschend in die Nacht.
Still ist alles,
nur der Wind weht;
die Lindenblüte,
meine treue Freundin, spricht zu mir
sanft von den blüh'nden Zweigen:
    Bleib diese Nacht
    im zauberhaft glücksel'gen Duft!
    Ich rufe dir
    Erinnerungen aus den Fernen …
Ich blieb.

Die ganze Nacht sprach wortlos ich:
    Oh Lindenblüte,
    paradiesischer Beete Künderin,
    ich hab dich lieb!
    Schau, bei dir bin ich wieder jung.
    Alles in mir
    ist durchdrungen von Honig.
    Ich gehe
    ruhigen Blickes

auf alle Wege,
die Jugendtage zu finden;
ich besuche wieder,
voll des Glaubens
Abend für Abend
stille Träume …

JOHANN CIESCIUTTI

(1906–1997)

Heimlose Windlitanei

Kam es vom Wind,
was mich befiel,
oder lag's im Choral
der Amselekstasen?

Hinzog mein Herz
schmerzliche Wege,
wühlt ein Dunkles mich auf,
und wieder war da
das Reden mit Gott.

O dieser Herweg,
Spur in den Steinen,
blühende Marter
in Sprache und Flöte,
Aufsang am Abend
ins Fremde –
heimlose Windlitanei.

FRANZ THEODOR CSOKOR

(1885–1969)

An Jan Fabricius in Kärnten

Wien III, Rennweg 41
8. Juli 1933
(Konzept)

Liebster Jan,
nochmals danke ich Dir, alter Geuse, für Deine kameradschaftliche Hilfe gelegentlich unseres Sonderprotestes, der mittlerweilen bei unserem Wiener Referat nach heftiger Debatte und Ausscheiden der mit dem gegenwärtigen Deutschland sympathisierenden Kollegen sanktioniert wurde. Ich komme bald zu Dir hinunter, und da wollen wir uns an die Kongreßmärchenstadt Ragusa alias Dubrovnik erinnern, an unsere abenteuerliche Autofahrt längs der jugoslawischen Ostgrenze, an Belgrad mit dem Kreml und an Zagreb mit dem Eiffelturm im Hintergrund.

Du schreibst, daß Du zu Deiner Überraschung in Kärnten so viele Nazis trafst, die ganz offen von einem bevorstehenden Putsch reden, der nicht nur die Sozialisten, sondern ebenso die auf Mussolini eingeschworenen hiesigen Heimwehren beseitigen wolle – dann würde man den Nachbarn im Norden bitten, einzumarschieren, damit wir nicht dem Kommunismus verfallen. Mein Lieber – wo sonst sollen sie sich denn sammeln, die Nazis? Im sozialistischen Wien geht das doch nicht. Aber dort, wo Du bist, liegt die Grenze nicht fern, über die man flüchten kann, falls der Plan fehlschlägt. Dort hat auch der Krieg ein Jahr länger gedauert, bis zu dem Plebiszit von 1919, darin Kärnten für Österreich stimmte. An jenem »Nachkrieg«, der dem Waffenstillstand vom dritten November 1918 unmittelbar folgte, waren freilich nicht allein manche heute nach Berlin ausgerichteten Offiziere beteiligt (Steinacher – hieß damals der »Führer«), sondern das ganze Volk. Der Brandschein des alten zerfallenen Reiches lag noch über diesen Partisanen, die sich aus allen unseren Parteien rekrutierten. Diese Materie kenne ich genau, denn ich habe darüber ein Stück vor, sobald ich erst einmal meine Münsterer Anabaptisten massakriert haben werde: eine Art Requiem des letzten Restes des Heiligen Römischen Reiches, das wir bis 1918 waren.

Grüße Ruth, die Kinderschar und unseren österreichischen Breughel Oskar Laske, der angeblich in Deiner Nähe haust!

Erwartet mich, sobald ich hier mein Haus bestellen konnte, was bei einem alten Junggesellen rasch geschehen ist!

Gute Arbeit!
Dein Franz Theodor

HUMBERT FINK

(1933–1992)

In dieser Stadt muß man irgend etwas sein

»Sehen Sie«, sagte er, »zu Ihnen kann ich ja offen reden. Ich könnte diese sechzigtausend ganz gut verwenden. Nicht, daß ich's unbedingt haben müßte, nein, nein. Aber ich habe ja das Geschäft nach dem Krieg auch erst wieder hochbringen müssen. Und das kostet nicht wenig. Sie verstehn? Diese Zeit war für mich nicht so einfach, wie's heute vielleicht aussieht. Ich war Nazi, mein Gott, und wer's nicht war, den müssen Sie mir erst zeigen. Als ob das schon etwas zu bedeuten hätte. Hier kann man alles sein, es gehört irgendwie dazu. Und vor allem das Nazisein gehörte dazu. Das wird nie so ernst genommen. Nur ich hab Pech gehabt. Ganz gewaltiges Pech sogar. Die Konzession wurde mir nachher entzogen ... na ja, Schwamm drüber. Jedenfalls, bis man das alles wieder ins rechte Lot bringt, vergeht manchmal hübsch viel Zeit. Und man schafft's nicht unbedingt allein. Ich könnte einen tüchtigen Buchhalter brauchen«, sagte er und sah Windischbühel aufmunternd an.

»Wenn Sie Nazi waren«, sagte Windischbühel und überhörte geflissentlich die Aufforderung, »dann befanden Sie sich ja in keiner schlechten Gesellschaft. Wenn's die halbe Stadt war und alle Ihre Freunde ...«

»In dieser Stadt muß man irgend etwas sein. Nazi, Kommunist, Sozialist, Konservativer oder was weiß ich. Und damals hat's eben nur Nazis gegeben. Bis die ersten Bomben runtergefallen sind. Und als man nach dem Krieg einen Sündenbock für die Tatsache, daß Bomben runtergefallen sind, gesucht hat, ist man auf mich gekommen. Es war reiner Zufall. Ebensogut hätte es der Notar oder der Oberbuchhalter oder sonst irgend jemand sein können.«

»Das war Ihr persönliches Unglück«, sagte Windischbühel teilnahmslos.

ANTONIO FIAN

(* 1956)

Die Grenzen werden eng gezogen

Die Grenzen werden eng gezogen: »die welt ist eine villacher geschäftswelt. [...] die villacher geschäftswelt wiederum ein ganzes aus verschiedenen miteinander und untereinander konkurrierenden teilen, eine konkurrenzwelt mit dem jedoch allen teilen gemeinsamen bewußtsein, gemeinsam, gemeinsam sind wir stark, eine verteidigens- und ausbauenswerte villacher geschäftswelt zu bilden.« Auf den Eckpfeilern fester Verankerung im katholischen Glauben und eines hart erkämpften gesellschaftlichen Status ruht eine Kindererziehung, die vor allem auf Abgrenzung aus ist, gegen »die zigeina, die stiazla, die baraba«, und ebenso einfache wie effektive »erziehungsgrundsätze, verständigungsattrappen, stereotypien« hervorbringt: »die eltern sind die stellvertreter gottes auf erden. / für wen man denn predige, für die luft? / ein kind hat nicht zurückzumreden. / erst die arbeit, dann das spiel. / eine solche impertinenz! / du ju go, tust du gehen, sagt der engländer. / stehln und liagn gehn über a stiagn. / für wen man denn predige, für die wand? / *sondergleichen* … / eine frechheit sondergleichen … / wer einmal lügt, dem glaubt man nicht, und wenn er auch die wahrheit spricht. / eine schmutzerei sondergleichen … / eine *impertinenz sondergleichen!*« Außerhalb der Festung Familie lauern Gefahren, lauert Schmutz und, vor allem, »*das, das* gel du weißt schon, *das* du verstehst uns schon das *geschlechtliche*, das müsse ja nicht sein das sei nicht das *allerwichtigste*, schau die priester an die kämen ja auch ohne *das* aus ohne das geschlechtliche«. »Die Zeit der Andeutungen ist zu Ende«, auch jene Zeit der Zerstörung, die auf sie folgte und in der offen gesprochen werden durfte. Werner Koflers *guggile* atmet die Nachkriegsatmosphäre des Schweigens und Verschweigens. Das »stille, friedliche Kärnten«, in der Ersten Republik verpönt als Land der Nazis, ist in der Zweiten zur Hochburg der Sozialdemokraten geworden, »die auf der gemeinde seien jo olles rote«. Die Sprache aber, die dort gesprochen wird, »auf der behörde«, hat sich nicht verändert: »nix / tua ma nix / umanonda-tischkarirn / nix, do / wer ma nit long / umanonda-tischkarirn / mir red ma / deitsch«, und sie wird gesprochen noch in den allerhöchsten Ämtern: »*er* sei seit dreißig jahren aufrechter sozialdemokrat, werde aber dennoch auch in nationalen kreisen geschätzt; er habe zwar keine NAPOLA besucht, sei aber immerhin hochgradiger hitlerjunge gewesen, hat der herr *landeshauptmann* gesagt.« Sein Name ist Leopold Wagner, er war Schulkollege Ingeborg Bachmanns, und die SPÖ erzielt während seiner Amtszeit Rekordergebnisse.

ALEXANDER WIDNER

(* 1940)

Jonke sitzt im Schanigarten

Jonke sitzt im Schanigarten des Künstlerhauscafés in Klagenfurt. Ein Mann, alt, Stock, kommt vorbei, bleibt stehen:

Sind Sie der Jonke? Sie sind doch der Jonke.
Ja.
Sie haben gerade einen Preis bekommen.
Ja.
Was für ein Preis war das?
Der Erich Fried Preis.
Ich bin nämlich deutschnational.
Ja wieso denn das?
Weil es das einzig Mögliche ist. Auf Wiedersehen.

AXEL KARNER

(*1955)

karntn III

duat is a lond
in dosd nit zruckkonnst

geahnd bauan
ibas föld
und ockand
senare unfruchtboan weiba
unta de eadn

duat in dem lond
deafst du nit bleibn

CHRISTIANE JANACH

(*1961

Gruftenhundes Nachtgebet

Lieber Gott lieber Gott bitte mach mich endlich tot
Dass ich dann dass ich dann dir ins Schienbein hauen
kann du wirst sehen du wirst sehen nachher wirds mir
besser gehen

KAREL SMOLLE

(*1944)

flaschen

wir standen in der reihe der liköre
die dicke kellnerin bertha
hatte uns griffbereit aufgereiht

sieben stattliche dickbäuche
und einige schlanke damen
mit glassohlen
schlugen wir das vergoldete durchsichtige bord

wir alle trugen nummern und verlockende namen
napoleon poper grand oder martin
die ehrwürdigeren nannte man old oder saint

längst sind die köpfe leer die hälse zerbrochen
für wie viele tage reichen wir noch
für wie viele schlucke
wir sind doch so viele marken

hohl leer
verlieren wir unseren geruch
wer kennt noch unseren geschmack
nachdem man unsere etiketten mit fremden namen
überklebt hat

LOJZE WIESER

(*1954)

Bettlerin Ina

Vor nicht all zu langer Zeit ging durch die Medien die Berichterstattung über die »Bettlergesetze von Graz«. Die politisch Verantwortlichen hätten sich zu einer Gesetzgebung durchgedrungen, die dem Ansehen der Stadt nicht schaden und gegenüber den Bettelnden nicht zu hart bzw. zu unsozial wäre. Alleine diese Formulierung machte mich argwöhnisch, zumal sie in einigen Medien als Fortschritt gepriesen wurde, da sie, wird betont, mit Bedacht auch auf die Gefühle der Einheimischen Rücksicht nehme.

Ich erinnerte mich in diesem Zusammenhang an ein Erlebnis aus meiner frühesten Jugend. Da mein Vater als hundertprozentiger Kriegsinvalide aus dem Krieg kam, meine Großmutter eine Keuschlerin war und auch meine Mutter aus armen bäuerlichen Verhältnissen kam, hatten wir zwar immer genug zu essen, der Tisch bog sich jedoch nie in Überfluß. Es war Einfaches, was auf den Tisch kam. Polenta und Kaffee, Brot und Margarine, selbstgemachte Marmelade, selten Fleisch. Soweit ich mich heute erinnere, hatte ich in meinem achten oder neunten Lebensjahr erstmals eine Schokolade bekommen.

Zu dieser Zeit kam alle fünf bis sechs Wochen, meist sonntags, eine Frau zu uns, in aller Herrgottsfrüh, kaum daß wir aufgestanden waren, und verlangte Einlaß, der ihr sofort und gerne gewährt wurde.

Sie mußte vor der Tür gewartet haben, bis sie in der Küche die ersten Laute vernahm. Es war die dorfbekannte Bettlerin Ina, die bei einem Bauern eine Unterkunft hatte, für die aber, wie mir später einmal die Mutter erklärt hatte, die umliegenden drei Gemeinden zu sorgen hatten. Ihre Stammgemeinde war das Nachbardorf und so kam sie bei uns nur alle paar Wochen vorbei. Meist im Winter. Doch wenn sie kam, war es für uns ein kleines Fest. Auch wenn wir nichts hatten, so hat es mich jedesmal von neuem erstaunt, was an diesem Tag so alles auf den Tisch gebracht und dieser Frau zu Ehren vorgesetzt wurde. Ein Zopf aus Mürbteig, richtige Butter, echter Kaffee, Honig, Speck, Wurst, alles eben, was in kleinsten Mengen oder für besonder Anlässe aufgehoben worden war, wurde wie selbstverständlich aufgetischt.
Ich muß in heutiger Zeit oft an diese Kindheitstage zurückdenken, zumal es immer deutlicher wird, daß an die Tore des westlichen Reichtums die Armut der von neuerlichen Kriegen in Europa Vertriebenen klopft. Der Unterschied zwischen Arm und Reich und der Priviligierten und Unterpriviliegierten tritt immer klarer zu Tage. Es wird auch immer erschreckender, wie neuerlich durch Verbotsgesetze und »In die Schranken Weisen« eine Lebenslüge aufgebaut wird, durch die offensichtlich eigene Vorteile geschützt werden sollen. Man ist versucht, zu glauben, daß das Wort Teilen nur in einem Zusammenhang Verwendung findet, im Zusammenhang: Teile und Herrsche. Und es drängt sich die Frage auf, ob nicht dies die Grundlage ist für die sich immer mehr, in allen Lebenslagen, ausbreitende Demagogie?

FABJAN HAFNER

(* 1966)

Sonce / **Sonnenaufgang**

Sonce je vzšlo
Sonnenaufgang
sredi noči,
um Mitternacht:

opazilo zmoto
Den Irrtum bemerkt,
in zatisnilo oko.
das Auge zugemacht.

Teman
Eine Neer,
tolmun težnosti
schweretief,
je z jezikom –
schlürft das blendende Licht,

vrtincem
das durch die Finsternis
polizal rumeno svetlobo,
im All erdwärts
ki se je cedila po niču (ali vesolju)
trieft,

proti zemlji,

damit es sich nicht

ne da bi se zlila po tvojih očeh.

in dein Auge ergießt.

PETER UND LOJZE WIESER IM GESPRÄCH MIT PETER HANDKE

(* 1950, * 1954 / * 1942)

Eine Familie ohne Geschichte aus einem Volk ohne Geschichte

Was mich überhaupt auf den Weg bringt, das zu schreiben, ist ja, daß ich aus einer Familie komme, die überhaupt keine Geschichte hat. Wo überhaupt keiner gesagt hat, die kommen da her, aus der Gegend, und der Sohn war irgendwo beim Militär dort und dort, und eine andere Tochter ist zur Schule gegangen und wär fast das geworden, und die hat dann den geheiratet, sagen wir, aus Schottland, oder ist nach Frankreich gegangen und hat dort ihr Französisch vervollkommnet, so im Stil dieser Familienepen, nicht, das gibt es ja bei mir überhaupt nicht. Und da bin ich eigentlich sehr froh darüber, daß es völlig aus dem Leeren kommt, alles. Ich kann da erfinden. Ich werde sicher nicht erfinden, daß da ein Vorfahr Arzt war oder Maler oder Offizier. Das brauche ich nicht, da bin ich froh darüber. Nicht einmal, daß er Bauer war, Großbauer. Gar nichts. Wir waren halt Keuschler und Knechte, ja, unehelich, alles. Das macht mir schon Lust, so eine Geschichte zu schreiben. Also gerade das ist es – ohne daß ich jetzt darauf bestehe, daß es Knechte waren.

Das heißt, eine Familie ohne Geschichte aus einem Volk ohne Geschichte?

Ja so, das reizt mich sehr. Das als Vorwurf, und wie man daraus eine epische Struktur besorgen kann. Gerade das Leere, daß nichts ist, wie dann das dramatisch werden kann. Das wird auch sicher mit der Sprache zu tun haben. Ich weiß noch selber nicht genau, vieles entscheidet sich ja in der praktischen Arbeit dann, in der Arbeit an den Sätzen. Ich weiß schon vieles, aber ich hoffe, daß das viele, was ich weiß, wieder zerstört wird bei der Arbeit. Das ist ja sehr nützlich. Dadurch entsteht erst etwas Fruchtbares, dadurch entsteht eine lebendige Geschichte, wo man nicht die Tricks sieht – aha, jetzt hat er pralle lebensvolle Charaktere hingestellt, die so aufstampfen, oder die besonders traurig sind, oder besonders blaß und tragisch, die Klavier spielen oder Schwindsucht kriegen und Künstler werden. Das möchte ich auch nicht. Ich weiß es noch nicht, ich möchte das freihalten. Ich möchte nicht, daß das Hülsen sind, ich möchte vor allem die Umrisse um die Leute herum. Also nicht die Leute beschreiben, sondern die Umrisse, was herum ist um sie, was sie sehen, auch was sie träumen, und daß sie dadurch zu Leerkörpern werden in der Landschaft drin. (...)

Ist da Kärnten besonders reich an solchen Umrissen?

Ich bin halt so einer, ich mag eigentlich nur solche Leute, die ich nicht begreifen kann, die ich nicht beschreiben kann, wo ich schon beschreiben kann, was so rund um sie herum ist, wie sie wohnen, wie sie gehen. Ja, die Umgebung, die interessiert mich, was sie tun, oder die Aktion, daß man nicht weiß, was das bedeutet. Das habe ich ja immer gemacht. Ich glaube nicht, daß ich was anderes kann. Ich könnte auch nicht jemanden so beschreiben, daß er einen Kropf hat oder eine Warze oder einen Goldzahn, oder daß er hinkt, oder daß er diese und diese Manschettennadel hat oder so etwas, wie sie es im 19. Jahrhundert gemacht haben. Das ist mir schwer, alles. (...) irgendwo sträubt sich bei mir die Sprache dagegen. Als ob man jemandem das Geheimnis nimmt, indem man ihn bestimmt dadurch, was die Daten sind, die man eigentlich in jedem Geburtsregister oder jedem Lebenslauf auch finden kann; was ein Journalist eigentlich besser machen kann als ich. Der Journalismus ist ja so, daß er jeden beschreibt, jeden erfaßt, und dann hat der halt schmutzige Fingernägel oder beißt Nägel. (...)

Ich möchte schon den Menschen gerecht werden, ich möchte auf irgendeine Weise berührende Geschichten schreiben, ja. Es gibt ja den Ausdruck »ins Volle gehen«; ich möchte das umgekehrt, mehr ins Leere gehen. Da scheint mir Unterkärnten auch als Landschaft noch geeignet zu sein, auch jetzt noch, als Landschaft, das würde mich unterstützen, stelle ich mir vor, bei einer Geschichte. Ich möchte eine lange Geschichte schreiben. Wie, weiß ich nicht – na, ich weiß schon viel. (...)

Ist das Lipuš- und Januš-Übersetzen schon ein Teil dieser Arbeit?

Nein, das wäre ein bißchen sehr dialektisch, zu dialektisch gedacht. Lipuš und Januš übersetzen heißt auch Freude an den Wörtern kriegen. Es macht mir Freude, im Wörterbuch nachzuschauen und das slowenische Wort anzuschauen, immer mehr. Und daß ich immer mehr seltsame Erinnerungen habe, bei einem Wort nur. Obwohl ich das vielleicht nie gehört habe, entsteht so ein seltsamer Hof ums Wort herum. Es gibt so viele Wörter, ein immer größerer Hof – es sind Bilder, es hat Gefühl, es gibt eine Atmosphäre, eine Landschaft, und das macht mir beim Übersetzen große Freude. Und da bin ich manchmal fast beglückt über so ein slowenisches Wort. Ich weiß nicht, woher das kommt.

Diese Wörter offenbaren einfach Ihre Komplexität als Mensch.

Ja, ich glaube auch. Das ist eine Parallelwelt zu der meinen, die meine Welt noch verstärkt. Ich habe einen Ausgang in die andere Welt. Ich denke, die Leute sehen die Dinge vielleicht, indem sie ein anderes Wort dafür haben, ganz anders, auf eine andere schöne Weise als im Deutschen. Die deutschen Wörter werden mir dadurch oft auch wieder glänzender.

JOSEF HOPFGARTNER

(1913–1981)

Ein flatterndes Jahr gib dem Wind!

Ein flatterndes Jahr gib dem Wind!
Sei in dem Flügel des kreisenden Falken,
hoch über Wäldern und bröckelnden Kalken,
einsamer Kreis, der die Weite gewinnt.

Fege im Windstoß mit plötzlichem Zorn
das Licht vom Tische der Satten,
belade mit Duft dich im Gras auf den Matten.
Sei Wächter im schlafenden Horn!

Streif mit der Eule im lautlosen Flug
sehend durch weglose Höhlen und Nacht.
Und hast du dem Feuer den Atem gebracht,
so kühle den Wein im irdenen Krug.

Ein flatterndes Jahr gib dem Wind,
ohne Erwartung gib es ihm hin,
Haselstaub muß durch die Frühlingsluft ziehn,
unwissend, wie köstlich die Nüsse sind.

ERIK PRUNČ

(* 1941)

Epilog

Nazaj ni poti.
Kein Weg führt zurück.
Ladje so krhke,
Die Schiffe leck,
zastave so mrtve,
die Flaggen tot,
veter je žejen.
durstig der Wind.

Nazaj ni poti,
Kein Weg führt zurück,
mornarji, tu,
Schiffer, hier,
na obali
an dieser Küste,
moramo najti vasi.
finden wir unser Glück.

Kärnten, das Land, von dem Paolo Santonino, der Sekretär des Patriarchen von Aquileia, im späten Mittelalter zu berichten wußte, daß die Frauen hier schöner sind als die Männer, und dem 350 Jahre später der slowenische Dichterfürst France Prešeren ergänzend entgegenhielt, daß die gemeinen Korošice, wie die Kärtnerinnen auf slowenisch heißen, zwar *hübsch* seien wie die Frauen in Ljubljana, *aber sehr unreinlich.*

Kärnten, das Land, in dem Walter von der Vogelweide längere Zeit verbringt, Eichendorff nach blühenden Pomeranzen fragt, Christoph von Rilke zu Nacht durch Täler reitet, von wo aus Paracelsus die Goldgräber der Nockberge in die Welt trägt und diese dann wiederum von dort Eingang in Goethes Faust II gefunden haben sollen.

Kärtnen, das Land, in dem ein Coserep wegen Aufdeckung von Korruption im 16. Jahrhundert kurzerhand hinter Gitter gebracht wird, eine Eva Faschauerin wegen angeblicher Vergiftung ihres Gatten gerichtet wird, um Zucht und Ordnung aufrechtzuerhalten, in Eisenkappel Visitation gehalten wird, ein Erdforter aus dem Gefängnis flüchten muß, hin und her gejagt, weil er Wiedertäufer ist. Es ist die Zeit, wo sich im Lindwurmsumpf, aus dem allmählich die Landeshauptstadt erwächst, zahllose Kulturen treffen, sich hier ansiedeln, miteinander leben und dem Land von früh her ihren Stempel geben.

Kärnten, das Land *des Durchzugs,* wie man die Anwesenheit der schönen Margarete Maultasch im Lande bezeichnen kann, ohne daß sie jemals hier gewesen ist, das Land *der Ängste und des Stolzes,* das man anhand einer Ingeborg Bachmann und ihrer Ablehnung zu Lebzeiten und ihrer Heimholung nach dem Heimgang nicht besser studieren kann, das Land *des Aufschreis und der Begeisterung,* oft auch für Falsches, wie es Csokor in den dreißiger Jahren sah oder Humbert Fink Ende der fünfziger. Und ein Land *der Abgrenzung.* Trotz besserem Wissen. Oft. Indem es leichtfertig zuließ, aber auch veranlaßte, es nicht zu unterbinden, daß Größen des Geistes dahinzogen, hinausgeekelt, scheel beäugt einfach nicht mehr zurückkamen, und indem es großzügig über Jahrzehnte hinwegschaute über kulturelle Reichtümer, die auf der Straße lagen, ja selbst Teil des eigenen Lebens waren und sind, nur nicht zur Kenntnis genommen wurden und konnten – oder durften? –, weil, ja, weil diese Reichtümer eine andere Tönung hatten, eine andere Sprachmelodie. Ein Land doch, das immer wieder, spät, aber doch, sich besinnt auf die Ganzheit ungeteilter menschlicher Werte. Frei und ungeteilt.

Kärnten, ein Land, das immer bemüht war, in all den Jahrhunderten, beengende Grenzen zu sprengen, und in all den Jahrhunderten neue Geister hervorbrachte, die die Kraft der Sprache nutzten gegen diese Enge, sich den Mut nicht nehmen ließen, trotz alledem, die wußten, daß man Europa auch von hier aus einmal finden kann, wie die Kindheit im Klang des Wortes und die Eigenheit des Phantasiebildes.

Und somit ein Land wie jedes andere. Ländlich, schön, provinziell, zugleich auch offen; gebeugt, voll Trotz und Unterwürfigkeit zugleich. Vielleicht etwas mehr durchzogen von strategischen Bruchlinien, so wohl geologischer wie politischer Natur, aber kaum anders als in vielen Teilen Europas, so man sich die Mühe macht, genauer hinzuschauen.

Lojze Wieser
Klagenfurt/Celovec, im August 1998

QUELLENVERZEICHNIS

Anonym (1800), *Die Erstbesteigung des Großglockners 1799* aus: Tagebuch einer Reise auf den bis dahin unerstiegenen Berg Groß-Glokner an den Gränzen Kärntens, Salzburgs und Tirols im Jahre 1799. Besonderer Abdruck aus des Freyherrn von Moll Jahrbüchern der Berg- und Hüttenkunde. Hermann Böhlaus Nachf., Graz 1982, S. 2–4, 25–28.

Anonym (1815), *Ein merkwürdiger Nebel zu Klagenfurt* aus: Carinthia (3.). Ein Wochenblatt zum Nutzen und Vergnügen, Samstag, den 21. Jänner 1815.

Anonym (1813), *Znagst kimm i af Klagenfurt* aus: Historische Volkslieder aus Österreich vom 15. bis zum 19. Jahrhundert. Ausgewählt und kommentiert von Leopold Schmidt. Wiener Neudrucke, Bd. 1. Österreichischer Bundesverlag, Wien o. J., S. 130 f.

H. C. Artmann (geb. 1921), *letzte schwalbe* aus: ein lilienweißer brief aus lincolnshire. gedichte aus 21 jahren. herausgegeben von gerald bisinger. (c) Suhrkamp Verlag, Frankfurt am Main 1969, S. 348. *gedichte, in eine Klinge zu ritzen. Kärnten 1960* aus: Eröffnungen. Eine literarische Zeitschrift. Herausgegeben in Kärnten von Hubert Fabian Kulterer, Nr. 5/6, 1962, S. 3 f. (c) beim Autor.

Anton Aškerc (1856–1912), *Der Stumme von Ossiach* (aus dem Slowenischen von Prof. Anton Funtek) aus: Dr. Gojmir Krek, Anton Aškerc. Studie mit Übersetzungsproben. Verlag L. Schwentner, Laibach 1899, S. 103 f.

Ingeborg Bachmann (1926–1973), *Jugend in einer österreichischen Stadt* aus: Das dreißigste Jahr, Erzählungen. (c) R. Piper & Co. Verlag, München 1961, S. 5–17.

Thomas Bernhard (1931–1989), *Die Maria* aus: Auslöschung. Ein Zerfall. Zitiert aus suhrkamp taschenbuch 2558, S. 232 f. (c) Suhrkamp Verlag, Frankfurt am Main 1986.

Till Busch (geb. 1980), *za vsakom vogolam / hinter jedem eck* und *schweigen / 2*: aus einem bisher unveröffentlichten Manuskript. (c) beim Autor.

Rudolf Cefarin (1895–1957), *Ein Philosoph im Priesterkleid* aus: Kärntner Almanach 1948. Herausgegeben vom Kulturamt der Kärntner Landesregierung. Zusammengestellt von Johannes Lindner. Eduard Kaiser Verlag, Klagenfurt, Sekirn, S. 131–134.

Johann Ciesciutti (1906–1997), *Heimlose Windlitanei* aus: Kärnten im Wort. Aus der Dichtung eines halben Jahrhunderts. Herausgegeben von der Josef-Friedrich-Perkonig-Gesellschaft. Verlag Johannes Heyn, Klagenfurt 1971, S. 269. (c) beim Autor.

Wolf Coserep (um 1540), *Sonderlich zu Clagenfurt* aus: Trude Polley, Eine Stadt erzählt: Klagenfurt. Vom Zollfeld bis zum Wörther See. Paul Zsolnay Verlag, Wien, Hamburg 1973, S. 176.

Franz Theodor Csokor (1885–1969), *An Jan Fabricius in Kärnten* aus: Auch heute noch nicht an Land. Briefe und Gedichte aus dem Exil. (c) Ephelant Verlag, Franz Richard Reiter, Wien 1993, S. 25 f.

Joseph Freiherr von Eichendorff (1788–1857), *Will Er hier etwa Poperenzen klauben* aus: Aus dem Leben eines Taugenichts. Novelle. Berlin 1826. Herausgegeben von Joseph Kiermeier-Debre. Deutscher Taschenbuch Verlag, München 1997, S. 35–38.

Anton Erdforter (gest. 1541), *Man jagt mich hin, man jagt mich her* aus: Trude Polley, Eine Stadt erzählt: Klagenfurt. Vom Zollfeld bis zum Wörther See. Paul Zsolnay Verlag, Wien, Hamburg 1973, S. 182.

Antonio Fian (geb. 1956), *Die Grenzen werden eng gezogen* aus: Drei Kinder aus Kärnten. Kleines Porträt eines österreichischen Bundeslandes anhand autobiographischer Texte von Ingeborg Bachmann, Werner Kofler und Josef Winkler. In: Hölle, verlorenes Paradies. Aufsätze. (c) Literaturverlag Droschl, Graz, Wien 1996, S. 139 f.

Humbert Fink (1933–1992), *Eine seltsame, schwarzgekleidete Prozession, Villach. Hauptbahnhof, In dieser Stadt muß man irgend etwas sein* aus: Die engen Mauern. Roman. Henry Goverts Verlag, Stuttgart 1958, S. 8–10, 25–28, 267 f. (c) Ulrike Fink.

Johann Nepomuk Thaurer von Gallersleben (1799–1840), *Der Ostermorgen im Lavantthale* aus: Carinthia (25.). Ein Wochenblatt zum Nutzen und Vergnügen, Samstag, den 25. Juni 1814.

Hans Gigacher (geb. 1945), *Laß mich doch im Wald verirren* aus: Kärnten im Wort. Aus der Dichtung eines halben Jahrhunderts. Herausgegeben von der Josef-Friedrich-Perkonig-Gesellschaft. Verlag Johannes Heyn, Klagenfurt 1971, S. 533. (c) beim Autor.

Helga Glantschnig (geb. 1958), *Etwas stockte* aus: Mirnock. Roman. (c) Literaturverlag Droschl, Graz, Wien 1997, S. 27.

Johann Wolfgang von Goethe (1749–1832), *Faust II, Plutusszene* aus: Faust. Der Tragödie zweyter Theil in fünf Acten. Stuttgart und Tübingen 1832. Herausgegeben von Joseph Kiermeier-Debre. Deutscher Taschenbuch Verlag, München 1997, S. 56–58.

Sabine Gruber (geb. 1963), *Klagenfurt ist unverbraucht* aus: Aushäusige. (c) Wieser Verlag, Klagenfurt/Celovec 1996, S. 93–97.

Maja Haderlap (geb. 1961), *prihodi / ankünfte* (aus dem Slowenischen von Klaus Detlef Olof) aus: V lunini senci. Koroško pesniško branje. Izbor Cvetka Lipuš in Fabjan Hafner. (c) Drava Verlag, Klagenfurt/Celovec 1985, S. 63 f.

Fabjan Hafner (geb. 1966), *Sonce / Sonnenaufgang* aus: V unini senci. Koroško pesniško branje. Izbor Cvetka Lipuš in Fabjan Hafner. Drava Verlag, Klagenfurt/Celovec 1985, S. 72. (c) beim Autor.

Peter Handke im Gespräch mit Jože Horvat, *Woraus genaugenommen die Kindheit besteht* aus: Noch einmal vom Neunten Land. (c) Wieser Verlag, Klagenfurt/Celovec 1993, S. 10–12.

Peter und Lojze Wieser im Gespräch mit Peter Handke, *Eine Familie ohne Geschichte aus einem Volk ohne Geschichte* aus: Noch einmal vom Neunten Land. (c) Wieser Verlag, Klagenfurt/Celovec 1993, S. 312–317.

Milka Hartman (1902–1997), *Die Lindenblüte* (aus dem Slowenischen von Hubert Repnig) aus: Kärnten im Wort. Aus der Dichtung eines halben Jahrhunderts. Herausgegeben von der Josef-Friedrich-Perkonig-Gesellschaft. Verlag Johannes Heyn, Klagenfurt 1971, S. 207. *Dekva / Mogd* (aus dem Slowenischen von Janko Messner) aus: Österreichische Lyrik, und kein Wort Deutsch. Herausgegeben und gestaltet von Gerald Nitsche. (c) Haymon Verlag, Innsbruck 1990, S. 101.

Josef Hopfgartner (1913–1981), *Krähenschrift, Die Wiese, Ein flatterndes Jahr gib dem Wind!* aus: Kärnten im Wort. Aus der Dichtung eines halben Jahrhunderts. Herausgegeben von der Josef-Friedrich-Perkonig-Gesellschaft. Verlag Johannes Heyn, Klagenfurt 1971, S. 326, 327, 325.

Alois Hotschnig (geb. 1959), *Auch in Althofen* aus: Aus. In: Aus, Eine Art Glück. Zwei Erzählungen. Luchterhand Literaturverlag, Hamburg 1992, S. 66 f. (c) 1989, 1990 beim Autor.

Bernhard Hüttenegger (geb. 1948), *Der Herzogsitz* aus: Die sanften Wölfe. Roman. (c) Rowohlt Verlag, Reinbek bei Hamburg 1982, S. 86–88.

Christiane Janach (geb. 1961), *Gruftenhundes Nachtgebet* aus: seesterngedichte. (c) Wieser Verlag, Klagenfurt/Celovec 1996, S. 25.

Gustav Januš (geb. 1939), *Megla pod oknom / Der Nebel unter dem Fenster* aus: Wenn ich das Wort überschreite. Gedichte. Aus den Slowenischen von Peter Handke. (c) Residenz Verlag, Salzburg, Wien 1988, S. 28 f.

Urban Jarnik (1784–1844), *Mrtovski rej* aus: Živi Orfej. Velika antologija slovenske poezije. Cankarjeva založba, Ljubljana 1970, S. 154. *Totentanz* (aus dem Slowenischen von Klaus Detlef Olof) aus: Das slowenische Wort in Kärnten / Slovenska beseda na Koroškem. Schrifttum und Dichtung von den Anfängen bis zur Gegenwart / Pismenstvo in slovstvo od začetkov do danes. Herausgeber/izdajatelji Reginald Vospernik, Pavle Zablatnik, Erik Prunč, Florjan Lipuš. (c) Österreichischer Bundesverlag, Wien 1985, S. 131.

Uwe Johnson (1934–1984), *§ 1. Die Friedhöfe dienen der Beisetzung aller Verstorbenen* aus: Eine Reise nach Klagenfurt. (c) Suhrkamp Verlag, Frankfurt am Main 1974, S. 87 ff.

Gert Jonke (geb. 1946), *Der Dorfplatz.* aus: Kärnten im Wort. Aus der Dichtung eines halben Jahrhunderts. Herausgegeben von von der Josef-Friedrich-Perkonig-Gesellschaft. Verlag Johannes Heyn, Klagenfurt 1971, S. 537 ff. (c) beim Autor. *Lendkanal.* Geschrieben 1963. (c) beim Autor.

Axel Karner (geb. 1955), *karntn III* aus: a meada is aa lei a mensch. (c) Alekto Verlag, Klagenfurt 1991, S. 11.

Andrej Kokot (geb. 1936), *Moja vas / Mein Dorf* (aus dem Slowenischen von Horst Ogris), *Vrnitev / Die Heimkehr* aus: Ta hiša je moja pa vendar moja ni. Sodobna slovenska literatura na Koroškem. Antologija. Mladinska knjiga, Ljubljana 1976, S. 35 f. (c) beim Autor.

Maximilian Konrad (1948), *Hypothese eines Wahnsinns* aus: Kärntner Almanach 1948. Herausgegeben vom Kulturamt der Kärntner Landesregierung. Zusammengestelllt von Johannes Lindner. Eduard Kaiser Verlag, Klagenfurt, Sekirn, S. 171–177.

Srečko Kosovel (1904–1926), *Reise* aus: Gedichte. Slowenisch-Deutsch. Aus dem Slowenischen von Ludwig Hartinger. (c) Wieser Verlag, Klagenfurt/Celovec 1988, S. 37.

Christine Lavant (1915–1973), *Kummergang in Kümmelwiesen, Kauf uns ein Körnchen Wirklichkeit* aus: Kärnten im Wort. Aus der Dichtung eines halben Jahrhunderts. Herausgegeben von der Josef-Friedrich-Perkonig-Gesellschaft. Verlag Johannes Heyn, Klagenfurt 1971, S. 353. (c) Otto-Müller-Verlag, Salzburg 1991.

Hans Leb (1909–1961), *Du kannst Europa noch einmal finden* aus: Der Bogen 2. Verlag Ferd. Kleinmayr, Klagenfurt 1961. (c) beim Autor.

Siegfried Lienhard (1948), *Der grüne Sommer ist noch dein* aus: Kärntner Almanach 1948. Herausgegeben vom Kulturamt der Kärntner Landesregierung. Zusammengestellt von Johannes Lindner. Eduard Kaiser Verlag, Klagenfurt, Sekirn, S. 52.

Cvetka Lipuš (geb. 1966), *In vender so vse srede tvoje / Und doch gehört jeder Mittwoch dir* aus: Pragnovi dneva. Pesmi. Abgedunkelte Zeit. Gedichte. Aus dem Slowenischen von Klaus Detlef Olof. (c) Wieser Verlag, Klagenfurt/Celovec 1989 und 1995, S. 53 ff., S. 38 ff.

Florjan Lipuš (geb. 1937), *Auf der Suche nach dem Zeichen, Zur Stunde harrt das Dorf noch seines Toten, Wahre Qualen für einen echten Bestatter, Die Bauersfrau erinnert sich der Ostern* aus: Die Beseitigung meines Dorfes. Roman. Aus dem Slowenischen von Fabjan Hafner. (c) Wieser Verlag, Klagenfurt/Celovec 1997, S. 65 ff., 5 f., 53 ff., 210–216.

Er sah den Hunger in ihren Augen aus: Verdächtiger Umgang mit dem Chaos. Roman. Aus dem Slowenischen von Johann Strutz. (c) Wieser Verlag, Klagenfurt/Celovec 1997, S. 158–161. *Und pfeifst nach allen Seiten* aus: Der Zögling Tjaž. Roman. Aus dem Slowenischen von Peter Handke und Helga Mračnikar. (c) Wieser Verlag, Klagenfurt/Celovec 1997, S. 5–10.

Siegfried von Mangold (geb. 1939), *Ich tanze um den Zeitenbaum* aus: Eröffnungen. Eine literarische Zeitschrift. Herausgegeben in Kärnten von Hubert Fabian Kulterer. Nr. 8/9, 1963, S. 32.

Simon Martin Mayer (1788–1872), *Bischofs Reise in den Tod* aus: Huldigungsreise Johann Georg's Bischof's zu Bamberg durch Kärnten, im Jahre 1632. Carinthia (10.). Ein Wochenblatt zum Nutzen und Vergnügen. Klagenfurt 1820. *Die Perchtra Baba oder Frau Percht* aus: Carinthia (5.). Ein Wochenblatt zum Nutzen und Vergnügen, Samstag, den 4. Februar 1815.

Robert Musil (1880–1942), *Slowenisches Dorfbegräbnis* aus: Kärnten im Wort. Aus der Dichtung eines halben Jahrhunderts. Herausgegeben von der Josef-Friedrich-Perkonig-Gesellschaft. Verlag Johannes Heyn, Klagenfurt 1971, S. 22 ff. (c) Rowohlt Verlag, Reinbek bei Hamburg.

Engelbert Obernosterer (geb. 1936), *unter einer bis ins stiegenhaus hinausquellenden geruchswolke* aus: Die Bewirtschaftung des Herrn R. Roman. (c) Alekto Verlag, Klagenfurt 1990, S. 130 f.

Jani Oswald (geb. 1957), *Vmes / Sätze streiken* aus: Österreichische Lyrik, und kein Wort Deutsch. Herausgegeben und gestaltet von Gerald Nitsche. (c) Haymon Verlag, Innsbruck 1990, S. 148.

Paracelsus (1493–1541), *Widmung an Kärnten, Kärntens Künste* aus: Die Kärntner Schriften. Besorgt von Kurt

Goldammer. Verlegt vom Amt der Kärntner Landesregierung, Klagenfurt 1955, S. 5, 23 f.

Urban Paumgartner (gest. 1630), *Lobgedicht auf Klagenfurt* aus: Trude Polley, Eine Stadt erzählt: Klagenfurt. Vom Zollfeld bis zum Wörther See. Paul Zsolnay Verlag, Hamburg 1973, S. 183 f.

Max Pirker (1886–1931), *Die Kärntner Goldberge und Goethes Faust* aus: Alpensagen. Insel Verlag, Leipzig o. J., S. 5.

Trude Polley (1912–1992), *Im Lindwurmsumpf treffen sich Kulturen, Das Landhaus. Schauplatz eines Bildersturms, Europas Neugier* aus: Eine Stadt erzählt: Klagenfurt. Vom Zollfeld bis zum Wörther See. (c) Paul Zsolnay Verlag, Hamburg 1973, S. 172 f., 160 ff., 310.

Valentin Polanšek (1928–1985), *Slišal sem jok / Ich hörte das Weinen* (aus dem Slowenischen von Fabjan Hafner). aus: Ta hiša je moja pa vendar moja ni. Sobodna slovenska literatura na Koroškem. Antologia. Mladinska knjiga, Ljubljana 1976, S. 22. (c) beim Autor.

Karl Konrad Polheim (geb. 1927), *Der Kärntner Faust* aus: Das Buch von Sankt Georgen am Längsee. 40 Dörfer in Kärnten. Herausgegeben von der Gemeinde Sankt Georgen am Längsee. Redaktion Barbara Maier. (c) Alekto Verlag, Klagenfurt 1995, S. 283 ff.

Heinz Pototschnig (1923–1995), *Zuletzt* aus: Der Bogen 2. Verlag Ferd. Kleinmayr, Klagenfurt 1961. (c) beim Autor.

France Prešeren (1800–1849), *Die gemeinen Korošice sind hübsch, aber unreinlich* aus: Pesmi. Zbrano delo – Glonarjeva izdaja. (c) Wieser Verlag, Klagenfurt/Celovec 1997, S. 245 f.

Erik Prunč (geb. 1941), *Epilog* (aus dem Slowenischen von Fabjan Hafner) aus: Tihožitja. Klagenfurt/Celovec 1965, S. 33. (c) beim Autor.

Peter von Radics (1836–1912), *Wien schwärmt für Kärnten* aus: »In's Kärnten.« Cultur- und Reisebilder aus alter und neuer Zeit für Badereisende und Touristen (Braunmüller's Badebibliothek Nr. 12)., Wilhelm Braumüller, k. k. Hof- und Universitätsbuchhändler, Wien 1882, S. 40–47.

Rainer Maria Rilke (1875–1926), *Reiten, reiten, reiten, durch den Tag* aus: Gedichte. Auswahl und Nachwort von Dietrich Bode. Verlag Philipp Reclam jun. GmbH & Co., Stuttgart 1997, S. 21 ff.

Paolo Santonino (1485), *Die Frauen waren schöner als die Männer* aus: Reisetagebücher 1458–1487. Aus dem Lateinischen von Rudolf Egger. Verlag Ferd. Kleinmayr, Klagenfurt 1947, S. 74 ff.

Friedrich Schiller (1759–1805), *Wallenstein, Die Piccolomini* aus: Das Buch von Sankt Georgen am Längsee. 40 Dörfer in Kärnten. Herausgegeben von der Gemeinde Sankt Georgen am Längsee. Redaktion Barbara Maier. Alekto Verlag, Klagenfurt 1995, S. 302.

Robert Schindel (geb. 1944), *Klagenfurter Frühlingsballade* aus: Ohneland. Gedichte vom Holz der Paradeiserbäume 1979–1984. (c) Suhrkamp Verlag, Frankfurt am Main 1986, S. 101–104. *Zuleide Romanze zuluste* aus: Geier sind pünktliche Tiere. Gedichte. (c) Suhrkamp Verlag, Frankfurt am Main 1987, S. 52–55.

Hans Schneider (1899–1965), *So schreib auch ich in dieses Buch* aus: Kärntner Almanach 1948. Herausgegeben vom Kulturamt der Kärntner Landesregierung. Zusammengestellt von Johannes Lindner. Eduard Kaiser Verlag, Klagenfurt, Sekirn, S. 178.

Friedrich Simony (1813–1896), *An Stifter: In Kärnten kannst du ein Walter Scott werden* aus: Carinthia I., 1911–1914, Mitteilungen des Geschichtsvereines für Kärnten, redigiert von Dr. August von Jaksch. Verlag Joh. Leon sen., Klagenfurt 1911, S. 137–140.

Hans Sittenberger (1863–1943), *Ich hab' ihn gesehen* aus: Scholastica Bergamin. Ein Buch von Liebe und Glück. (c) Arthur Kollitsch Verlag, Klagenfurt o. J., S. 37–40.

Karel Smolle (geb. 1944), *flaschen* aus: Kjeti krik. Eigenverlag, 1965. (c) beim Autor.

Maria Steurer (1892–1979) *Eva Faschaunerin* aus: Eva Faschaunerin. Roman. (c) Buchgemeinschaft Donauland, Wien 1954, S. 268–287.

Ta hiša je moja / Dies Haus ist mein, aus dem Slowenischen von Fabjan Hafner: volkstümliche Überlieferung.

Adolf Ritter von Tschabuschnigg (1809–1877), *Im Nebel* aus: Carinthia 1909.

Anton Traunig (1948), *Das Jahr horcht schon noch seinen spätsten Stunden hin* aus: Der Hochwald. Kärntner Almanach 1948. Herausgegeben vom Kulturamt der Kärntner Landesregierung. Zusammengestellt von Johannes Lindner. Eduard Kaiser Verlag, Klagenfurt, Sekirn, S. 114–117.

Peter Turrini (geb. 1944), *Eine ganze Reihe voller Angeber* aus: Liebe Mörder! Von der Gegenwart, dem Theater und dem lieben Gott. Herausgegeben von Silke Hassler und Klaus Siblewski. (c) Luchterhand Literaturverlag, München 1996, S. 126 f. *Dieses Gedicht widme ich allen Kindern* aus: Ein paar Schritte zurück. Gedichte. (c) Europaverlag, Wien 1986, S. 46. (c) Luchterhand Literaturverlag, München.

Johann Weickard von Valvasor (1641–1693), *Margarete Maultasch* aus: Das Buch von Sankt Georgen am Längsee. 40 Dörfer in Kärnten. Herausgegeben von der Gemeinde Sankt Georgen am Längsee. Redaktion Barbara Maier. Alekto Verlag, Klagenfurt 1995, S. 233.

Dolores Viesèr (geb. 1904), *Is amol a Karntner gwesn* aus: Das Singerlein. Die Liebesgeschichte einer jungen Seele.

Roman. Verlag Josef Kösel & Friedrich Pustet, München 1928, S. 114 ff. (c) bei der Autorin.

Walter von der Vogelweide (um 1170–1230), *An den Kärntner Herzog Bernhard von Spanheim* aus: Sprüche, Lieder, Der Leich. Tempel Klassiker. Emil Vollmer Verlag, München, Wiesbaden o. J., S. 160–163.

Sebastian Weberitsch (1870–1946), *Der Abdecker und der Totengräber, Karsamstag in Sankt Veit* aus: Aus dem Leben des Doktor Sebastian Weberitsch. Verlag Ferd. Kleinmayr, Klagenfurt 1947, S. 80–84, 50 ff.

Hani Weiss (1917–1943), *Eine folgenschwere Verwechslung.* Aus dem Slowenischen von Fabjan Hafner. Slowenische Vorlage aus: Ta hiša je moja pa vendar moja ni. Sodobna slovenska literatura na Koroškem. Antologija. Mladinska knjiga, Ljubljana 1976, S. 9 ff.

Heinrich Widmann (1923), *Der Dobratschabsturz 1348* aus: Kärntner Heimatbuch. Verlag Carl Konegen, Wien 1923, S. 61–65.

Alexander Widner (geb. 1940), *Liebenswürdig durch seine Begrenztheit, Jonke sitzt im Schanigarten* aus: Tag und Nacht und Tag. (c) Wieser Verlag, Klagenfurt/Celovec 1998.

Josef Winkler (geb. 1953), *Die klitschnassen Haare meiner Kindheit* aus: Menschenkind. Roman. (c) Suhrkamp Verlag, Frankfurt am Main 1979, S. 181–187. *Die Anatomie unseres Dorfes* aus: Der Ackermann aus Kärnten. Roman. (c) Suhrkamp Verlag, Frankfurt am Main 1980, S. 10.

Guido Zernatto (1903–1943), *Ein Mensch und seine Krankheit* aus: Die 7 Jungen aus Österreich. Eine Novellen-Sammlung. Herausgegeben von Leopold Steiner. (c) L. Staadmann Verlag, Leipzig 1930, S. 206 ff., 213–218.

EUROPA ERLESEN

Bisher erschienen in der Reihe EUROPA ERLESEN folgende Bände:

ISTRIEN, KARST, MÄHREN, TRIEST, VENEDIG, WIEN, BERLIN, GALIZIEN, PRAG, SALZKAMMERGUT, DALMATIEN, ZÜRICH, DUBLIN, ST. PETERSBURG, FRIAUL, KÄRNTEN UND DIE THEMENBÄNDE WEIHNACHTEN UND IN ANDERER AUGEN

Pressestimmen zu EUROPA ERLESEN

Aus diesen Büchern wächst das Land
(Günther Hödl, im März 1998)

Bereits im letzten Herbst startete der Klagenfurter Wieser Verlag die literarisch wie geographisch anspruchsvolle Reihe »Europa Erlesen«. In der Zeit von Globalisierung und Eurofizierung betonen diese Publikationen die Unterschiede zwischen den Regionen. Texte bekannter und weniger bekannter Dichter öffnen die Wunderkammern der kleinen Räume.

Begonnen hat Herausgeber Lojze Wieder seine Europaerschließung in der vertrauten Umgebung des alten Mitteleuropa mit Städten und Regionen wie: Triest, Venedig, Wien, Istrien. Titel wie Karst und Mähren versprechen Entdeckungsreisen in literarische Landschaften, die scheinbar dem 19. Jahrhundert angehören und doch gegenwärtig sind in Gefühl und Geist ihrer Liebhaber. Diese Bücher halten ihr Versprechen: Aus den blinkenden Steinchen von Feuilletons, Gedichten, Landschaftsbetrachtungen und Portraits entsteht als dichtes Mosaik ein Bild von Lebensweise und Kultur, wie es kein Reiseführer vermitteln kann. Handlich, mit Goldprägung und Lesebändchen sind die kleinformatigen Büchlein wahre Kleinodien.

(Tobias Gohlis, Die Zeit, Nr. 11, 5. März 1998)

Eine ausgezeichnete Idee des Klagenfurter Verlegers Lojze Wieser bringt unter dem Leitwort »Europa Erlesen« neuartige und sehr gefällig gestaltete Landschafts- und Wanderbücher heraus (Karst, Istrien, Triest, Venedig, Wien...), allerdings keine touristischen. Mit viel Sorgfalt und ruhigem Bedacht sind literarische Zeugnisse mehrsprachiger Herkünfte, unterschiedlicher Heimatgefühle, Erfahrungen und Blickpunkte nebeneinandergestellt.

(Hubert Lendl, Bücher Bord, 23. Jahrgang, Februar 1998)

»Europa Erlesen« heißt Wiesers Projekt, für das die verstaubten Handwerkszeuge des enzyklopädischen Zeitalters aus dem methodischen Winkel hervorgekramt wurden. Die haben nun mit den technischen Hilfsmitteln moderner Kartographie rein gar nichts zu tun. Auf Computergrafiken oder generierte Bilder, Satellitenaufnahmen und all den lustigen Firlefanz, der die einschlägigen Werke ziert, kann Wieser leicht verzichten. Er vertraut dem genauen Hinsehen, dem geduldigen Zuhören, er pflegt die Tugenden des Sammlers, der an Plätzen, die er kennt, das Unerwartete findet und entdeckt.

»Europa Erlesen« ist auch deshalb ein altmodisches Vorhaben, weil es dem naiven Glauben an die Erzählbarkeit der Welt treu bleibt. Es geht davon aus, daß dieser Kontinent, seit alters her in Kriegen geschunden und geschändet, seine Würde im literarischen

Text bewahrt, seinen Sinn in die Kunst hinübergerettet hat.

(Samo Kobenter, Der Standard - Album, 19. Dez. 1997)

Daß Bücher, die in die Tasche passen, auch einen Hardcover-Einband haben können, zeigt eine neue Reihe des Wieser Verlags: »Europa Erlesen« heißt die Serie, deren Bücher zwar gut transportierfähig, weil klein, jedoch edel gestaltet und strapazfähig sind.

(Gerhard Altmann, Buchkultur, Heft 48/5 1997)

An bildungswillige und von Fernweh befallene Zeitgenossen richtet sich »Europa Erlesen« (...). Die Bände (...) vereinen ein repräsentatives Kunterbunt aus literarischen Beiträgen zu jeweils einer Stadt oder Region und eignen sich vorzüglich als stumme Gefährten - für tatsächliche Reisen und auch solche daheim im Fauteil.

(Walter M. Weiss, Diners Club, 6/97)

Edel gebunden, eignen sich die Büchlein in den handlichen Abmessungen für die Lektüre zwischendurch. Es sind literarische Spaziergänge durch die Jahrhunderte.

(Die Presse, Wien-Journal, 6. Nov. 1997)

»Von Venedig ist schon viel erzählt und gedruckt worden.« Man stößt aber auch auf Namen, die eben nicht zu den immer und immer wieder zitierten Klassikern gehören wie Guido Ceronetti, Milo Dor, Dino Buzzati. Und man entdeckt Texte von Autoren, von denen man nicht wußte, daß sie auch zu den Bewunderern Venedigs gehören wie etwa der kubanische Romancier Alejo Carpentier. Auch eine Auswahl von Gedichten ist abgedruckt, z. B. das wunderbare

»Mein Venedig stirbt nie« von Rose Ausländer. Man merkt schnell, daß dieser Band mit großem literarischen Wissen und mit viel Liebe auch für das buch-editorische Detail (natürlich mit Lesebändchen) gemacht wurde. (...)
Zum Reisen nach Venedig und für das Flanieren durch Venedig hat es eine ideale Form. Es erscheint in einer Reihe (»Europa Erlesen«), von der man sich jeden Band in seiner privaten Bibliothek wünschen würde.

(Frankfurter Rundschau, 14. März 1998, Nr. 62)

An Handlichkeit und schönem Design sind die kleinen literarischen Anthologien aus dem Wieser Verlag unübertroffen (...). Daß Istrien ebenso wie der Karst oder Mähren zu den weniger bekannten Regionen Europas zählen, ist ein weiterer Pluspunkt für die neue Reihe. Der Verlag hat es sich zum Ziel gesetzt, Europa auch und ganz besonders an seinen Rändern zu »erlesen«, politische Grenzen spielen in diesem Konzept keine Rolle, denn es geht nicht um das Europa der EU, sondern um den gesamten Kontinent - von Island bis zu den Karpaten.

(Frankfurter Allgemeine Zeitung, 16. April 1998, Nr. 88)

Ein poetisches Landschaftsprofil (...), ein stilles Abenteuer abseits. Zum Beispiel: Istrien. Ein anderes Zeitmaß, eine andere Lebensrhythmik. Ein anderes Licht. (...) Istrien ist eines von rund einem Dutzend anvisierter Reiseziele in Europa, zu denen Lojze Wieser als Gesamtherausgeber jetzt die ersten sechs literarischen Wanderführer, abseits vom touristischen mainstream, vorgelegt hat. (...)
»Europa Erlesen« - von Island bis Griechenland, von Portugal bis zum Baltikum und zu den Karpaten. Ein

reizvolles Angebot für Entdeckungsreisen über Sprachgrenzen hinweg, ohne Visa; unerheblich jenes Ost oder West, Nord oder Süd, gar als Wohlstands-, Kultur- oder Zivilisationsgefälle stigmatisiert. Literatur als Fenster auf ein Europa ohne abschottende Mauern. Entlang von Wegweisern, die mal bekannte, auch unbekannte Autorinnen und Autoren aufgestellt haben, in Form von Gedichten, Tagebuchaufzeichnungen, Briefen, Prosatexten. Mal unvertrauten Blicks von innen folgend, mal den fremden Blick von Reisenden, wieder ein anderes Mal als Streiflichter durch die Linse der Erinnerungen an Kindheit und Heimat. Blicke auf Vergessenes, durch die Geschichte an den Rand Gedrängtes oder Getilgtes, etwa Juden oder Deutsche in Mähren. Einblicke in die Träume und auch auf Ängste der Menschen durch Jahrzehnte und Jahrhunderte und nicht zuletzt auch darin, wie eine Stadt oder eine Region die Menschen auf Dauer prägt. Wo beginnen?
Ursula Rütten

(DeutschlandRadio Köln, Feature-Redaktion, 9. März 1998)

»Europa Erlesen« solle eine »Schatzsuche und zugleich Entdeckungsreise sein nach einen Gobelin der Kulturen und der Verknüpfung von Bildern«, so Lojze Wieser. Die bereits erschienen Bände erfüllen allesamt diesen Anspruch. Die jeweiligen Herausgeber haben sich auf Verlegenheitslösungen, wie sie bei derartig spezifischen Reihen vorkommen, konsequent nicht eingelassen.

(Michael Stadler, Salzburger Nachrichten)